隐秘花园

王啸峰　著

江苏凤凰文艺出版社
JIANGSU PHOENIX LITERATURE AND ART PUBLISHING, LTD

图书在版编目（CIP）数据

隐秘花园 / 王啸峰著. — 南京：江苏凤凰文艺出版社，2017.5
ISBN 978-7-5594-0321-6

Ⅰ. ①隐… Ⅱ. ①王… Ⅲ. ①中篇小说—小说集—中国—当代②短篇小说—小说集—中国—当代 Ⅳ. ① I247.7

中国版本图书馆 CIP 数据核字（2017）第 087857 号

书　　名	隐秘花园
著　　者	王啸峰
责任编辑	黄孝阳　王　青
出版发行	江苏凤凰文艺出版社
出版社地址	南京市中央路 165 号，邮编：210009
出版社网址	http：//www.jswenyi.com
印　　刷	三河市华东印刷有限公司
开　　本	880 × 1230 毫米　1/32
印　　张	10
字　　数	166 千字
版　　次	2017 年 5 月第 1 版　2022 年 1 月第 3 次印刷
标准书号	ISBN 978-7-5594-0321-6
定　　价	36.00 元

（江苏凤凰文艺版图书凡印刷、装订错误可随时向承印厂调换）

目　录

“阴暗的魔法”（代序）

——王啸峰小说论

汪　政

答应给王啸峰的小说集写上几句话的时候还算清闲，等到仔细看过他的作品想动笔时，杂事便纷至叠来。看到啸峰发过来的小说集封面，知道再也挨不过去了，但当时的阅读印象已被时光和俗务搅得七零八落。

静下心想想，王啸峰作品给我的感受大概是神秘的、灵异的、隐秘的和不可知的，带着阴郁的气质。之所以留下这样的印象，可能是他作品的气质与他本人太不契合了。因为在我的印象中，王啸峰是个很爽朗、风趣而活泼的人，可见文如其人这话其实不一定可靠。

可以先看下《五脚黑旋风》，这篇小说有些像蒲松龄的《促织》。黑旋风是只蟋蟀，作品将故事的背景安置在抗战时期的江南古镇木渎，残垣断壁，草木疯长，硝烟笼罩下的是流离失所的难民。然而就在这惊惶的生活中居然容得下一只只蟋蟀盆！只不过因为战争，蟋蟀便被织进了生与死，人与虫，此岸与彼岸的灵异世界中，郎中，郭四，特别是“我”与小伙伴金土与黑旋风已经是人虫不分、人虫一体了。作品中“我”失聪之后与黑旋风的相遇，郭四梦幻后黑旋风的死而复生和阴阳界两边“我”与金土的对话都有着本土神话与传说的原型，而这一切又都在通灵的外祖父的观象之中。“应无所往而生其心”，外祖父时时用《金刚经》的禅义若即若离地解释着世界：“我们看得见、摸得着、想得到的东西都不是真实存在的。”“生或者死只存在于欲界或者人们虚幻的假象里。”这也许是对作品无常最后的悲悯。

隐秘、不可知与时间有关。时间是王啸峰作品至关重要的元素。一个外在的特征是他作品中的不少情节都发生在夜里。《井底之蓝》《五脚黑旋风》《甜酒酿》《隐秘花园》等等都是黑夜中的故事。夜晚首先与光线有关，这使得王啸峰的作品呈现出很低的明亮度，夜晚中的一切是模糊的，不清晰的，也就是说，从物象上讲，王啸峰作品中物象的能见度并不高。这样的光线显然是作家有意的选择，白天与夜晚是生物活动的两种时间，至少在王啸峰看来，他要讲述的故事更多的适宜于在夜晚，夜晚舍弃了许多许多事物，夜晚又掩盖了许多的现象，更使得许多现象改变了样态，当然，最重要的是人物，他们如幢幢鬼影，神秘而诡谲。在王啸峰的作品中，时间有比白天与暗夜更复杂的地方。从大的结构或视点讲，王啸峰的许多作品都是童年或少年视角的，或者，是通过回忆的方式来展开叙述的，不管是前几年的《井底之蓝》还是近期开始的系列短篇《抄表记》都是如此，他很少采用现在时的方式。《井底之蓝》的开头就暗示了时间的复杂性："半夜里我还是会醒，而且我非常确定，这个时候醒来的，老街上不止我一个人。要是在古代，更夫应该敲三更了。离奇故事通常发生在三更过后。"在这篇小说中，故意隐匿的是现在的时间，而置于前景的是"我"的童年并构成了动乱年代的主体叙事，然后再通过回忆中的穿插和传说的嵌入，把更久远的时间代拉进来，从而形成了时间的交织和叠加，形成一个时间的迷宫。一般而言，小说家对时间的迷恋主要来自于对深度或者历史感的钟情，但王啸峰似乎并没有这样的嗜好，甚至，他会有意通过时间的平面化来消解深度与历史感，也就是说，不是什么历史的深度，而是时间之谜使作品变得神秘而幽暗。《井底之蓝》中的"文革"叙事与苏州张士诚的故事就是叠影的。井底之"蓝"是一个符号性的人物影像，它（他、她）既是与叙事人共处于同一时空的戴着鸭舌帽的蓝衣人，又是“文革”中投井的蓝衣女工宣队员，更是传说中拯救张士诚的蓝衣侠客，是当年出没于苏州大街小巷地上水下的男男女女、老老少少的无数的蓝衣人。通过这一影像式的蓝衣符号人，多重时间维度被压缩在一张平面中，或者更确切地说，是过去的人物与故事顽强地进入到现实时间中，并且同化、解释着现实中的人物、故事与场景。记忆在这里起着至关重要的作用。从客观时间讲，过去的事物总会过去、沉没或消失，但记忆却可以顽强地把它们保留下来并且在现实中复活。这里的记忆不仅是个体的心理行为，更是公众的心理与话语方式，如文字、传说等等。所以，我曾说过《井底之蓝》这样的作品更近于心理小说或氛围小说，它的核心驱动是作品中众多人物的个体与集体心理行为，在这样的行为中，时间被击穿、压缩、重叠和置换。当然，这并不是王啸峰的唯一方式，在处理时间上，王啸峰还有不少装备。比如《角色》这样的作品。如果说《井底之蓝》是将几重时间击穿或压缩的话，那么《角色》则是将本来连续性的时间掐断然后将其并置平行。这篇小说的主要人物应该是施老头和许阿婆，但他们的故事被装进了一群轻工的无聊而骚动的生活中。静与动，过去与现实，清晰和神秘，形成对比性的两个世界。这个作品完全可以有不同的写法，最简单的就是将两条线索分开，当然也可以将施老头和许阿婆的故事完整化，但在读者看来似乎这样更明白的写法被王啸峰舍弃了，他将施老头和许阿婆分开了，并且将他们安置在城市的两座老屋中不相往来，原来可能的一个故事成了两个故事，原来在一个时间维度中叙述的故事也不得不在两个时间中分别展开，而现实的年轻人的生活又使得这个故事到最后都未能清楚地讲述出来。小说家便是如此任性，他既可以在《井底之蓝》中通过记忆使历史与现实重叠，也可以像《角色》中这样人为地将故事掐断，抛入黑暗。

《角色》同时提醒我们空间的重要性。我想在此对空间在王啸峰幽暗美学中的作用多说一些，因为我们对文学中空间的地位好像不太重视，缺少精细而深入的研究。作为一篇短篇小说，《角色》的空间可以说是非常多了，工厂、百乐门、杂货店、城西棚户区、技校，当然，最有神秘的还是万卷弄 7 号，这处清末建起的苏式庭园，虽然后来被五六户人家分住，但丝毫不能改变它的玄妙和鬼气，它有如同迷宫的小径交叉的花园，有名为停云峰的牵着红衣裳姑娘冤魂的怎么也拉不动推不倒的太湖石，小说的故事便是在这弥漫着阴森气息的空间中展开的，小说中的“我”为了一点烟酒钱充当了施老头和许阿婆的信使，定期将施老头的信交到住在万卷弄 7 号的许阿婆的手上，施老头和许阿婆都已是老人，他们从哪里来？为什么同住一城却不见面？既然不见面又为何书信往来？书信中又说了什么？他们有着怎样的前世今生？所有这些都是“我”想知道又无法知道、也因与施大爷许阿婆约定了信使规矩而不该知道的。当“我”心不在焉无意于这对老人的秘密时，故事是平静的，而当“我”心中起意越了规矩时，“画皮”一般的阴森鬼魅便四处袭来。万卷弄7号四方客厅的每一件器物都令人毛骨悚然，古老的黑漆大门，阴冷的方砖地，说不出年代的红木家具，仿佛能走出人来的屏风，折射出多重影像的镜子，香水，头套，化妆品，旗袍……“似乎每件物件都在深处溃烂”，而许阿婆则自如地融合在这阴冷的空间中如魅影一样在规定了“我”的行动后神秘地消失了。

空间不是环境，空间在王啸峰的作品中是一种叙事的动力。在传统美学中，空间被表述为环境，而环境则是为人物服务的，是人物赋予了环境的意义。其实，空间可能会成为一种主动性的因素，一方面，空间可以符号化，它先验地具有意义，万卷弄7号来自历史深处，它是有灵验的，也是有鬼气的，它意味着神秘，不可知，不祥和灾难；另一方面它又在等待人物的出现，故事并不先于空间，而是人物进入空间后才发生的，故事不过是空间和人物作用的产物，可以看到“我”、阿瑛在《角色》中不同空间里的表现。如果没有万卷弄7号，所有的故事都不会发生，甚至，人物都没有意义。

可以再回到《井底之蓝》。如果没有井底，蓝的神秘，它的有无、真幻便没有了着落，如果没有了“黑屋”呢？作品中许多次的冒险也就无从发生，当然，许多的幻觉与灵异之事也没有了根基。而没有了下水道，或者，那么多地下河，连时间也无法连通。可以说，《井底之蓝》就是在上下两个大的空间中展开叙述的，或者更恰当的说，是两个空间的对话与互文，地上湿漉漉的老街、巷道、死胡同、黑屋、厕所、大杂院，地下四通八达的暗河，因一口古井而连续，古今的人物便上下穿梭、神出鬼没起来。我们再看看《隐秘花园》。故事是在一处建筑群中发生的，街道、前厅、客堂、后天井、夹弄、客房，这可以说是一个现实的、明晰的、今天的、白天的空间，接下来，是一道关键的隔墙，对于少年的“我”和小伟来说，隔墙外的空间是神秘的，它已经出现在人言人殊的传说中，出现在令人不安的梦境中，连同时时飘过来的类似昆曲的女声，不断勾起少年好奇而又害怕的欲望，而一旦在暗夜中翻墙而过，一个真假莫辨、虚实不分的天地便梦幻般地出现在少年们的面前，七彩斑斓的植物，不断分岔的小路，如镜的小池塘，近在眼前却怎么也上不去的载歌载舞的亭台楼榭，而神秘的白袍子老人的叙述又将本来已经如梦幻的后院再次推向历史的深处，时间和空间在后院叠加，眼前的实景与人们心中的记忆和梦中的碎片拼贴和重合，从而使整个空间都更加晦暗和虚幻起来。跟王啸峰的许多小说一样，《隐秘花园》里的老人也活成了精灵，活成了先知。外公已经通灵，他成了一个万物有灵论者，在他看来，不但现实和梦想会相互影响，以前发生过的事件的镜像会不停地重复出现，而且动物、花木、水土等万物都有魂魄，不过这一切的影像是隐性的，但当人们闯入这些灵异的空间时，它们便会上演。《五脚黑旋风》中的蟋蟀，《角色》中的“画皮”，让人不得不相信王啸峰对《聊斋志异》以及中国古典志怪游仙小说的兴趣。在这些小说中，空间都是极其重要的艺术元素，而且，这些空间的位移所带来的常常不是一维的与同质的，它们不但不在一个时间维度，甚至不在相同的感觉层面。这种空间美学也出现在王啸峰的小说中。《抄表记》系列中的许多作品有许多空间的置换，比如《借阴债》，实际上就是两组空间的故事，第一组是状元弄 15－1 号，年轻的抄表员来到拖欠电费的这户人家时发现空无一人，满屋子只有堆放整齐用以祭祀的“纸扎”，房屋、车辆、衣物、财宝等，惊惧的抄表员发现，只有挂在墙上的黑白女子画像似乎还在发着似有苦无的声音。大大咧咧的资深抄表师傅陈胖不信会有这样的故事，结果被 15－1 号突然弹开的窗户打了个脸青嘴歪。第二组则是庙和上庙的路，听了人的介绍，年轻的抄表员带着陈胖到庙里烧钱消灾，这样，两个空间便联到了一起。而故事的结尾则是 15－1 号不见了，庙虽然还在，但从山下到山上的各式人等都异口同声地否定，以前路上庙中发生的一切，连同陈胖也矢口否认那段心悸的经历，甚至连15－1号的电费存根也不存在了。这样的构思显然有着古典小说中鬼怪狐仙的原型，许多的空间可以梦幻般平地而起，也可以瞬间消失化作白茫茫的干净大地。再如《糟鹅》的糟鹅店在哪里？而《夹弄》中空间的反复切换使人物如坠烟雾……

时间的错位，特别是在空间上所做的一切追根究底是在制造一个又一个的谜团。制作谜团或悬疑然后尝试着去拆解和找寻，这大概是王啸峰虚构之魅。在王啸峰的作品中，几乎没有哪一篇是无谜的、清晰的，但似乎又只有谜面而无谜底，它们几乎是无解的，所以，寻找似乎并不是为了某一个结果，而是为了下一个谜团的出现，寻找并不是小说的结果，而只是小说的动作。《井底之蓝》中的老屋藏着多少的秘密？女工宣队员身上有多少故事？戴着鸭舌帽的蓝衣人又是谁？流传至今的“讲张”是不是历史上真实的张士诚？《角色》里的施大爷和许阿婆到底是什么人？他们身上各自带着怎样的故事？他们两人又是怎样的关系？那些往来频繁的书信都写了什么呢？偶然从牛皮信封中露出的一角报纸能说明那无数的信都是报纸？如果不是又是什么？许阿婆最后去了哪里？她托付给“我”的又是哪些事？在《甜酒酿》中，“黑皮”有着怎样的人生？白妹的身世又是什么？神秘的男人、纸条、门锁、酒酿、白包裹……直到小说结束，都未曾有结果。至于《隐秘花园》《借阴债》

《夹弄》其寻找的动作性几乎带有了悬疑的色彩，但最后的结果不是导向更大的疑问便是导向无解的虚无。暂且不必将王啸峰的这些中短篇与中外文学的寻找母题挂上钩，事实上，这些精致的短制确乎无关社会、历史或者宗教与形而上的宏大叙事，但是痴迷于人间的异象，纠缠于世界的幽暗并试图以叙事的方式介入其中乃至沉湎其中又确实与一个作家的性格和美学趣味有关。从大而化之的角度说，写作者可分为清晰派与模糊派，解疑派与设疑派，王啸峰大概属于第二种。没有一个写作者不清楚这个世界终归有人无法言说的东西，终归有人力难达的地方，但是又总有些人乐于去探究，去解释并给出自己的答案。于是，我们在他们的作品中看到了秩序、结论与明亮，大到天地，小到尘埃，直至复杂如人心都明晰可说。当然，我们也看到一些悲观或无为之写作者，或者，他们也如蝙蝠、土拨鼠一样，或者一辈子就生活在迷障和疑惑之中，在清晰中看到模糊，结论中看出悖谬，简单中看到复杂，秩序中看到荒诞，浅显中看到深邃，或者愿意生活在暗夜和地下，并表达它们。这便是他们眼中的世界，是他们的世界观。

以上对王啸峰的叙述是不是已经形成了可以相互解释的逻辑链条？从其创作给人的神秘、隐秘、阴郁与不可知开始，我们首先感知的是他对时间的处理，接着是他在空间上的安排，而最终落脚到他作为小说虚构之魅的寻找的魔方。不过，仅仅到此还仿佛不够，虽然可以尝试从创作心理学上给予假设，但除了他的小说，我们尚不能进行更多的实证性的分析，因为这毕竟要涉及许多小说以外的因素。不过有一点似乎可以讨论的，这就是王啸峰身上的苏州元素。在小说之外，王啸峰还进行散文写作，更准确地说，王啸峰首先是一位散文家，然后才是一位小说家。他的散文创作时间要长得多，量也比小说大得多，而且，其散文与小说的界限也并不严格。从他的散文创作中我们可以看出，童年，南方，尤其是苏州构成了他书写的主要内容，虽然暂时还不要急于将王啸峰归入苏州作家群，但苏州对于王啸峰的影响确实相当大，或者说，王啸峰的写作相当大的程度上是指向苏州的，这一点王啸峰曾反复说明过。也许，在多年之后，在许多“苏味”作家之后，王啸峰再次对苏州进行的自觉书写和解读或许会在文学地图上标出一座别一种色彩的南方城市。远的不说，从鸳鸯蝴蝶派开始，直到陆文夫、范小青、苏童，都曾有过各自对苏州的表达。现在看来，王啸峰的作品中虽然多少有着他们的影子，不过，相比较而言，对苏州空间的深入和对苏州时间上的存在，对苏州自然物性上感受确实是王啸峰特别用力的地方。这与个人的性情有关，更与时代的趣味有关，与时代对记忆、对感觉的开发有关。陆文夫以苏州的小巷人物刻画著称，但他的苏州小巷是传统文学中“环境”概念上的小巷，他也曾以《井》为题，但他的井与王啸峰的井显然是有差别的。要约略说到王啸峰曾经的电力公司抄表员的工作经历，他的系列小说《抄表记》大都来自于那段生活。这一特殊的工种使他出没于苏州小巷的深处，小桥，深巷，潮湿阴暗的弄堂，一次又一次地激活他的童年记忆。这一代人对时间与空间的感受已经不是陆文夫及其前辈作家了，在陆文夫他们，人物永远是中心，而到了王啸峰，个体的感觉，置身其中的空间，和这些空间的历史，连同气候等自然生理感受可能是他们表达的中心。苏州是一种南方城市，穿城而过的河流将城市划成纵横的网格，密集的砖木结构，蓊郁的树木，多雨的天气，燠热的气候，不仅给了王啸峰的童年也给了成年后的他强烈的心理与身体感受，苏州早已迈入现代化的行列，但是再大的城市改造都无法彻底拆除那些不知建于何时的弄堂，它们承载着多少秘密？即或旧屋拆除，那些记忆中的老地名依然顽强地留住了历史，如同符号一样，指涉着城市隐密的岁月。所以，不一定是人物，也不一定是故事，叙述可以止于时间，也可以止于空间，它们可以经营出一个城市的性格和它给予我们的感受。苏州曾被前辈作家表述为市民的、世俗的、明丽的，也被表述为开放的、现代的和诗性的，而王啸峰通过寻找，给我们带来了他的苏州。在许多相近的语词群落中，我最终选定了幽暗或神秘，悬疑也罢，灵异也罢，不可知也罢，以及对它们的寻找也罢，所有这一切都是发生在阴影之中的，只要有那些记忆中的古旧空间，便会有阴影，便会有深邃而复杂的时间，而秘密就在那里，只要将人物带到那里，故事便会开始……

也许与苏州无关，与城市无关，而只是一个人内在的心性。日本美学家今道友信认为“表现与再现都追求存在的神秘”①，他认为东方美学特别推崇“幽玄之趣”②，他曾将现代日本人的生活分为白天与夜晚，并认为这对应着两种美。而日本作家谷崎润一郎阐述得更为具体，他认为艺术中有所谓的“阴暗的魔法”③。谷崎润一郎在《阴翳礼赞》中以西洋之美学观与以中日为代表的东方美学观作了对比，认为中日的美学有一种包含着模糊、混沌、深沉暗淡、潜隐、幽暗、阴影、神秘、沉寂等在内的审美趣味，一切微妙的、不确定的、神秘的东西在此中展开，令人遥想而沉醉。“我们祖先的思想方法就是这样，所谓美并非存在于物体之中，而在于物体与物体所造成的阴暗的模样以及明暗的对比。”④ 他一方面为这种传统被西洋美学所侵蚀而遗憾，另一方面，又为现实中依然存在的“阴翳之美”，特别是人心之中的幽寂情绪而欣慰，他更呼吁文学艺术能复兴这一传统。“我想至少要在文学领域里，把正在

① 今道友信《关于美》第76页，黑龙江人民出版社1983年5月版。
② 今道友信《东方的美学》第206页，三联书店1991年12月版。
③ 谷崎润一郎《阴翳礼赞》第21页，三联书店1992年6月版。
④ 同③，第30页。

消失的阴翳世界呼唤回来，我想把文学这个异常的屋檐弄得更深沉些，把多余的东西推进昏暗里，把无用的室内装饰剥掉，即使做不到家家如此，有一家这样也好。”①不能确认王啸峰对谷崎润一郎的认可度，但其作品确有这种阴翳之美的风姿。

阴暗的魔法。谷崎润一郎说，有一家这样也好。

2017年春，湖景花园。

---

① 谷崎润一郎《阴翳礼赞》第42页，三联书店1992年6月版。

井底之蓝

梅雨季节来到的时候，我把木板床往外移出一点，半夜里扑簌簌往下掉的墙粉就不会碰到蚊帐。但是，半夜里我还是会醒，而且我非常确定，这个时候醒来的，老街上不止我一个人。要是在古代，更夫应该敲三更了。离奇故事通常发生在三更过后。黑暗中，栀子花香伴着细雨声若有若无地钻进我的鼻子。似乎，我在花香的抚慰下睡着了，以至于那个声音清清楚楚传来时，我认为做起了梦。直到“砰”地一声，关门声响起，我才意识到，这恐怕是真的。板壁后的大床上，“咯吱咯吱”响了几声，有人起身上马桶，听咳嗽声音，是外公。

第二天放学后，我不情愿地把书包里的五根新皮筋、三颗彩色玻璃弹子塞到东东手里。然后，就听见他哈哈大笑。他笑得上气不接下气，旁边的同学也开始笑。我问他们为什么笑，他们说不知道，笑没有停止。我耐心地等着夕阳慢慢下沉，大家的影子拉得很长很长，笑声没有了。老街上喊回家吃饭声此起彼伏，有的甚至声嘶力竭，好像夜来了，总会发生些什么似的。我尾随东东进了大杂院，虽然外婆尖厉的呼叫声已经覆盖了半个院子，但我还不死心。他把我挡在第三进房子门口："好吧，老实告诉你，你听见的声音是我的。"

夜饭桌上，二舅的筷子最快。他说话也快，店里是流言集散地，吃晚饭他就贩卖，外公、外婆和我根本插不上嘴。太离谱时，外公会把青边碗往八仙桌上一顿。二舅马上乖乖低头默默扒几口饭。不一会儿，"哎"地一声，头又仰起来，新的故事开始了。在我看来最虚头虚脑的事情，外公却没有制止，连筷子都放下了，手不停地摸裤兜，几次都没有摸出一根香烟。"昨天晚上我听见声音了。"二舅压低声音，风把吊着的白炽灯吹得晃晃荡荡，阴影一片接一片盖在每个人额上。外婆说恐怕又要下雨了。外公点着了烟，"声音有什么奇怪的。"我赶紧解释："声音其实是东东弄出来的。"我的话刚出口，就觉得舌尖上着了一股凉风。是啊，那不是胡扯吗？外公朝天喷出一口烟，他吃香烟不吸进去，喷喷吐吐，倒也离不开它。雨季，江南水汽凝固在空气中，烟雾散不开，他的话听起来隔了一层水帘，像极了又糯又绵的评弹“徐调”：老万头啊，蓝衣人。

二舅带着我摸黑进到大杂院时，有线广播响起了《姑苏行》，这是评弹节目结束曲，八点半了。东东坚持昨晚的声音是自己弄出来的，而且以他的话说，时间已经很晚很晚，他回到大杂院床上，眼都没有来得及闭上就做梦了。二舅骂他：“整个就是一出梦游的戏，最近整条街的人都在议论深夜的声音，都是你一个人弄出来的?”东东那时的匪气还处在青春期，几个回合下来，就被二舅缴了枪。但他临时又想出个点子：那我们去“黑屋”看看。这句话出来，把二舅将住了。我把偷偷夹带出来的外公的铜质手电筒打开，放到吐出的舌头下，突如其来的光，加上我惨白的脸，把两人吓了一跳。光束里，小飞虫在打转。

老街有好多横巷，只有铁线弄是死弄堂，到底，是一小方场地，双眼井在黑屋门口。黑屋与公共厕所并排，后面是一条小河。我刚懂事的时候，双井还是一个小型社交场所，人们在井边淘米、洗衣服，在厕所后的河里洗马桶。铁线弄里，家务一条龙搞定。后来，老万头不见了。他的空房子刚开始经常被不知情的流浪汉占据，不过最多到当天半夜，那些人就会嚎叫着逃出来。叫得全街的人汗毛都竖起来。后来连猫狗都绕道走，我们给了它一个绰号：黑屋。顺带着，双井也很少有人去了。又过了一些时日，老街上新盖了厕所，弄堂厕所连同黑屋一起衰败。我们发现井里的水越来越少，越来越脏。有一次，二舅弄来钥匙，打开盖子，一股腐臭味冲得我们后仰倒地。东东强调那就是腐尸气味，吓得我们很长时间不敢进铁线弄。不明身份的绿色植物爬满井栏，我幻想总有一天什么东西会爬出来。但是，我们依旧充满好奇，隔一段时间就会去黑屋张望。我踩住那些肆无忌惮的绿色植物犹犹豫豫时，二舅和东东已经接近黑屋窗口，光束在抖动。

雨腥味横扫过来时，我想起了去年暑假的一个场景。傍晚，我在后天井用一桶井水解决完洗澡问题，手拿一册《长坂坡》，赤膊躺在前天井的竹榻上。远处传来阵阵雷声，连环画的纸片微微抖动，天一点一点黑下来，外婆跑进跑出收衣服、毛豆干、马桶。我喜欢从敞开的大门外刮进来的狂野的风，渐渐地，伴随零星豆大雨点，腥味越来越浓，我收起竹榻搬进客堂。似乎有人缓缓经过门口，我感觉背后一双眼睛盯住我，连忙回头，只扫到最后一片蓝色衣襟。一串惊雷暂时挡住正想冲出天井的我。我在门口碰到二舅，他顶着水果纸箱，气喘吁吁。“那是老万头啊！他回来啦！”二舅踮起脚，往老街两头张望，再次肯定地说：“老万头就喜欢雨水，肯定是他。”

黑屋的玻璃每块都破损，手电莫名其妙地忽闪忽闪。我记得外公今天下午刚装进去新的三节“白象”牌一号电池。抖动的光束下，依次展现：没有被褥的单人床、靠背木椅、长条桌、靠背木椅、小方桌以及上面的煤油炉、水缸、马桶、痰盂。二舅轻轻叹了口气，好像没有什么变化呢。腥味越来越浓，雨憋不住往下啪啦啪啦掉。东东接过电筒，嘴里说着：“我来看一眼。”眼字没有出得了口，卡在喉咙里了。我们听到绝不可能出现的声音，三个头生生挤到一个窗口上。雨点砸在头上、身上，我们几乎没有知觉，直到寂静回笼，二舅才猛地喊了一声：“还不快跑。”我们踩着湿滑的弹石，奔出弄堂，跌跌冲冲回到老宅。外公听见声音，披衣出东厢房，惊诧地看着三个呆呆的落汤鸡。我们互相望了一眼。二舅拖长声调：“台钟在走。”东东补充一句，“它敲了九下！”

清晨，太阳还是出不来。外公带着我们，拐进铁线弄。杂乱的脚步声中，外公悄悄抬起左胳膊，看了一眼“北京”牌手表显示的时间。阳光下，黑屋极其普通。一开间的平房挡在铁线弄弯角尽头。弄堂里各家大多开始生煤炉，煤烟呛得我有了实实在在的安全感。窗口容不下那么多头，我被挤到他们身后。忽然我有了一个念头，这些人真是可笑呢，也许老万头啥的正在什么地方乐呵呵地望着这帮无趣的人呢。我觉得脖子里凉凉的，左右扭头，都是寻常景象。这难道真是我的多疑或者直觉吗？来不及细想，外公就把电筒扔给二舅，平静地说：“看看仔细吧。”他转身背手走开，“北京”牌手表闪出一道光。三个头再次挤在一起，“白象”牌电筒射出白光，静静地定位在“三五”牌台钟上。时针和分针都松垮地自由落体般定格在六点钟上，要不是时针稍微胖些，我们还以为这钟只有一根针。

老街的人都在谈论老万头的时候，我才发现，一切稀奇现象，千条线万条线都穿进“蓝衣人”这个针眼里。张家屋檐塌下一个角，李家井水漫过井栏，王家马桶两根铁箍同时断裂，马家花狸猫一胎四只全是死胎。几乎每个人都缩在门樘里，用怀疑的眼光扫描着每个过客。二舅的店主任是个具有强烈责任感的党员干部，他被梅雨憋在店里好几天，又整天接受“窸窸窣窣”来路不明的暗示，终于挺身而出，带了几筐杨梅，去了趟派出所。回来后，他问二舅要了根烟，坐在水果店门槛上。二舅替他点好烟，并排坐了下来。阴霾的天空又开始飘起细雨，二舅看到店主任脖子后面湿了一大片，还不时有汗水接连不断地从头发里滚下。“这个懊糟的天。”二舅嘀咕一句。店主任答非所问地说，没有这个人。

大杂院第三进是二层堂屋，二楼本是大户人家的主卧室，如今被普通百姓割据成三小间，东东家在最西面。分到房子时，东东父亲不是很开心，靠西，要太阳时没有，不要太阳时，西晒又极其难受。但是，不久东东一个顽皮动作却打开了一个新天地。他在屋里假借晾衣杆舞枪弄棒时，无意戳穿了西北角的天花板，大户人家藏金楼就此暴露。围着大杂院兜了好几圈，我们都看不出阁楼在什么地方。而在阁楼上，通过木制百叶窗，我们刚巧能够望见铁线弄底。傍晚仍是阴雨连绵，路灯几乎全坏了，弄堂早早暗下来，黑屋没有一点动静。二舅命令我睁大眼睛，不能放过每一个细节，他似乎想把事情在今夜搞清楚。东东把隔板放下，阁楼顿时成了我们三个的天地。二舅一本正经地问东东前天晚上怎么弄出声音来的。

我第一次听说老万头的事情，个子还没有烟杂店的柜台高。我拿着瓶子去打酱油，店里的人都围在一起说话，我使劲踢柜台挡板，根本没人睬我。踢累了，我索性在店里玩起玻璃弹子。但是，大家的惊诧声、小声惊呼声，让烟杂店气氛沉重起来。十八号大院子里面第一家老胡家的女儿失踪了。我听了几句就知道他们惊呼的原因。后来他们压低了声音，我只听见有人提老万头的名字。一进门，我就大声问外公，老万头是谁？外婆听见，嘴里念着阿弥陀佛快步走过来，夺走我手上的酱油瓶，望望敞开的大门："阿弥陀佛，不要瞎说八道。"外公却沉着地笑笑，到天井里看盆景，拿起喷水壶浇花。

东东拿出压缩饼干，我的视线不离开黑屋，把饼干往嘴里送的时候，感觉就像墙粉掉进嘴里，一些干粉末掉到地上。黑屋已经沉入夜雨里，突出的屋檐和破旧的瓦片发出微光，使得门口和窗户更加黑暗。二舅正在讲自己的亲身经历，虽然我已经听过不知多少遍，但是此时还是感觉有凉意袭来。二舅不喜欢蹲马桶，甚至小便都要跑到铁线弄。新厕所没有建成前，大家都蹲在铁线弄底，听着小河潺潺流水，自然而然地产生了愉快的心情。蹲位之间没有隔板，大家蹲在上面递根烟、传个纸非常方便，说说笑笑，打趣打趣。二舅从小崇拜白玉堂，金声伯说白玉堂有个爱好，喜欢蹲夜坑。喜欢白玉堂的人，自然也效仿，何况这并不难练。上床前，二舅出门了。雨飘着，但是不大，细到喷壶里的水珠一般，挂在头发上，进厕所门，一甩，头发几乎没湿。厕所里空无一人，他有点急，连忙占了第一个坑。在他集中精力解决问题的时候，似乎有哗哗水声，但他根本没有在意，直到舒舒服服点烟的当口，突然发现，最里面的坑位上多了个人，一身蓝衣蓝裤，脸藏在蓝色鸭舌帽下。有风刮了进来，火柴怎么也划不着。二舅想站起来，脚已经麻了。里面的人，慢条斯理地做着该执行的程序。时间既不长，也不短。他往外开始走了，却又停了，转身，拿起挂在漏空窗台上的黑伞。一步一步走出厕所，每走三步，伞就往地上一点，发出均匀的节奏。两条腿加一把伞，在二舅眼前悠悠晃过。二舅撑大胆子往门口望去，并牢牢记住了被风刮向后脑的白胡须。隔的时间并不长，“噗通”一声传来。二舅提裤子的时候，眼前一串湿脚印。

我一开始怀疑故事的真实性，但是后来看了《三国演义》不这么想了，既然人人都把演绎的东西当成真的，说明人们并不太在意真实，而在意符合大众需求。二舅一口咬定蓝衣人就是老万头，他经过缜密思考，拿出很多依据说服大家。最重要的一点，就是我现在目光紧紧盯着，不敢丝毫松懈的那口双眼井。双井是黑屋的一双眼睛，把铁盖盖上，也是迫不得已，但是却弄瞎了黑屋的眼睛，当然这是我的想法。我既希望井里冒出什么东西，又对此害怕不已。每到阴雨的深夜，不知是不是铁线弄，还是老街别的什么地方，时常响起奇怪的声音，街上有心人都能听见。

听外公讲，武斗的时候，一派工人武装占领铁线弄。他们静悄悄地休整，准备在最困乏的凌晨四点钟，进攻老街头上的一所小学，那里被另一派占据。不知谁把井盖移走了，铁线弄里每家的床开始微微颤抖，那些强占床铺的年轻人还打着微鼾，轻轻的震动恰似母亲的怀抱。后来，声音出来了，不是很响，但是异常坚决。像一种不紧不慢的步伐，打在人的心上，恐惧的原因，就是“正朝我走来”。每个人都这样想的时候，一个女“工宣队员”落了井，也不知道为什么她就走了过去，反正是落了井，同伴看见她倒栽进去。基本干涸的双井，突然涨水，一直没到井栏。天蒙蒙亮的时候，守在井口的人看见井里有一个蓝色的影子，用竹竿捣，影子碎了。平静下来，似乎又有一层朦胧的蓝色笼罩在井里。太阳光射进弄堂的时候，大家忘记了向学校进攻。学校里的武装力量听说这个事情，也派人过来打听虚实。两派当中本来就有朋友、同学，甚至兄弟姐妹。铁线弄一下子成为倾诉友情的场所，大家放下了枪和刺刀。井水似乎怕阳光，随着太阳升高，水退得很快，蓝色也在淡去。围的人越来越多。终于，在吃午饭的时候，井干涸了，只剩下黑魆魆的一个底。两派的头头商量决定，派人下去摸一摸。下去的人是个物理系学生，又很负责任，把井底仔细搜索一遍不算，还查看湿润的井壁。他上来后把井底形容成一个“活塞”，进水时，活塞向上一顶，井壁裂开，进水。活塞往下一拉，水从地底下流走。这时，他补充一句，井壁与井底之间缝隙足够大的话，人冲走是很正常的事情，毕竟女“工宣队员”没有找到。据说所有在场人员都对这个人的判断既愤怒又轻视。但是我听到这个传说时，却认为那是多么浪漫多么有诱惑力的一件事情。井水又悄悄涌了上来。女“工宣队员”仍旧没有踪迹，大家对她渐渐淡忘了。

多年后的一个大太阳天，街道领导不知出于什么原因，组织了较大规模的井底清淤。铁线弄里充满着柴油味，一根从粪车上拆下来的粗螺纹皮管，一口一口地往外吐着黑水。穿着黑皮一体服的工人被拉进拉出，一桶桶乌黑发亮的淤泥倒在茂盛的井栏草上，玻璃瓶、饭碗、铁罐子、老虎钳等相继出现，这些都不稀奇。我注意到一顶蓝鸭舌帽，脱了线的帽舌像一张嘴，挣扎着钻出污泥，沉重地呼吸。我忽然感到如果跟一口井过不去，那么，总有一天，你会被井里的“他们”拖到任何地方。“他们”似乎都与老万头相关，与“蓝衣人”有关。

零点已经过了很长时间了，我一瞥眼，东东也跟着二舅“吧嗒吧嗒”抽起烟，看他把烟从嘴里经过鼻孔过滤这个动作的熟练度，我想他已经吸了不短时间。当我把眼光重新聚焦到井上的时候，一个蓝衣服老头正坐在井栏上，那绝对是老头，虽然戴着蓝色鸭舌帽，但是压不住在微风里飘起的白色头发和胡须。会不会是我的幻觉？我转过头，认真盯着两个抽烟的人看了几秒钟，回头，再看双井。他还在，同样的姿态。但是这样子似乎为我而设，让我早点走过去，我有点吃不准要不要叫他们一起去。不过，暗地里一个声音告诉我，去小便。

一个人走进雨里，雨像雾一样拍在我脸上。铁线弄在深夜已经完全失去白天色彩，逼仄黑暗。我朝蓝衣人走去，直到大约十步距离，才发现他还拿着一把黑伞。我不再向前。稍停，觉得他正在跟我打招呼，这个念头刚起，他就动了。往后翻滚，头朝下栽进井里。伞的尖顶碰到了井栏，“啪啪”清脆两声。随后，寂静无声。突然，黑屋里的台钟清晰地敲了三下。第一声响起时，我的心随之颤抖。第三声结束后，我却呆在那里还在等待什么。我不知道女“工宣队员”是怎么走过去的，但是，此时我确信无法控制自己的身子。井中凭空多出来的一根铁链，在雨雾中冒着冷光。我看都没有看一眼井底，就跨过井栏，吊着铁索一步接一步往下滑。我的心是宁静的，甚至是幸福的。我一落地，就明白这幸福安宁的来源，“井底是活塞”，真是没错。确切地说，那是一扇门，往下一沉，打开了通往新天地的道路。蓝衣人不紧不慢地走一步用伞点一下地面，通道既不狭窄也不宽敞。我只看得见他迎风往后吹散的白胡须和白发。我跟着他越走越远，渐渐地，地形变得复杂起来，沟壑丛生。地势一直在往下，听得见哗哗的水声，正在与我们同方向奔流。边上是水，底下是水，头顶上也是水，只不过每过一段，都有一口井插入顶部。走过多口井之后，我忽然明白，自己正在水的夹缝中前进。水越来越多，我们不时改变走向，避开随时曲折的水流。现在不光是井水了，连小河的接入口都看得很清了。肆意流淌的水，让我想起梦里的事，我总在寻找一个入口，躲避阴雨、暴风、雷电、台风，找到的地方却仍然湿冷黑暗。冷到极致，才发现自己赤裸着被冻醒。而这个地方，虽然包裹在水中，却有干到不可思议的土脊，我的脚步重一点，居然有扬尘。正在我关注这些无足轻重的细节时，蓝衣人拐过一个弯后突然消失。立刻，恐惧向我压过来。在寂静的隔绝的空间，即便再安全也不是我的本愿。

我索性坐下来，仔细观察水的流向，希望能够抓住一个共同的方向。但是，各条水流的方向都不一致，甚至一条水流的方向也时常改变。刚才还向左，一瞬间又反了方向。这时，蓝衣人出现了，定神分辨，却不是带我下来的那个。迟疑之际，一个接一个蓝衣人出现，朝不同方向匆匆而行。他们装束一致，区别在于，有没有长胡子和胡子有没有白。我混在他们当中，不知道往哪个方向去，他们眼睛朝前，神态自若，谁都没有理会一个与他们完全不同的人。人一多，水的声音也大起来。我惊奇地发现，他们走向哪里，脚边的水流欢快地跟向哪里。

井底世界，幽暗不见蓝天，但是这么多蓝衣人自由自在地游走，我想看不见蓝天也不是一件坏事。我疑惑的是，刚才带我下来的蓝衣人呢？他是不是就是老万头？在一片蓝衣人中，老万头究竟是谁？正在这时，铁链“哗啦啦”响起，不知哪口井里先后落下两个人。蓝衣人在前面走。另一个不是蓝衣人，他东张西望地跟着，目光惊诧。这情景跟我刚才一样。但是，不可思议的事情发生了，后面那人渐渐收拾起惊慌，显露出轻松自如。他走着走着，身上慢慢起了变化，越来越蓝，刚开始还能分辨得出他，后来，他就与蓝衣人混为一体。然后，我慢慢收回目光，抬起手和脚，原来的白衬衣、灰裤子，正在“蓝化”，蓝得让我心惊。这真是躲避灾难的平和安宁之地吗？至少目前，不明不白地成为这里的一员，我还没有思想准备。大概黎明将至，又有一口井开始往下面吐人，也是一对，落地后不久，跟着的人成为新蓝衣人。我看准机会，一把抓住一条铁

刘杨
2017

链，拼命往上爬。蓝衣人听见声响，集体驻足，抬头望了一眼挂在铁链上的我，面无表情。随后，他们走他们自己的路，水声又大了起来。

微弱的晨光射到我身上，所有蓝色“啪啦啪啦”掉了一地，衣服和裤子显出原来颜色，蓝色一阵烟地挥发。我辨了辨方位，那是离老街差不多三公里的城西南。回身再研究那口我爬出来的井，已盈满了水，我稍稍俯身，手一伸就碰到水面，水似乎往下退缩了一下。往回走的路上，当日光下的一切变得如此真实、无情，我有点后悔。地下世界欢快的水声、蓝衣人沉静的模样，我也曾有机会加入，但是我可能永远失去了逃遁机会。在二舅和东东嘴边还挂着疑问的涎水躺倒在天窗边上时，我已经重新观察清晨的铁线弄、黑屋和双井了。

我静静地看着弄堂的变化，黑屋除了窗户都开始发白，井栏上停了一只麻雀。弄堂里一户人家开了门，接着又有几家有人走出来。麻雀很快飞走了，弄堂里升起了炊烟。我叫醒了他俩。走出大杂院，经过铁线弄的时候，他们忽然产生了一个疑问，急急促促地问我晚上去小便后怎么没见回来？是不是获得重要线索，是不是碰到了老万头。如果在昨天，我会很认真地回答这些问题。可是，现在我不这么想了。现在我最急的是找到外公，问他一些小问题应该就能够解开谜团。

午后越来越闷热，云层堆积得像棉毯，看不见的太阳在外公和我的头顶上烘烤。汗已经无法控制，滴滴答答掉进老井，把我们俩的人影扭曲变形。外公的回答大出我意料。他讲了一大段关于这个城市的野史。元朝末年，朱元璋攻打苏州城，张士诚得到城里老百姓支持，依靠南园、北园两个粮食蔬菜基地，坚守城池近十个月。那些日子里，张士诚想尽一切办法突围，都被徐达、常遇春的士兵瓦解。正在愁闷之际，弟弟张士信带来了一个蓝衣白须人，自称有办法帮张士诚渡出围城。张士诚说什么都不信。蓝衣人一言不发，扭头就走，径直走到宫中一口井边，纵身跃入。过不到半个时辰，蓝衣人在宫外出现。张士诚连忙重新把他请进殿内，请教脱困之法。蓝衣人算了一个日子，定下时辰，只允许张士诚一个人跟他走。在等待的日子里，张士诚屡次问蓝衣人为什么要帮他，蓝衣人笑而不答。八月的一个无月之夜，张士诚跟着蓝衣人下到井中，井通向锦帆泾，锦帆泾通向护城河，再通向运河，他们走在迷宫一般的地下水系缝隙中，一直往北。当他们从一口废弃的井里爬出，苏州城已经被他们远远地抛在身后，就这样蓝衣人带着张士诚逃出了朱元璋的包围圈。不久，苏州城被攻破，徐达、常遇春活捉留在皇宫里的张士诚替身，并押解替身到应天府，朱元璋亲自处斩。真正的张士诚早已遁隐，据传他化名张谷英，在湖南岳阳落脚，崇文尚武，族丁兴旺，后代多出文臣武将。

外公抬头仰望西部天空，接着讲，苏州人对张士诚的敬重世代传了下来，从点天灯，到烧狗屎香，再到时时刻刻的“讲张”，都渗透着对朱重八的憎恨。洪武年间，占全国土地百分之一的苏州，承受了全国近百分之十的赋税。数十万苏州人迁移苏北淮阴、盐城等地。因为张九四不征苛捐杂税，敬重读书人，以蓝衣人为代表的苏州普通老百姓对这个“姑苏王”产生好感。苏州能工巧匠多，奇人异士也多，帮助张士诚脱离险境也在情理之中。外公继续说着野史。蓝衣人送走张士诚后，重新回到城里，有计划地培训壮大队伍，正在他们准备大规模救人之时，苏州城陷落。蓝衣人从此生活在“夹层”里，不少市民知道这个藏在水下的世界，但是没有一个人向朱明王朝揭发。“洪武赶散”之后，蓝衣人与地面接触更少。随着战争和人口流动，人们渐渐地将他们遗忘。口口相传下来的“蓝衣人”传说，最终仅仅定位成了“水鬼”。老一辈的苏州人，也只是隐约地感觉这个城市的一切都是双重的，尘封的“通道”下，无人知晓、无从想象。

雨终于下来了，淋在身上，与汗水混合，蚯蚓般四处爬行，似乎想找到进入身体的通道。外公认为，不知什么原因，“通道”被打开了。这下，与我提的问题接近了。他终于说到我关心的事情上。其实就在今天一早，我快步走在熟悉又陌生的街道上，猛然想起外公。他总是平淡地看待所有事情，似乎一切都在他的掌控和知悉范围内。当某事在老街上传得沸沸扬扬时，他还是捧着一本《芥子园画谱》，悠闲地在空中比划。但是，我知道他的底线，那就是老万头。尽管我想尽一切办法，几乎浑身被雨水灌透，也无法使他对老万头评价一个字。在我看来，这似乎是一个约定，谁知道呢？

到了晚上，二舅又起头，让我和东东在双井边上集合，时间是夜里十一点。我和东东都抱怨不已，他值夜班闲着也是闲着，我们还要上学，作业订正的内容超过作业本身几倍。但是我们害怕他的威势，而且心里存有一些奇怪的想法。尤其是我，觉得已经站到谜团的边缘，真相正在向我招手。当然，我已经有点看不起二舅和东东，他们还在初级阶段，初级阶段的人只会瞎嚷嚷，而我已经学会思考。现在，离十一点钟还有一点时间，我在床上似乎已经睡着了，我侧身而卧，灵敏的右耳紧贴着床板。地面传来的任何声音，我都认为来自井底世界，那是一种很好的催眠，我的意识随着云层里落下的一滴雨水，穿越井底，汇入水流，边走边跳，陪伴着一个蓝衣人，奔向他想去的地方。走出去很远很远，我都疲惫不堪了，蓝衣人却还是精神百倍。我在十一点前沉沉入睡，一个梦都没有，睁开眼，天光大亮。跟我预料的一样，去井边的两个人，一点收获都没有。东东的作业本被语文老师当场撕毁，他哭丧着脸，晚上又要罚抄十遍《董存瑞》。

梅雨一过，我们就放假了。老街被火辣辣的太阳炙烤，谁都不愿在白天露头。小伙伴选择了广阔自由的郊外，我们整天在田埂边、池塘里、土丘上晃悠。我胆小，不敢像东东那样，吊运河里的拖船，开出去几公里、十几公里，再吊反向货船回来。但是我会爬树，像狸猫一样灵敏，高高的朴树顶，是我思考问题的地方。朴树随风摇摆，半个城市在我眼底，似乎一切尽在掌控中。一天傍晚，我想事情过了头，迟迟没有下树，东东他们早就去池塘洗澡，等我发现自己已落单时，太阳正形成一个大红球。不知道是不是长时间盯着红球看的原因，我眼前突然出现奇异景象。在红红背景下，出现稀奇古怪的井：有古老的、现代的，简陋的、精致的；有单眼的、双眼的、三眼的；有圆形的、方形的、多边形的；有高的、低的、平的等等。每一口井边都站着一个蓝衣人：有年轻的、中年的、老年的；有胖的、瘦的、高的、矮的；有男的、女的；有穿长袍的、穿短衫的；有白发的，有黑发的，有白胡须的，还有没胡须的等等。就在他们几乎同时跃入各自的井中时，我听得见自己脑子里“叮”地一声，一下子什么都明白了。

角色

我俩被大军叫到万卷弄口。

“这是什么?”没等我回答，大军一巴掌就落到我头皮。

“这又是什么?”小兵裤兜里被搜出大半包“飞马”。大军一手一张蓝色角票，一手往嘴里送“飞马”。手和嘴都有点颤抖。小兵忙为他点烟，被他踹倒在一号水门汀门槛边。

“早上上课前，再三关照你们要讲实话。你们就当耳边风。”尼古丁让大军的暴躁渐渐平息。这样语重心长的话，是台阶，是让我们认个错就和好如初。但是，站着的我、躺着的小兵，都没有任何动作和话语，木木接受来自弄堂深处的阴冷寒风。

“好，翅膀硬了，是吧？”大军用劲踩灭烟屁股，啐掉嘴上烟丝，“以后见一次，揍一次。”军大衣下摆即将消失在弄堂角的时候，地上飘来声音。

“有本事去 7 号混啊。”

军大衣停摆。隔了几秒钟，慢慢消失。我把小兵拉起来，他笑出声来。

“戆×，早就料到他有这一招。”他伸手从裤裆里挖出一包“大前门”，挑开封条，新鲜烟草香味散发出来。想到刚才闻到“飞马”的一股霉味，我也笑了。

几个青工站在新风塑料厂门口，手插口袋，缩着脖子抽烟。看到我们进厂，其中的瘦高个喝住我们。

“你们这批是不是有个高个大眼睛长头发女的？”

我根本不想回答，虽然他话音未落我眼前就跳出数控班的阿瑛。但是小兵却把那个宝贵名字立即出卖。我想挽救，却适得其反。

“你胡说八道，阿瑛近视眼皮肤黑，长得也中等。”小兵肩上挨我一掌。

“这个小赤佬像看上那个女孩了，帮得她一塌糊涂。”门口一片哄笑声，连下班的工人都回过头看我。

“黑里俏、黑牡丹，越黑越带劲。”矮个子近视眼如向日葵般将脸凑向瘦高个。

食堂的饭菜香味飘出来，救了我。瘦高个指着我："明天带给我仔细看看，听见没?"随后手一摊，矮个子忙挖出塑料饭菜票轻轻放到他手上。

我走过通向精工车间的走廊，有几个瞬间，突然像走进了万卷弄7号一样。虽然根本没有相同之处，我却觉得都有什么东西在召唤我。我即将走向新生活，难道旧生活就要远离?

本来，技校就管得松，现在半天上课，半天实习，各种"技能"差不多我都学会了。还差一样。

小兵对着下班女工吹口哨，女工跑过来拉他手臂，他吓得连忙躲避。一拉一扯间，我们把刚才挨打的事情忘干净。

"听说今天晚上吴都饭店'百乐门'半价。"

"你什么意思?"

"学校里好多女生都要去呢。嘘!"小兵望着正在走开的女工，"不能让这些老妖婆听见。"

"我不知道来不来得及。"

"你怎么这么多屁事?"小兵几乎对着我吼叫起来。他人矮，愤怒的唾沫抛物线般落在我脸上。

"我要去一趟万卷弄7号。"

顿时，小兵的声音小了许多。"不会又是送信吧?"

"是的。"阴森备弄暗黑无光，声音仿佛被吸走似的，手上的信封迎风抖动，我每次发誓再不干这事，但临到头，还是经受不住诱惑，这次也一样。

“随便你怎样，反正我在‘百乐门’。”小兵挥了一下手臂，迅速果断地跟我再见，拐向浴室。

“阿瑛答应晚上也会去的啊。”这句话飘来的时候，我已看不到他人影。

幸好天还没黑透，我找到了掉在地上的“五保户”牌子，重新挂好，然后敲门。响应的过程漫长而艰难。我数了一下，这期间经过的邻居不下六个。

“又来为施大爷服务啊，真好真好。”

我脸上全是笑意，心里痛苦煎熬。“五保户”是称呼好听，其实就是“断子绝孙”！我感觉就要把这四个字喷出来，幸好，门开了。

那是一张没有任何毛发的瓜子脸。头发不见，非常正常，可他胡须和眉毛都没有。后来，懂了一点生理卫生知识，似乎明白有些事情并不像我想得那么简单。

他坐在轮椅上，看我角度是仰视。我居高临下接受他几近谄媚的笑，很是受用。

瘦瘦的身体缩在轮椅里，他开始摸索东西，东找找西摸摸。他在吊我胃口，只要我稍微转个身，摆出想离开的样子，那些东西一瞬间全找齐了。

今天我就不着急，一直俯瞰，盯着他搞出花样来。桌上的“三五”牌台钟“滴答滴答”走着，我就僵硬地站着。

清末，一位巡抚买下地，营造致仕后“左图右书”生活所需的苏式庭园。他把宅第所在弄堂起名“万卷弄”。后来，大宅子逐渐被瓜分、侵蚀，弄堂有了 1 号到 7 号。7 号在最深处，本是废弃的后花园，经过粗略改造，十几家人家住进去。自由空间引发劳动人民无穷想象。小径在花园里无尽分岔，如果不记住一些特殊标志，就会迷失在简易建筑间隙里。

走的次数多了，我有了自己的绝招。我常常在窄弄里奋力一跃，就能望见高大的停云峰。当初巡抚老爷的想法是将织造署的瑞云峰搬过来，但怕动静太大断了念想。只是从前朝大臣废宅里挑选几块湖石假山，其中有一块高近五米、宽过两米的太湖石格外出挑。巡抚老爷感叹此石高大伟岸，又具备“瘦透漏皱”特质，命名为“停云峰”。遂放置在池塘中央，成为庭园主峰。

“大跃进”的时候，封建官僚留下的池塘被填没，镶嵌在周边的太湖石被拔起、敲碎，烧成石灰，用于革命生产。劳动人民刚爬上停云峰想动手，一个雷劈在斧头上，人从峰顶跌下。隔天换人从峰底砍，斧头脱柄而出，差点伤到围观群众。

又用绳捆住，用力拉，绳突然断裂不说，倒在人堆最后的那个人的腿骨折。没有人敢出来说任何话，私底下都认为“神物”。之后大家做事都绕开停云峰。

无人理睬的高大石头长出了头发，枝藤蔓延，二三十年间，居然把整座峰围了个结实。只有在冬季，白皙本质才显露。我曾经乘送信的当口，走近石头仔细观察，虽然日头还没落下去，但我还是觉得寒气将我上下笼罩。据说那个长发红衣姑娘上吊的绳子，就是从这个最细长曲折的洞里穿过的。要以什么样的决心和耐心才能办成这件事呢？应该有根铜丝或者铁丝之类的牵引线吧？正在思考的时候，脚下一声响，低头一看，正是一根尾巴打着结的自行车钢丝。我惊得往后连退三步，一抬头，那些大大小小的孔，组合成一张笑脸。我拔腿就逃。为这事，施老头差点扣了我工钱。但是我一气之下，说了以后再不去万卷弄 7 号的话，他又把钱塞进了我的裤兜。

现在，施老头不把钱先塞过来，我是不会去跑腿的。有时我还会盯着黑暗屋子里的肮脏饭桌看，如果街道或者居委会刚慰问完，桌上会摆一些我感兴趣的东西，比如：粮食、白酒和“飞马”牌香烟。

“这些东西对你身体不好。”

“可这两样我都戒不掉。”

"少喝点少抽点，我帮你换好点的。"

这次也不例外，他已经把两瓶酒、一条烟放到布袋里，交到我手上。同时到手的，还有几张票子，我点了一下，皱皱眉。

施老头连忙跟上一句："最近手上不宽裕，下次一定加、一定加。"

"那这烟酒还换吗?"

"不换不换了，全给你，给你了。"

只有陈小毛知道我的勾当，但他也奈何我不得。货收进柜台，钱刚递出来，我就一把抢到手上。他在后面直叫："你这个小赤佬要遭报应的!"

陈小毛自己也不干净。我从不到他店里买烟。有一次小兵在陈小毛那里买了包大前门，撒给众人抽的时候，飞到空中，烟丝就掉下小半来。我一把拦住了往外冲的小兵，毕竟我的事，陈小毛并没有传扬。

但是，说到底，我是理直气壮的。一来，万卷弄 7 号本来就没人愿意去；二来，我真的受过惊吓。人家常说，喝杯酒压压惊。只不过我把烟酒换成更实在的钱，以吃喝玩乐的方式来压惊。比如说，追个姑娘，其他就变得不那么重要了。可是在姑娘面前，我却老是把握不住说话分寸。我把 7 号里吊死鬼的事情告诉了阿瑛。

阿瑛住在城西棚户区。她祖父把船从里下河地区摇到古城旁，靠住岸不走了。城墙成了他们家第一面墙。到了阿瑛父亲，简易房盖了三间，生了三男一女，阿瑛最小。好长一段时间，大家都不敢接触阿瑛，直到她的三个哥哥先后被判刑或者劳教。我没有想到，小兵是技校里第一个公开宣布追阿瑛的。他甚至学着外国电影，把阿瑛拦在校门口，从身后拿出几枝玫瑰花。

“祝你生日快乐!”

“毛病，我不是今天生日。”

“祝你天天像过生日那样快乐!”

“哪有天天过生日的?”

“做我女朋友，就能天天快乐。”

“就凭你?”一起进校门的几个女生哄笑起来。矮胖女生抢上一步，拍落那些玫瑰花，护着阿瑛进校。我站在门房间佯装取信，阿瑛回头望一眼地上残花的细节，被我捕捉到。于是，我展开了攻势。

终于，他把东西摸出来，交到我手上。这封信，也不像一封真正的“信”。有好多次，我拿着“信”忍不住想问施老头，这等分量的纸上，要写多少字才写得满呢？可我是有“职业道德”的人。我为自己定下规矩：一是按时送取信件；二是不偷拆信封；三是不问内容。即使不为自己，也要为阿瑛。如果谈恋爱靠我在塑料厂实习这点钱，阿瑛根本不会对我老是笑嘻嘻。

不过，令人生疑的是，我越是缺钱，施老头叫得我越起劲。就在今天一早，花狸猫又在我窗下叫开了。我在做与阿瑛手牵手散步的美梦，却被猫叫声搞得心烦意乱。阿瑛让我不要烦，说狸猫特别通灵，在阴阳两界来去自如，它们的叫声包含很多信息，如果听不懂，可能会……说到这里，阿瑛口型拉扁，语音模糊，渐渐过渡到“喵喵喵”语音中。我想拉紧阿瑛手看仔细，却抓到毛绒绒的爪子。手一惊，脚下一滑。惊醒后，耳边全是花狸猫固执的叫声。乐口福罐子里的鱼干不多了，我得多准备些，这个阶段用得费。花狸猫叼到鱼，立即闭嘴快速返回施老头家。

从施老头家走到万卷弄，天变了，铁灰般暗下来。寒风中飘来微弱的腊梅花香，我又开始想阿瑛今晚会不会喷点我托陈小毛搞来的越南香水，奇怪的香味，会让我一下子定位到她。

自从发生上吊事件后，7 号一直不太平。本来老人去世、孩子生病、夫妻离婚等都是再正常不过的事情，可是“突然”这个词加进来后，任何事情都变得面目可疑。

有些事件已经无从考证。只有小孩子的话，还能基本还原那些情状。我有意无意间，听见那些孩子说的话，发现不少共同点，这使我对 7 号的感受变得复杂。

7 号的门永远开着，因为只剩了门樘。里面的住户不是已经搬走，就是在想办法搬离。和其他住宅不同，想规规矩矩走路都不可能。苏式园林推崇堆山叠石、曲径通幽，走进这个弥漫着百年颓废气息的院子，深一脚浅一脚都是文化。可惜我不能只顾脚下，还要躲避胡乱突出的墙角和简易房顶。这些东西令我烦躁，却没有心慌紧张，相反，在杂乱无章间，我感到安全。

绕过很多令我心安的建筑，就快到“荷风厅”了，那条要命的曲廊就在眼前。曲廊靠围墙的一侧，每家每户都来堆些东西。观景的一侧，虽然圆柱架空飞檐，用来观赏荷塘和停云峰，但是现在被一道又一道参差不齐的墙挡得严实。曲廊已成阴暗龌龊的备弄。

施老头搬进我家对面的大杂院，也是寒冷冬天。我眼看着还有一个学期初中就要毕业，读高中没有希望，也不想再吃这个苦。小兵的哥哥大兵读了技校，忽然间有了一种气质，这是傻头傻脑的高中生绝对没有的。我梦想的生活刹那间具体鲜活起来，大兵则替我先期品尝。他上学不用书包，把书卷起来，插入书包架夹子里。口袋里明目张胆装了烟和火柴。冬天喝黄酒，夏天喝啤酒，有时一塑料袋啤酒一口干完。最最重要的是，书包架上总有女孩跳上跳下。

我问小兵，哪个是大兵的女朋友，小兵撇撇嘴，“玩玩的，玩玩的。”

我听到“玩”字，念头就转向那些女孩的身体。眼睛直直地望着大兵技校方向，男女生嬉笑打骂，流连在物欲的世界里。突然，我想到一个问题。

“你哥哪来的钱？”

小兵四处望望，压低声音，“你答应不考狗屁高中，我就告诉你其中奥秘。”

“我早就看不起那些自以为是的戆大。我是要混社会的。”

“那你跟我混就对了。”

“算了吧你。跟你哥混混嘛，还说得过去。”

“我哥肯定罩着我，我肯定罩着你。”

“得了得了，说正题。”

“技校和职校，就像一个小社会。没有点钱在里面流转，怎么称得上是社会呢？”

我再想深入了解，小兵却死不搭腔。

后来，我和小兵进了大兵刚毕业的技校，才发现大兵那些潇洒行为后，隐藏着多少血泪。所以，我决定走和小兵不一样的路，和这个学校无关，我从大社会里挣钱，用在小社会里。

不要看小兵比我矮小，但似乎在阿瑛眼里，他的分量和我也差不多。这令我沮丧。大军虽然时常对我们“抄靶子”，却也时常在搜到满意东西后，教导我几句。

“这个社会不是美女配帅哥，而是美女配丑男，甚至野兽。”

“什么混账逻辑?”

“美女在帅哥那里容易心碎，找高攀自己的丑男，有安全感。”

“我怎么证明自己最实在可靠?”

“危险关头能够出头。比如：她掉河里，你把她救上来；她被人欺负，你解救她。”

我愤怒地骂了大军一句走开。可他的话一直在耳朵里转，渐渐入了脑。

踏上曲廊的同时，一股越南香水的浓烈味道四处飘浮。我定下心来。

自从那年春天我为施老头送信开始，该碰到的事情，我觉得都已经碰得差不多了，但是现实不断刷新我的认知。好在，我没有做过一个噩梦。春夏秋冬四季，声音、气息、影像，单个或者组合登场，我没有像其他人那样惊恐。曲廊是舞台，映射内心故事。

一年前，红衣女子在廊上彳亍，开始我肯定自己是遇见鬼了，想大声呼叫，但是什么东西卡在喉咙里，连呼气都要用嘴。红衣女子突然回身面对我。我口鼻全开，却没有进出一丝气息，就这样静止了几十秒。她缓缓转身，渐渐消失在曲廊尽头。我听见自己喉头滚出两个字："阿瑛"。

让小兵这个傻瓜见鬼去吧。舞厅那种浮夸场合，不属于阿瑛。我要带阿瑛去"冒险"。令我吃惊的是，顺着香水味道飘来的方向，昏暗光线中，阿瑛穿了红衣。我快步走向前，打个手势让她跟我走。阿瑛总是很腼腆，我认为她不上高中，断了上大学的路，和我喜欢混社会的本质不同，而是家庭原因。我为她感到惋惜，更加重了对她的爱怜。

走廊里起了风，杂乱的树叶在打转。荷风厅就在眼前。厅的原型，四周都是落地雕花长窗，窗上镶嵌五色玻璃。但这都是爷爷的爷爷传下的话。现在唯一还能辨别出"厅"的元素，只剩一个飞檐，孤独地刺向铁灰忧郁的天。我每次走进荷风厅前，都要仔细看一下这个角，这么多次出现在别人梦中的角，为什么还没有与我的梦对接。

我和阿瑛一前一后走进破旧的房子里，用板壁隔开的一小间一小间居所，除了最里面的那一间，其他都搬空了。还好，拉线开关还在，更幸运的是，一拉那根细细的纸捻线，只有几支光的白炽灯点亮了。朦胧的光，基本可以为我分辨走道和障碍物。我回头照看一下阿瑛，她正低头跟随。

第一次见许阿婆，我就觉得眼熟，但是挖空心思想，也没有对上答案。后来，终于忍不住，我把这事告诉陈小毛，陈小毛乱七八糟的书看得多，歪理也多。

“是不是看得出美人胚子？”

“这倒没有。我就觉得熟悉。”

“人有前世、今生和来世。每个阶段都会有重要的女人出现。如果你想不出那个女人在你当前对应的人物，那么肯定是你前世或者来世里的重要人物。”他凝重地看了看我，补充一句：“当然，也有可能那个人将会出现在你今后人生里。”

陈小毛说得我背上凉飕飕的。“可是这个许阿婆跟我完全搭不上界的，要不是为了点跑路费，我才不愿去那个阴森地方。”

“没事的，外面传得越多，就越没事。再说，出怪事的时段过了。胆小的都搬走了，近几年倒没有什么事发生了。”

听陈小毛说说觉着有理，我就没再说下去。其实许阿婆只是令我疑惑，真正恐惧的是等待。每次推开那扇最深处的房门，里面总是没人，而我又不能把信放在那里就走。一定要等到许阿婆递过来回信后，我才能回去复命。“五保户”牌子底下是一个上锁的信箱，复信倒只要往里面一丢就可以了。施老头不管是坐着轮椅还是撑着拐杖，都能方便地取到信。在黑夜或者黎明，仔细看着一个老太给他的温暖寄语。当然，这是我的想象。

幸好，这次阿瑛跟我一起来了。我们站到房间里，还是与以往一样，没有一点声音，却似乎处处有动静。看似简单朴素，却似乎每件物什都在深处溃烂。干净整洁背后，似乎藏着许多肮脏东西。

每次，许阿婆从屏风后走出来，都穿旗袍，紧身端庄。我会大大松口气。而她似乎知道我站在这里的样子，微笑着对我点头，并迈开一字步向我靠近。是的，她从不对我多说话，以至于开始我还以为她是哑巴。

施老头的信，她从不当我面拆开。而她的复信又总是早已准备好。施老头的信往往又厚又重，她的却薄而轻。她递到我手上时，总会传来一股奇怪味道，与这房间的氛围合拍。有一次，我路过绍兴阿爹屋门口，闻到太阳下暴晒的梅干菜味道，猛然领悟，许阿婆带来的那种气味，带有光明与黑暗双重气质。一个物产成熟到极致，行将腐败时，迅速将其脱水，控制住邪恶的进攻，但是，璀璨中已隐含点点污秽。

“谢谢侬，辛苦侬！”每次接过许阿婆的信，我就习惯性地等待这句上海腔从她嘴里飘出。柔软纤细，带有一点点的羞涩。我更放开想象，猜施老头的信是怎样去撩拨上海老太的。

今天等得时间有点长了。幸好阿瑛陪着我，虽然她一言不发地站在我身后，但总算在为我打气。她第一次走进阴森房间，恐惧一下子抓住了她。

眼前是一个四方客厅，整齐摆放两套中式家具。靠左手是餐桌椅，靠右是交椅茶几，看上去有点像红木家具，但我不敢确认。我也没有和许阿婆熟悉到问这问那的程度。我只是等她礼节性地感谢我之后，尽量礼貌地回她一两句话就回施老头那里。

又得要老头子涨我工资了。我不耐烦地瞄着齐整家具，还有那些摆设。越看，汗毛越竖起来。餐桌椅一尘不染，连饭菜痕迹都没有过，更不要说碗筷盆碟了。茶几光秃秃的，照得出人影，茶杯茶壶不见踪影。我有好几次暗地里狠狠捏了捏自己的大腿，得到明显痛感后，又缓慢移到餐桌边，用劲掰桌角，还好，不是南瓜或者烂泥变的。

可我还是定不下心。冷风穿过房门，在里面打转。

正对着我的屏风起了变化！借着昏暗灯光，我终于明白今天令我不适的原因。屏风图案换了。我大胆走向前，脸贴近屏风。四折屏风内容已不再各自为政，乌黑血红画面由左自右变成战斗场景。以前挡在眼前的苏绣屏风，只是传统的春花秋月，与冷不丁从屏风后转出的素雅高洁的许阿婆很是相配。阿瑛到了许阿婆这个年纪，有没有这端庄仪态，我不好说。再有，施老头何德何能，配与许阿婆来回写“情书”。我已经断定这是情书无疑，虽然出于“职业道德”，我没有拆任何一封信，也没有看到信封上他们写的任何一个字。但是我穿透信封，早就看到一面是蹩脚凌乱的字迹，急于倾诉甚至要挟；另一面是娟秀清朗的字体，出于同情再三委婉拒绝。我快要怒了。

我终于看出屏风新内容是霸王别姬：美人、流血、牺牲、悲剧。我血脉贲张。第一次，我在万卷弄 7 号阴森气氛里高声叫嚷；第一次，我把信重重地砸在地上。

“我受够了！”

我转身对着阿瑛喊出第二句同样的话时，门口没人。

话卡在喉咙口，吐不出也咽不下，脊背开始发冷。似乎有什么事情，我弄错了。

我对阿瑛很了解吗？用大军的话来说，“你就是个雏儿，想吃天鹅肉，梦里遗精吧。”

老师对阿瑛都垂涎三尺。教机械制图的肥朱，总喜欢布置课堂作业，更喜欢在女生这一排拱来拱去。阿瑛坐在最后一排，肥朱先低头看，再手把手教，凸出的肚子有意无意在阿瑛胳膊上来回碰擦。

“哎呀！进步很快啊！聪明聪明。”

咸猪手从阿瑛头顶摸下，在背部稍作停留，正想往下走。

被阿瑛干脆利索打落，厉声喝道：“你干什么？”肥朱收手，若无其事地晃回教台。

小兵笑着转回身："肥朱裤裆撑起了伞。"

我抬头抓住一个剪影，肥朱侧面看上去像个字母：β。

我对阿瑛还是不了解。小兵约女生跳舞，几乎成瘾。他天天说跟阿瑛说好了，但每次我扑过去，都没碰到。小兵发誓阿瑛几乎每次都来，只是我总不凑巧。在我看来，一个人把说谎当作吃饭工具，那么，测谎仪都拿他没了办法。

跟我想的几乎一样，阿瑛听着我说施老头、许阿婆的故事，眼睛睁到最大，连眨都不眨一下。我约她到万卷弄 7 号，她却流露出一点犹豫。

我对她解释，许阿婆不同于施老头，知性文雅，不会出乱子。于是，她点了点头。

等等，我设法让自己混乱的思维回归正常。我约了阿瑛在哪里碰头？不在曲廊，而是大门口！

我没有在大门口停顿，是惯性把我拉扯进来。是清醒过来的时候了。

我快速冲向弯曲不平、障碍重重的院子，以最快速度跃出漆黑大门。门口空荡荡，路灯忽明忽暗，我几乎要喊阿瑛的名字了。我再调动视觉、听觉和嗅觉，仍然一无所获。我真的喊了，声音干巴巴送出去，在寒风里抖动。要了命的凄凉。

我没有什么了不起，只是小兵的翻版而已。我已经在心里编造如何牵着阿瑛的手一起把信送达的情景。随后又将一封薄薄的，却又充满感情的信，丢进破旧信箱。对视一笑，两人再一起沿着即将结冰的马路走了很远，直到运河里汽笛声响起。

踅身进 7 号。闹了半天，任务还要完成。厚厚信封仍旧躺在冰冷方砖地上。我捡起，拍掉尘土，一个角撕裂了一公分。我屏息凝神后，又探头探脑，确认屏风后暂时没有动静。

里面全是报纸！虽然白炽灯昏暗，虽然开口只有一点点，但是报纸的本质还是暴露无遗。从能够辨别的文字看，似乎就是最近的普通报纸。施老头、许阿婆、阿瑛、红衣女子、轮椅、信封、报纸、信箱等等，一时间轮着在我脑子里旋转，如果不是我一手撑住餐椅靠背，人就倒下了。以至于许阿婆出现，我都没有注意。

“侬今朝身体勿适意啊?”

她的话绵柔细腻，但从背后传来，阴气很盛，我全身抖了两下。好在几个非常大的可能性已在我心头走过好几遍，所以，我转过身的时候，完全是笑脸迎向许阿婆。

“我没事啊。这么长时间您没有出来，我还以为您身体欠佳呢。”

许阿婆碰到我这种调皮腔，反倒有点不自在了。她习惯性地用手捂了捂发髻。到了这个年纪，头发全是乌黑，真是非常不简单。

“十分抱歉，让侬等了好长时间。”

“是啊，我也很好奇，您今天忙什么来着呢。”这样不礼貌的话，我以小流氓惯用的嬉皮笑脸腔调来问，很是贴切。

许阿婆有点沉下脸：“这个与侬无关。请记住，侬的职责是送信。”

“破烂报纸也算信吗？”我继续流氓腔。心里却有一把刀正在慢慢启封信件。

“侬、侬、侬哪能偷看我们的信！”许阿婆不仅变了脸色，声调变高，声音也变粗了。

在她呼吸急促的当口，我似乎望见一条如同这个院子一样艰险的逼仄小弄，直达隐秘花园。“啊？您还没有拿到信，怎么就知道里面是报纸？难道以前我送的全都是报纸？”

老太在我逼问下，急匆匆对我挥手，“好了，好了，侬完成任务了。可以回去啦。”

大大信封在挥舞间，增大风量，隐隐飘来越南香水味道。我心头一紧，往前逼近一步。老太手加速驱赶，香水味道越发清晰生动。

我从未如此近距离观察过许阿婆，她惊恐的脸，把皱纹拱起，厚厚白粉以及上面画的条条框框波浪般打来打去。如果真与《画皮》里女鬼一样的话，我该怎么办？自从为施老头送信以来，似乎身体越来越虚，不仅如此，还变得疑神疑鬼，精力总集中不起来。我的魂魄早就被鬼盗走了？老太是鬼，那么老头肯定也是鬼。我替鬼干活，送鬼信。我来不及嘲笑自己，既然鬼现在也在害怕，那我就放大胆量再试试看。

“你香水哪里来的?”

“什么香水？阿拉不懂。侬快走、快走。”

“我太了解这香水了，它在我床头待了半个月。”

老太脸上闪过一丝冷笑。“难道这香水全世界就只为你生产了一瓶?”

“世界”这个词出现后，我脑子里闪过一句话：全世界都在欺骗你，只有你自己不知道。我有点愤怒了，用胳膊挡住正在胡乱飞舞的信封，胳膊吃到了一些分量。这实实在在的分量，稍稍让我定下心，“鬼”的概念悄悄从我心里移走。

我几乎赌上性命了。另一只手一把抓住老太舞动信封的前臂，令我吃惊的是，那是相当有劲的手臂。我用双手握紧，才稳住。

“你要干什么？松手，你给我松手。”

“这些日子以来，我为你们送信，辛辛苦苦，你们却神神叨叨，害得我精神紧张，形容消瘦。就为了这一点点钱，老子今天开始不干了!”

我重重地撒开老太手臂，大口大口地呼吸。猛地，我反应过来了。而就在手被放开的几秒钟之内，老太已经转回屏风后面。

“等等！等等！”我拉开屏风，冲向后面。一扇广漆木板门刚刚关上。

“别敲了！人家还要不要睡觉？”

“老鬼不起来开门，我就敲到天亮！”

“哎呀，他早就出门了啊。”

“啊？他不在里面？什么时候出门的？他怎么出的门？”

邻居们披着衣服围拢过来。“老施真是个好人呐。每次你替他去送信拿东西，他总会让我们把他抬出来，然后坐着轮椅去给你买吃的。”

“可他从来没有给过我吃的啊。”

“他说每次买好，都放在信箱里，你有钥匙，在放进信封的同时，取走吃的。”

“我没有吃到任何东西，更没有钥匙！”

当我看到邻居们怀疑的眼光，感觉自己是个罪犯。

“他到什么地方买东西？”

邻居们齐刷刷往前一指。昏暗十字路口，一个大灯泡发着光，不停在寒风里颤抖。

施老头不在陈小毛店里，而且陈小毛否认刚才，甚至以往任何时候，我去送信时，施老头来店里买过吃的东西。

“这些小市民，就是想象力丰富。”陈小毛朝我扔过来一支短牡丹。

短牡丹粗壮，我在拇指指甲上顿了顿，顶端空出不少，我就怀疑这是假烟。“这么说，施老头从没来过你店里？”

陈小毛见我不点烟，主动掏出他的朗声打火机，凑上来。我勉强吸了吐，吐了吸，不去品味。

“这倒也不是，只是他来得不多。但他绝对是你接触后忘不掉的那种顾客。”陈小毛摊手摊脚在破藤椅上摇摇晃晃。

“你怎么不告诉我？”

他斜睨了我一眼。“你的事情我也没说。我是有原则的。”

窗外竟然飘起了雪。午夜，当雪积起来，从陈小毛到万卷弄7号不长也不短的路上，只有一串脚印。那是我的。

我和陈小毛，一句对一句，一个细节对一个细节，一个个谜团在我胸中化解。他摘下门口大灯泡，打烊。我拿着他充足煤油的朗声打火机，去万卷弄7号印证我们的推断。

心中有了底，眼前的风雪和黑暗，就只是风雪和黑暗了。7号完全沉入梦里。我不想惊动任何人。朗声打火机强劲的火苗帮我熟稔地摸到荷风厅。

门没有锁，灯也一拉就亮。屏风就在眼前。与几个小时前不同，现在看那些画面，感受到的却是悲壮和遗憾。

屏风后的广漆门露出一条缝。我多么希望小兵、大军和阿瑛都在我身边，倒不是我怕什么，我是想让他们与我一起见证，不可预知的未来，有多么神奇。我有点后悔自己懒惰的本性，让我放弃高中。机械地重复劳动，半荤半素开着女工玩笑，打打麻将喝喝小酒，将是今后我一个青年技工的完全生活。但是，今晚会影响我吗？突然间，我发现自己迟疑的手，正在推开那扇不久前把我挡住的门。

尽管我心里准备得非常充分，但还是惊愕得掉落了打火机。电灯亮处，房间里出现了无数个我，我一动，那些镜中的我像支部队般整齐行动。我的每一个面，都被映射、反射。我从没有这么完整地了解自己的形体。有些特征，直到这个风雪之夜我才掌握：后脑勺有点扁平、背有点驼、鼻尖过于鹰钩等等。喘息好久，我才把注意力从自己身上移开。

小小屋子没有墙壁、窗户，只有镜子和门，幸好，屋顶还是椽子和望砖的天地。我定下神来，判断出这是一个化妆间。

长长一圈台面紧紧贴着镜子，却只有一把靠背椅和那辆熟悉的轮椅。眼光在台面上扫描。跳过我不懂的化妆品，我看到了越南香水。拔开塞子，气味亲切温暖，与陈小毛的话也对应起来。一叠衣服整齐摆放，我把旗袍一件一件轻轻平摊开来。顿时，一个接一个许阿婆向我从容踱来。当中夹杂着几件宽松

服装，都是各式红色。衣服边上是一只完美头套，没有夹杂一根白发。我闭上眼，感受她历经风霜更有气质的魅力。睁开眼，仍然不能彻底摆脱鬼魅阴影。

那些信一封未拆分两叠摆放。厚的一叠是他送给她的，另一叠是她还给他的。我拍拍这叠，又压压那叠，摇头苦笑。陈小毛说施老头说得高兴会流露出上海腔。哎呀，陈小毛哪里知道，上海腔也有收回去的时候。我想抽烟定神，朗声打火机却一时找不到。

终于，叼着烟四处找打火机的我，看到了一封信。这是一封真正的信，航空信封的大三角高高翘起，示意我这个有“职业道德”的人可以随意阅读。

亲爱的小兄弟：

我走了，在大雪落下的时刻。每个人都在扮演角色，我也不例外。有些是真的，有些是假的。在你看来是真的，在我看来却是假的。反之亦然。你不是很聪明，但是你很敏感。所以你将来会是一个不一样的技工。只是有一点我提醒，不要把眼前看得太重。

祝一切安好！

另外：我所有东西都交付你处置。

S•X

字迹娟秀，语气诚恳。还留下奇妙想象空间。朗声打火机找到了，我坐在轮椅上抽了三根烟。把敏感的东西都打成三个包，放置在轮椅上。临出门前，挥起靠背椅，把四面墙上的镜子统统砸烂。窗户全都出现了，白雪映进室内。我把灯也敲碎，屋里静悄悄地跳跃着莫名寒光。

我推着轮椅走出万卷弄 7 号，雪还在下。大雪把真实世界隐藏起来，让我们透不过气来。

萤火虫

沿着石板路前进的时候，二子闻到了空气中湿润的香味，他在理发店里时常放邓丽君的《夜来香》，现在，他认定这就是醉人味道了。骨头酥软起来，永久自行车颠簸抖动，他下意识用手摸一下书包架上的货，扎实地压在他心头。出门的时候，他让未婚妻阿莹清空皮夹子，回来时，皮夹子又将是鼓鼓的。他觉得自己处于“黄金时代”，一切都是好的，顺的，以往的霉运说没就没了。想到这里，他偷偷地撇嘴笑了笑。他笑自己的狡黠，每次总能比三子设法多装十几把扇子。每把三块五，本身就比三子高出五毛，加上多出的货，一次下来比三子多了七八十块。一星期交一次货，一年大概五十次，整整多出四千块钱。一台彩电赚到了。

那是一条死路，虽然一侧是著名的护城河，但是改变不了笔直向前无路可通的事实。河流是活的，老辈人说水有魂魄，临到绝境总会潇洒一拐，与固执的陆路分道。吴瘸子的工场就挡在路中央，反正人也走不过，违章建筑搭了里三层外三层，机器轰鸣宛如工业革命。产业工人的皮裙子、长筒胶鞋踩在永远不会干的地面上，五颜六色的泥淖，在灯光下庄严又神秘。

约好三子在大门口碰面，时间已经过去一刻钟，还不见人影。二子想那小子是不是已经进了吴瘸子的收货屋。于是，他一手扶纸板箱，一手把着龙头，走向最里间。他经过微型冲床车间，一把把扇子在这里定型。经过拉丝车间，钢丝锯把普通木扇拉成檀香扇模样。经过漂染车间，刺鼻的香精把木料变成檀香味。经过印花车间，模具准确地将花卉、仕女、山水等图案压在扇子上。最里间是外发加收货车间。说是一个一个的车间，其实就是一间间油毛毡房。只有吴瘸子的那间才是正式砖瓦房。

三子不在屋里。二子快速地将货摊到一张长条桌上。吴瘸子右咯吱窝紧压拐杖，右手把烟丝装进楠木烟斗，左手打着火机，粗大烟斗发出“咝咝”的微弱声音。古怪的香气弥漫整个屋子。二子想起以前店里烫发用的大功率灯泡。他一个走神，顾客的头皮就烫出个大泡。幸好后来有了冷烫，但是药水的味道还是太重。他有点感动，阿莹带着皮手套，已经帮上了忙。吴瘸子超长的对襟长褂，表明他曾经是个艺术家，或许他认为现在自己还是。二子急于给他验货。他左一句“吴老师”，右一句“吴老师”，估计就能很快过关。三子以前有一次一进门就嚷着“老板快验货”，这声“老板”令他的货被退了两次。

“虽然是工艺商品，我们也要用艺术品的标准衡量。”吴瘸子的话让加工产品的人，自认为在赚钱的同时，也满足了做艺术品的自豪感。

二子的货验得慢，原因是质量好。吴瘸子每次都细细品味后放行，而且总归拖一句“你不搞手工艺可惜了”。太师椅后面挂了把大宫扇，上面是《姑苏十景》中的“沧浪清夏”，色彩就是二子上的。吴瘸子翻看别人“生活”，就经常以“沧浪清夏”为模板，教训外发加工的人。被“吴老师”表扬多了，二子更有压力。三子经常遭退货，也成为二子的心病。他总是约三子结伴而来，一起验货，全部通过的几率高些。而他的货，却不能有一点瑕疵，这一点使他深夜伏在书桌上的时间更长。刚开始的时候，他沉醉在久别的色彩世界里。仿佛回到童年，父亲亲手调制一种又一种新颜色给他看。他也试着调，狠心地加入过多品种颜色，结果得到灰暗一片。这也预示他一段时间生命的颜色。但是，现在他不这么认为了。

吴瘸子有点反常。扇子摊满桌子后，他并没有打开扇面，只是轻轻抚摸这些货，来来回回几次后，拖长声调："装箱吧"。

二子诧异极了："吴老师，您不看看扇子质量?"

吴瘸子叹了口气，让会计付钱给二子。他注意到二子不时往外张望，补了一句："你不要等了，三子不来了。"

二子连忙问原因，得到的却是一股浓于一股的烟雾。

从并不遥远的扬州来到苏州时，二子十六岁。他跟在哥哥后面，身高却已经超过大宝。他能够比哥哥看得更远。

哥俩在表舅开的理发店帮工学手艺。店在扬州老乡聚居的运河边上，二子每天看河上日出日落，船只来来往往，还有各种垃圾飘飘荡荡。父母离世的悲伤一天要涌上心头好几次。大宝似乎对周围的一切都不敏感。他的注意力在头发上。手艺越来越成熟，表舅不在，他顶上去客人也不反感。他们到店里才三个月。

大宝比表舅对二子还要严格，在二子发呆、懒惰、想出神的时候，"毛栗子"就落在二子头上。二子有艺术天赋，技术上大宝精细，创新上二子点子多。表舅也看到了这一点，把儿子三子送到二子店里，而不是大宝店里学徒。那是二子和大宝吵翻以后分灶吃饭不久的事。

扬州三把刀，剃头刀是其中一把。理发师水平体现在对剃头刀的完美运用上。刀在头上飞舞，呱啦爽脆的扬州话在耳边萦绕，客人在不知不觉中精神起来，把烦恼和不快都丢给地上的乱发、泡沫中的胡须和鬓发。

表舅最拿手的技艺却是吹风定型。头发理得再好，没有吹风，也显出乡镇干部模样。电视台的主持人、影视剧组演员，都来找表舅。看着一朵朵云飘出店门，一张张笑脸在阳光下绽放青春，二子感觉手艺的伟大，这些进门还普通平常的人，半小时过后就显出明星气质。

大宝谈恋爱，对象近水楼台，是表舅的大徒弟，比他大了好几岁。她的水平就在烫发，火候连表舅都要问一声：小芹，是不是可以拆了？她低头俯瞰那些浪花或者云朵的样子，像在琢磨一件艺术品。两人结婚后，顺理成章地分灶开店，他们想把二子带走，可是二子不愿意。他看着那些明星和演员入迷，成日就研究哪些头上适合顶什么云。表舅常常给他创新的机会，也乐于给这个年轻人打下手。爆炸头、中分头、大波浪等样式成为表舅店里的象征，而这些点子，都是二子学了港台明星样式创新的。表舅的店仍然红火，大宝的店却艰难维系。哥哥几次劝说弟弟跳槽，甚至提出入一半股的请求，二子都拒绝了。几次三番，索性自己开了店。没有帮工，表舅把儿子送了过来。

二子骑车回家的心情远不如来时轻快，一些疑问盘旋在他心头。没由头地，细雨就下来了。刚开始，他还在雨中昂首挺胸，迎接湿润中微微带香甜的雨丝。河岸边，一丛丛鹅黄的迎春花开放，在暗夜里显得特别明亮。他微微欠身，似乎要仔细观察水和花。雨点子渐渐大了，河里的声音随之大起来了，催促他赶路。店里还有几个客人等他吹风定型。看着雨势，他觉得客人几乎要白白做头了。

书包架上空空荡荡，一年多来第一次碰到这等光景。吴瘸子拍着二子肩膀把他送到院子里。机器的声音停止了，工人和技师们正在整理工器具。吴瘸子含糊地说断货，大家都得耐心等上几天，并且低声告诉他，几天后可以打电话来问问，有货就过来领。外快的路基本断了，二子对几天后打电话的结果不抱希望。老老实实回店干活，他又不甘心。水街邻居老刘有句经典话：尝过鸦片味道的，哪还会留恋香烟呢？现在，二子一个脚已经跨出理发店大门，收回脚步或再跨出另一只脚都面临抉择。他把龙头一拐，进入与理发店并行的小路，三子的店就在不远。

三子有独立开店的想法时，不敢跟二子说。每天收工后，往对门老刘家一坐，喝茶抽烟聊天。老刘是抄水表的，本地路路通。职业改变人的性格，据说老刘还是小刘时，羞涩又腼腆，不善于表达。做了抄表工几年，烟不离口，喉咙响亮起来，泡壶茶坐在家门口，路人中有一小半跟他打招呼。屋里更是谈生意的接洽处。塑料粒子、钢材、木材、瓷砖等等词汇，在那些人嘴里盘来盘去，三子偶尔进去一听，就被百万、千万级的数字吓到。到底成交了没有，赚钱了没有，大家讳莫如深。只是老刘家天天晚上灯火通明到午夜。

三子找门面找对了人，老刘一搭话就开始介绍好门面和市口。这个挺好，那个更不错。三子越听越困惑，父亲给点、自己凑点，勉强能开出个店，要求不能太高。二子，甚至大宝现在还在弄堂深处、新村旁边开着店。

老刘收回话题，往实处讲："按照以前的规矩，徒弟不能与师父在同一个区域开店，抢师父生意。现在好点，但是也不能开得太近。"

老刘的一个朋友前脚把久拖房租不还的旧书店主赶走，三子后脚就进来打扫卫生。每当三子把垃圾往河道里倾倒的时候，他都会往河对岸瞟几眼。影影绰绰的灰白建筑里，二子的店在那。

为了这个事情，二子和三子好多天不讲话。老刘出面劝慰，加上时间久了，似乎总能抚平一切问题。二子只提出一个条件，离开他三个街区。算上那条河，勉勉强强达到要求。三子又把老父亲搬出来请二子一顿酒，两个人就这样和好如初，面子上开心和气。但是大家知道，分开了，心也就散了。

二子刚刚在水街破墙开店那会儿，老刘就来了，说既然开了店，水就得算营业水价格，单价高出一倍多。在房东兰姨目光示意下，二子跑出去买了两条红塔山，匆匆用报纸一包，塞进老刘胳膊肘。以至于后来很长一段时间里，每次二子在老刘家喝茶聊天，习惯性地认为老刘扔给他的红塔山还是自己买来的。老刘家前门对着二子的店，后门推开就是小河。他们在河里洗菜、洗衣服，且及妇女在河滩上用棒槌击打男人们的衣服时，二子双眼红了起来。

里下河地区也是这样，他母亲只是在更广阔的河埠不停地洗衣服，别人家的衣服。母亲不在，他就没有东西吃。父亲总在忙与吃饭无关的事情。大家都去广州、深圳、上海等地打工，父亲仍然在家摆弄一个个木胚子。二子在边上用一根芦苇挑起大红朱砂漆，在墙根展示小小髹漆匠的水平。

老刘的头当然由二子包办，二子忙的时候，三子就在老刘头上练身手。只要老刘不点头，三子就永远在上面咔擦咔擦地剪着。妇女们喜爱二子吹出的造型，更对他清秀羞涩的样子着迷。冬天，整个理发小屋散发着浓烈的廉价香波味道，经验十足的老刘说，一股女人的闷骚味弥漫其间。三子就说，难怪我的鼻子过敏了。二子笑笑，继续在女客人头上慢慢地烘烤。

她们最热心做的一件事，就是帮二子找对象。这个介绍的二子去看了，那个介绍的没有去，矛盾就产生了，从经营的角度讲，三子劝二子，凡是介绍的，来者不拒。渐渐地，三子变成二子的代言人，嘻笑之间，阿姨们也得到了满足。

兰姨的老公是货车司机，常年开的是广东线。他们说这些司机都有固定情人，一条线开过去，每夜换不同情人睡觉。兰姨特别关照二子，她不给二子介绍对象，甚至恨那些多事的大小阿姨。

那是一个雨天，黄梅天的湿度让她肩膀酸痛，甚至抬不起右手。一个大眼睛、瘦高个男孩手有点抖，指着雨中濡湿的招租纸片，问她开理发店是否可以。她本来想招个工艺品店，哪怕胭脂店也好，她怕闹。但是看到这个男孩的一瞬间，她改变了主意，为什么不可以有点热闹呢？

兰姨有时会怒不可遏，尤其是看见有些手在二子身上摸来蹭去，看见有些人说着说着就往二子身上靠。她一把拉过二子，训儿子一样："好好做生意，不要动不三不四的念头。"

这个女人在吃醋。这句话像刮旋风似的，在水街转来转去。

三子的店门口三色灯已经关掉，店堂里只留了一盏小灯。三子的帮工出来应门，说老板晚饭后出去到现在没有回来。二子掉转车头准备回去。帮工又嘀咕一句，老板可能在水街下塘的什么地方。水街下塘不长，两三百米样子。如果水街勉强能够单行一辆汽车的话，那么下塘并行两辆自行车都有点危险。从桥堍冲下去的时候，二子只能把精力集中到跳动的龙头上，路面和河面都是黑魆魆的一片。整个下塘都沉静下来了，只有粮油店的旧仓库里透出明亮的灯火，隐约传来切切错错声，人影闪进闪出。

二子进去的时候，三子正在指挥装货。时间看来很紧迫，他只对二子挥挥手，嘴上继续点着货物数量："五十，好了好了，这次就拿一件去。"

几个等货的人在书包架上装上纸箱，捆扎结实，颠颠簸簸地上路。二子看到三子学着吴瘸子的样把货发走。两人在门槛上坐了下来，河水轻轻流动，无声无息。

"我们辛辛苦苦地画啊描啊，这么大的一件只领加工费一百五十元。"三子感慨。

"我听说成品工艺扇买六七十元，宫扇要百元以上，是真的吗?"

"有的店开价还要高。"

"吴瘸子赚得厉害啊。"

"他的时代过去了!"三子站起身来，学着赤卫队领导人样子，捡起一块石子，往河里扔去："现在大家都开始做，吴瘸子垄断不了了。"

问三子拿货？二子自己都感到可笑。设定的程序原来是这样：吴瘸子是老板，我和三子充当伙计，伙计对老板负责。现在有伙计翻身做了老板，原来的弟兄，还能一样吗？二子陷入一段时间的沉默。

“我准备把理发店盘掉，明天就把转让启事贴出去。”干事业的心，三子比任何人都强烈。

二子似乎规劝的心情都没有了。初春略带寒意的夜里，这几小时，一切变得太快。他是手艺人，虽然学手艺为了挣钱吃饭，但总觉得手艺高于金钱。他接受吴瘸子外发加工扇面，每天晚上在花花绿绿的世界里专心畅游，已经成为他的生活习惯。

店面的灯全部熄灭，兰姨就开始炖红枣白木耳。二子爬上里间阁楼，不管酷暑严寒，他总撑开那扇仅有的小窗，静静地描画。此时，他一遍又一遍地想念父亲，每一笔都是在为父亲未完工的作品添上分量。调色、用笔、渲染，他回到少年时代，用心接受遥远时空传递来的父亲的指导。关上窗户，兰姨的白木耳也炖烂了。二子从来没有说不好吃，大多数时候，他沉浸在画中，默默地喝完，道声谢就再回阁楼睡觉。他如果说一声今晚的木耳特别香甜，那么女人会兴奋地一夜微笑。

他并不是注定要做剃头匠的，他觉得自己生来就是做艺术的。大宝把理发店改造成工场，任何单子都接，工场化运作，千篇一律很僵化。三子的店，价格低廉，一个个波浪在三子眼里就是一张张卷起的人民币。表舅岁数大了，外面店越来越多，他把店关了。但还有不少人找上老人家门，他就当作练练手。二子常常在下雨的周一早上去看老人，大家都闲着，聊天喝茶。不管他们谈了些什么，回来的路上，二子总想象成两个艺术家的一次聚会。哪怕一句话也没有，对坐也变成一段佳话。

他即使在做最卑微的活计，也带着喜悦。扫头发的时候，他发现头发粗细不同，人的性格也不一样。洗头的时候，他让温暖的水流经客人头部每一个穴道。梳头的时候，他想到瀑布、溪流和里下河地区的水。他开始琢磨人，什么样的人需要什么样的发型。有时并不完全依赖脸型、头型，他告诉客人应该改发型的理由。深藏在客人内心的欲望，常常一下子被激活了。

店里的广告都是二子自己设计、制作，顾客都认为是广告公司做的。兰姨当然是知道的，她把“我们二子就是灵巧”这样的话讲出去的时候，大家都大声附和着：我们二子、我们二子。吴瘸子年轻时就住在水街上，整天懒洋洋地摆出画家样子，随手涂个东西什么人也看不懂。兰姨想弄懂，一来二去，两个人像真的一样黏在一起。虽然最终好事没成，但是兰姨热爱艺术的心却一直火热。

有雨的周一早上，兰姨带二子去吴瘸子那里。其实是二子骑车带她，她躲在大大的雨披里。书包架一颠簸，二子清新健康的味道就发散出来，她少女般羞红了脸。

吴瘸子忙得要命，没有时间与两个来路不明的人说艺术上的事情，他现在是商人。兰姨很着急。二子却不急，细细地一个个车间看下来，认真观察每一个交货人的水平。

园林周边工艺品店越开越多，商品越来越全国化。吴瘸子看着一家又一家国营工艺品厂关门、转制。当家门口檀香扇厂也关闭时，他感到机会来了。正宗的檀香扇原料贵、工艺精、售价高，不适合低档工艺品店。他开始大量生产、加工香木扇，香精可以几年不挥发。价格比较低，游客也承受得起。二子去的时候，苏州的香木扇市场都认吴瘸子，大家都跟着他做。

二子要求拉一箱回去试试，吴瘸子并不在乎，只是卖了兰姨一个面子，每把扇子多付二子五毛钱加工费。

刚开始时，兰姨也爬上阁楼帮忙，颜料、墨汁、毛笔等准备完毕，她就在小方桌边织绒线。被烙铁烫出简单模样的扇面，冰冷僵硬。二子扫了一眼样稿，便勾勒、上色、填充。手仿佛不再是他的，父亲宛若神明在指挥着，这么顺畅、这么自然，他的眼泪滴在飞天的飘带上，与云朵一起飘飘欲仙。兰姨把扇子一把把摊开，一箱子货有多种图案。夜半的阁楼，神话传说、佛教故事、风花雪月等等铺天盖地。兰姨祈祷能给二子带来好运。

第一次交货，仍是兰姨陪着去，三子借了一辆黄鱼车，三个人和一箱货。吴瘸子大大地吃惊了，当场让二子画一幅。对此，兰姨既得意又愤怒。二子描摹了一幅《金陵十二钗》。吴瘸子一手柳体，在黛玉身边写下："侬今葬花人笑痴，他年葬侬知是谁"。二子顿时觉得湿润的空气里传来桃花的香气。字与画配起来，似乎成了艺术品。吴瘸子点评他的勾画技法、用色敏感度，他却已经听不进去了。他实在不想管洗头、剪发、吹风那些俗事了，他急着要拿货，拿最有难度的货，天黑就关店门。

三子也嚷嚷起来，二子只好分一些活给他。看着三子胡乱地涂色、勾勒，他很难过。他以阁楼堆不下货物为由，不让兰姨再上阁楼。三子的货，给兰姨看到，有点对不起她。事实上，二子还是想多了。吴瘸子并没有因三子画得差而大批退货，也没有因为他画得出色而另外堆放。货，还是一样的价钱卖出。理发店仍然满负荷运转，二子似乎找到了理想和现实之间的平衡点。

普通的理发店，更普通的外发加工，一年多的时间里，二子经受了很多冲击。

简单重复劳动，单调的上色技法，他早已烂熟于心。不允许创新，不能够发挥自己的才能，他将注意点向加工费倾斜，也总能从吴瘸子那里预约到高档货。

老刘有事没事就托个宜兴紫砂壶来店里，只要对过不传来杀猪般的“还不滚回来”之类的厉声叫喊，他就一直沉醉在浓浓香味当中。阿姨当中有这样一条黑鱼精搅和，大家都生动妩媚起来。除了兰姨。

她越不睬老刘，老刘就越往上贴：“今天这件短衫好就好在将透未透上”、“脸色这么苍白，昨夜睡得不安稳吧”。

他似乎一直有空，针对阿姨们的质疑，他解释说，领导早就要让他做小头头，但是他就喜欢清闲、宽松，坚决不被蝇头小利所牵制。他对大家笑笑，又朝兰姨努努嘴：“她最知道我想什么。”大家哄笑起来，说老刘今天断黑回去，要跪到明早太阳升起。

才二十二岁，二子的腰就不灵光了，颈椎也跟着僵硬。老刘说会推拿，吓得二子逃上阁楼。他觉得不远处有一个很亮的目标在引领，虽然不知道具体是什么，但是他认定不是理发带来的。而现在的描摹，又看不到突破口。

一天，他把头伸出天窗，午夜的水街上空，流淌着一条雾带。他闭上眼睛，将自己融到雾里，随着水汽，钻进弄堂、客厅、天井，在香樟树、杨柳树、黄杨木等等枝叶间游走、缠绕。激动了，一下子直上夜空；疲倦了，紧紧地贴着石板街爬行。彻底的自由，还需要形体吗？他眼前闪过一幅幅水墨画，化身于雾才能得到的观测角度。他不敢睁开眼睛，摸索着碰到小方桌，摸到笔。睁眼就画，一幅接一幅，像吴瘸子车间里的印花机。早就躲在被窝里打"俄罗斯方块"的三子惊呆了，游戏机掉下钢丝床，两节七号电池跳了出来。

看着沮丧的二子，三子把兰姨刚炖好的汤端给他。一张张画摊开着，没有一张达到二子化身成雾看到的那些水墨画效果。他怀疑自己的创作才能，或许，父亲暂时从他身上离开一会？

"我还是一个不同寻常的手工艺家，现在只是准备阶段。"二子这样为自己打气。至于准备什么，怎么准备，他觉得应该不会是理发师这条路，虽然他凭着技艺在水街一带声名鹊起。

那天天黑得比较晚，天太晴朗。店里客人流水般没有停过，早上吞了一副大饼油条后，二子就没有吃过东西。连上厕所都一直憋着。抽一个空挡，二子飞快地奔向桥边的厕所。转进厕所的时候，光线一下子暗了下来，脚下一绊，他往前扑倒小便池前，心里暗自骂了句倒霉。这个念头还没有转完，头、背、脚和屁股就挨了打，不光是脚踢，还有棍棒。那几个人都不出声，黑暗中喘着粗气。二子把身子尽量蜷起来，还想回头偷偷看个大概，头上就来了一闷棍。接着一双皮鞋狠狠地踩住他的右手五指，使劲碾了几碾。三子把他唤醒的时候，他看到一个个鬼在面前晃，有的披着长发，有的顶着一根根小狼牙棒，有的头发张牙舞爪。

阿姨们也不嫌弃，听到三子的叫喊声，都冲到男厕所里，一人一条胳膊一条腿地往外抬二子。兰姨一面骂着，一面把大家往自己房间引，让二子平躺在大床上。她又急忙奔出去，借电话呼叫120。刚往回走，想想又不对，再返回电话边，嘴里嘟囔着，一定要把这帮杀千刀的捉起来。她向派出所报案的声音，传出好远。水街上，一个个头都伸出门窗，仔细地听着，辨识着。

既不能理发，又不能画画的日子，二子被大家逼迫着去相亲。阿莹就是这个时候兰姨给介绍的。看着二子被绑架着去约会，看着一个个稀奇古怪的姑娘进出理发店，兰姨显然是生气了。也许在一个没有星星和月亮的阴郁夜晚，她终于想通了，二子总会离开水街，会结婚生子，继续他的生活，而她会在有一天突然被告知，二子将离开，可能永不会与她相见。想到自己的命运，和即将老去的躯体和精神，她想到一个词：继承。

阿莹是她的外甥女。动到这个念头后，兰姨像被闪电击中，从床上一跃而起。她拉开窗帘，天还麻麻亮。她管不了许多了，收拾齐全，整装待发。在湿漉漉的石板街上行走时，她分明闻到了玫瑰的香味，而她四处观察，却根本没有玫瑰花。

阿莹读书不灵光，职业技校只读了两年就辍学在家。不是她不努力，可功课就是上不去。也不是与社会上团伙有关系，她哥哥就是盘门地界上小老大。她长个国字脸，细眉毛下一对丹凤眼，大家与其跟她约会，还不如找一个社会关系纯洁点的。

阿莹脾气好，人也坐得住。她帮哥哥看夜市服装摊，热情周到，生意还不错。兰姨到姐姐家的时候，阿莹还在睡觉。兰姨说二子其他都好，就是老家是苏北的。

但是她又话锋一转："其实我们的爷爷奶奶不也是从苏北逃荒过来的?"她指着沿河的那些棚户，"他们，还有他们，不都是那里过来的?"

阿莹隔着墙，一边听，一边在心里盘算自己的未来。等兰姨一走，她就马上起来。她要去看看水街上的那家店、那个人。她是有主见的。

后来，她依偎在二子怀里的时候，时常会说起那桩偷窥事件。"你知道我第一眼看到你在干什么吗?"

二子笑着回答："肯定是发呆喽。"

"不是。"阿莹眯起眼睛，似乎在认真回想那个阴霾沉沉的早晨。

"一个年轻人在屋里忙。另一个右手打着绷带，左手把鲜红的‘二子发艺’店招艰难而仔细地贴到大玻璃窗上。”阿莹也伸出左手，比划着，二子感到她手滑过的地方，成了一片红海。

“我刚听过阿姨说你的事情，他们打伤你，就是逼迫你离开或者关店。你换上新店招，很有骨气。我回家对哥说了，他也佩服。”

二子又陷入无助，“我也没有办法，为了吃饭，我只好撑下去。我没有其他本事。”

老刘暗地里找到些蛛丝马迹，托了几层关系，摆平了一些人，帮助二子渡过了那个难关。二子觉得阿莹勤快又不咋呼，加上兰姨撮合，两人越走越近。

二子解开绷带重新上手后，春节快要到了。店里的生意迎来了前所未有的高峰。阿莹过来帮忙还不够，又请了一个帮工。其实再多帮工都没用，大家都冲着二子来。他只能像机器一样不停地剪发、吹风、造型、定型。要求高的顾客烫发全套都要二子来做。吴瘸子急得嗷嗷叫。三子看看时机成熟，就要求把画包给他，指定要他服务的不多，他不愿干辅助工的角色了。那个阶段，夜晚的阁楼属于三子。他飞快地画着，觉得自己应该独立了。一过年，他就提出自己开店的要求。

从水街下塘回店，骑车只需要五六分钟，但是二子却走了很长时间。他开始恨大宝，为什么偏要投靠表舅做理发生意？不少亲戚在玉石雕刻厂、红木雕刻厂或者漆器厂工作，大宝还是自私，学艺要快，回报也要快。

如果不是这样，他应该可以坐在园林般的工厂里，静静地坐在工作台前，对着一块玉石，或者一段木料，精心地打样、描摹、雕刻、打磨等等。四季的轮回，消散在桌上一杯清茶袅袅升起的热气中，消散在铿锵有力的一段扬州评话里。如果有一位沉静的姑娘，也在附近的工作台边，时不时地过来切磋技艺，线条、色彩、刀工等等，他一定会有很多话可以讲。那是多么美好的生活。但是，都被大宝毁了。

“把理发店关了。”这个念头冒出来的时候，二子正好看到阿莹送走最后一位烫发客人，然后她往水街上泼了一盆水，关门。夫唱妇随，这也是温馨的一幕。而此时二子看来却异常别扭。他把车子轻轻往对门墙上一靠，拐进了老刘家。

“店这么火红，关了，为什么？”

“表面火红，实在赚不了几个钱。晚上还得做外发加工补贴。”

“店关了，你靠什么赚钱？”

二子就把三子现在的情况说给老刘听。

“你也做，他也做，迟早这样的货没人要。”

二子回来的路上想得比较周全：“我要做精品，质量要超过吴瘸子。”

“如果你这样想，我劝你趁早不要去做，肯定亏本。”

“是的，刘师傅说得对，你这样的想法很幼稚。”阿莹在店里左等右等，二子就是不回来。她出门张望，一眼看见老刘家门口二子的永久自行车，就先在门外听了几句。然后推门进来就说：“照目前的形势，理发店不关掉，也会越来越差，索性关了，倒是有了生路。”

二子骑车载着阿莹，在空无一人的小巷里游走。谁都没有说话，两个人各有各的心思和想法。

春天的午夜，雨早就停了，散发出甜腻味道，不时有失眠的人在弄堂深处嚎叫几声，夜也就更静了。二子想，命运的剧变，往往都在寂静中完成，伟大的选择通常在午夜里敲定。只是阿莹说的这条“生路”他还没有做好准备。明天天大亮，大家看到“二子发艺”关门大吉，会是怎样的惊讶和猜疑。

“缓一缓吧，等我们有了把握再关掉吧。”

“我知道你舍不得手艺、老顾客，还有水街的老邻居。”

二子把阿莹送到家门口，转过自行车龙头。“你说的‘生路’，我会认真考虑的。”

以往都是三子到二子店里多，毕竟内心有点愧疚，有时能够帮上二子理几个头，三子就觉得很踏实。三子把精力集中到下塘仓库，理发店基本自生自灭，守店的帮工理三块钱的老人头。一个阶段，二子经常晃悠到下塘找三子聊天。

刚开始，三子觉得很奇怪，二子这么认真的人，怎么会浪费理发时间跟他闲扯呢？几次下来，他明白了二子后面的那双手。于是，他说话谨慎起来。

下塘有一样不好，春天雨水一多，河水涨起来，就会淹进小仓库。二子打伞进来的时候，三子正指挥几个交货的人，往架子上层转移纸箱。二子抬起这些箱子的时候，闻到了浓烈的香味，三子为了赢得客户，比吴瘸子多洒了两倍的香精。现在说起吴瘸子，三子蹦出的词变成了："这个死瘸子，就知道压榨我们的剩余价值。"

二子连忙阻止他："他对我们还是不错的，加工费还是比别人要开得多。"

三子不出声，点查货物。多了有点记不住，让二子在本子上记下基本数。二子望着堆到房梁的纸箱，低声嘀咕："这要多少钱才能进到这多么货呢？"

三子仍然没有睬他，嘴里报着数字。他甚至踏在一只板凳上，夸张地往靠墙的角落张望，终于，吃力地报出一组数字。斜眼看二子认真记数的模样，三子不急着下来，点了一根烟，在上面的感觉真好。下面这个男人马上就要结婚，没房、没钱，靠手艺只能维持生活。兄弟一场，总要给他一条更好的路走。

三子是聪明的，他早就预见了利益场上绝无兄弟的真理。他没有提出与二子合起来做什么，这个工场老板只有他一个。他只是让二子去接接货、送送货。几次三番下来，二子来下塘的次数明显少了。三子可以笃定地在雨季，搬个小凳子，打上一壶太雕，咪一口，看梅雨落在河道，急促得像自己拉响“老虎角子”般爽脆。他觉得是放手博一场的时候了。

梅雨降临的时候，二子和阿莹正在决断，他们还找了兰姨、老刘和阿莹哥哥商量。二子把摸到的小商品市场现状概括成两句话：加工市场利薄，销售市场空间大。

二子用他最熟悉的散装洗发水来说明问题。“生产厂家卖给批发商一般在十块钱一升，批发商批给零售商十五块钱一升，零售的家伙提个桶拎到理发店，讨价还价一番，我用十八块拿下。最后的环节，我用在客人身上，那可不是以升来计量，用一次算五块，只用掉了几毫升。最大的赚头在我这里。”

他到三子的上家和下家去看过好几次，上家就是一个竹木工场，规模比吴瘸子的小得多，只负责扇子成材和压花定型。下家专门向全市各景点兜售成品扇子。一把毛坯扇子从竹木工场出来，到三子手上八块钱，三子加工成品，卖给零售商是十五块。

“我最近特意去那些园林边上的工艺品店转了一圈。不看不知道，看了吓一跳。”二子流露出来的兴奋，使大家感觉这就是一个手艺人的眼界。

“我不知道店主是以多少钱批发来的，但是我最熟悉的扇子，挂在那里，一般的要七八十块，宫扇之类的要百把块。”二子与阿莹交换一下眼神，继续说：“当然，客人都会砍价，即使砍一半再转弯，也是店主在整个过程中赚得最多。”

阿莹对小店小摊有一种自然的亲近感。她帮哥哥看服装摊时，经常拿着亦舒的小说看。书里人物的命运，潮起潮落，一点一滴都洒在她的心头。她就是要被安排，被宿命。她等着、策划着，被人改变生活轨迹。

二子还是比较稳重，他把理发店转租给别人半年，而事实上与兰姨的合同还有两年。他和阿莹在虎丘山脚租了一小间门面房，付了一年的租金。

老刘笑着说：“有艺术天分的人，开工艺品店，这就叫：乌龟爬门槛，但看此一翻。”

又一个春节要到了，二子发屋里挤满了人。冷不丁，店门被推开，新客人嚷嚷道：“落雪了，落雪了。”二子停下手中的剪子，阿莹从汩汩热水中抽出手，夫妻俩同时望了一眼水街当空飞舞的雪花。此刻，他们心中却是温暖的。再冷，有这个热闹拥挤的店，还有店后的小小新房。

这个店的大玻璃上，鲜红的双喜字贴在“二子”的前面。想要沾喜气的，奔着打折的，齐齐而来。大家吃着喜糖，剥着大红塑料纸包裹的芦柑。雪珠开始敲打门窗，水街极少有这么绵密的雪，人们窝在小店里，沉浸在童话般的哄笑中。

二子知道，三条街外三子理发店早就歇业，下塘的旧仓库也被粮油店收回堆放年货。那些里一层、外一层的货物，三子被迫廉价处理。非但三子躲不过这场劫难，整个工艺品市场都遭受重创，幸亏二子选择了开店，而不是囤货销售。

浙江商人看中工艺扇的商机，大批货品入苏，成品批发价降到十块钱，甚至更低。吴瘸子最早预见到这一变化，初春的时候就悄悄转行。三子正做在兴头上，大把大把进了许多本地货。一天，突然货一件都销不动了。二子的店把工艺扇的零售价从七十降到了二十，后来又降到了十五，还是问者寥寥。浙江人进而全面掌控苏城小工艺品市场，本地企业、工场绝大多数退出。二子进货价被垄断，挂牌价又不敢高。两头夹击，他和阿莹大热天守店十个小时，心里却冷得像下雪。

三子最后一次到虎丘山脚下，已经是秋天。一百年前，正山门荒凉冷僻。现在，游客、商贩挤作一团，但是真正的赢家是谁？二子和三子很茫然。他们在小店门口的秋风里，坐了半天，游人无数经过，都没有停下脚步，甚至瞄一眼小店都不愿意。

工艺品店门前萧条，真丝围巾在廊檐下瑟瑟发抖。小吃店的看家本领，也无非是臭豆腐、炸里脊、烤墨鱼等，景区周边臭成一片。几片早黄的银杏树叶飘落到他们脚下，二子想到了闹哄哄的理发店，霸道的大宝，和气的表舅，还有水街上那些喜欢轧闹猛的人们。刚开始，他离开他们，而现在，他们似乎已经把他忘记、抛弃。

三子要去做兰姨丈夫同样的行当。长途跋涉，不断地用新的景色装点自己的梦想，他不走回头路。他站起身来走的时候，送给二子一把扇子，当初他们在吴瘸子那里加工扇子时，三子留下了最精美的观音像配《心经》的一把宫扇。

老刘混杂在阿姨堆里，像在做社会调查。

“小广东承包这个店不到半年，就把我头发做坏两次。”

“头发剪得像锅盖，水平太差，话也听不大懂。”

“长得又黑又矮，就这副样子，还整天色眯眯的。”

“对的，手脚也不干净……”

杂乱中，老刘把她们喝住：“好了好了，现在二子回来，一切都好了。”他拿出一张红纸，大声宣布年初三婚礼的时间和地点，请街坊邻居一起去喝喜酒。

按照行规，大年夜后，店要歇业。年初五一早爆竹声中迎路头菩萨，打开一年理发店的新生意。

年初三晚上，喜酒过后，二子和阿莹推开阁楼的小窗，大雪后的水街寂静无声。每一景、每一物，在二子眼里都是那么妥帖，连那辆靠在老刘家墙角的永久自行车，也在深深地入眠。阿莹轻轻对二子说：“水街真美啊”。

这时，远处传来几下炮仗声，屋檐的雪似乎抖动了一下。

二子想起三子送他的宫扇上的一句经文："度一切苦厄"。在自己认为最理想的时段，生出一点贪念，为过去的一年平添波折。

他记得表舅刚才在喜宴上，拉着他的手，反复说的那句话："我们的指头，就是挂剪刀的。"他觉得还不全，最重要的是心，心静了，不向外求，一切都顺了。

后天，肯定是好天。

甜酒酿

老宅像封闭鸟笼，笼门一开，我就飞出去。

摊手摊脚地躺在几片破旧草席上，我也觉得是享受。即使广漆地板也不允许直接躺下，老宅规矩就这么严。现在，阳阳输了，他奋力举起大蒲扇，对横躺的我扇八下。我享受着炎夏午后的慵懒舒适。摸着细腻水门汀，想起更加深沉的豆沙，要是配上一块赤豆棒冰就完美了。再过些时候，我们就可以进行冒险。但是之前，我还得跟阳阳先比个高低。

五子棋靠的是智商，我比阳阳大三岁，就经常接受他送来的风。阳阳阿婆坐在家门口，大杂院进门第一家，马路上嘈杂声音轻易穿过破旧的门洞，在空荡客堂里打转，她似乎没听见。硬毛板刷一下又一下地刮下脏物，水酱油色，散发着臭味。阳阳赢了我一盘，我连忙把风扇向门口。她用绍兴土话嘟囔一句，我们都没有听懂，只见她从水里拎出一片片塑料碎块，缓缓地走向家门对过的向日葵，向日葵头高高扬起，一边接受阳光，一边迎着塑料布滴水。绍兴阿婆望着太阳嘀咕几句，这下我听懂了，她怕下雨。

我飞快地穿过马路，轻手轻脚，在知了不知疲倦叫声的掩护下，绕过竹塌上打鼾的外公，拿了五斗橱上一盒火柴，转身奔出老宅闪进塑料布丛。阳阳已经挑好几块小的，又较干的塑料布。我一直难以理解，无论什么东西，阳阳家总是缺的。点子大多他提出，一旦实施，他就两手一摊，没这没那。

但是火柴我倒不怪他。他家烧饭引火我没有看到，阳阳爸爸抽水烟确实不用火柴。那是一副黄铜水烟壶。晚饭后，阳阳爸爸都要吸水烟。二舅点起一根“大前门”，看着马路对面人行道，嘴角对我一撇，“‘黑皮’真的不怕麻烦。”我嫌二舅啰嗦，索性搬个板凳坐到对面，和阳阳一起看吸水烟的过程。天全暗了下去，黑皮融入夜色。他装烟的时候，眼睛透过镜片跟踪过路的行人，一有年轻漂亮女人经过，头从左摇到右，或者从右到左。但我并不在意，因为马上要点纸捻了。黑皮从小布袋里拿出两小块黑乎乎的火石，在长长的纸捻顶头“咔擦、咔擦”打着火，一有火星冒出，他连忙吹几口气，“噗”地一下，火苗蹿上了纸捻。他灭了明火，纸捻插向烟丝。他并不着急，含一小口茶水，轻轻送进烟管，黄铜壶发出“咕噜咕噜”的声音。阳阳告诉过我，那只烟壶是祖宗“绍兴师爷”留下的唯一遗产。黑暗中，纸捻一明一暗，烟丝时红时暗像一条毒蛇吐着信子。壶里声音轻快悠长。一颗流星划过星空，我想绍兴师爷正在暗处听着他喜欢的“咕噜”声。

在划着火柴的一瞬间，我突然就想到了流星。阳阳刚开始拿了最小的塑料布，一着火，塑料就化作一点点火星，迅速扑向地面。阳阳手撤得晚点，差点被烫到。顿时，空气中弥漫开一股焦臭。压制住紧张刺激心情，我们从向日葵后面偷偷看绍兴阿婆动静。她不知道又忙什么去了。我们盯住一块大的，阳阳不敢再拿在手上，顺手取一根丫杈，叉住，高高挑起。我划着一根火柴，手有点抖，居然灭了。风大了起来，连续几根都没成功，我一狠心，三根并一根，幻想着连续不断的小火团浪漫优雅地从半空掉落。可这不是一片普通的塑料布，火一燎上，就剧烈爆燃，伴有噼里啪啦的声音和浓烈的柴油味。阳阳叉着一团火，哇呀呀乱叫，原地打转。我大叫：“扔在地上！”一个火星爆出来，烫到他手背。他双手往前一送，一团火倒在架子上。霎时，我在七月的阳光下，感到了更为强大的热力。整架塑料布开始燃烧，我和阳阳做的事情，只是把架子拉倒，用脚踩。火势开始蔓延，焦糊味伴随黑烟扩散。惊恐使我们逐渐后退。战争、毁灭、末日来临等等想法，瞬间集中在我脑子里。

一条白影快速闪出，手拿被单，盖到塑料布上，随后又往被单上泼水。明火不见了，刺鼻烟雾开始蒸腾。大家上前，忙乱地你踩一脚我踩一脚。绍兴阿婆也走出房门，拨开围观的邻居。“白妹啊，你也太浪费了，新被单就往火上扔啊。”旁边邻居打圆场：“阿婆啊，刚才要不是阳阳妈妈紧急灭火，现在真要火灾了呢。”

白妹没有睬叽叽喳喳的人们，掸掸身上灰尘，径自走进里屋。阳阳似乎仍处在惊恐状态，站在原地不动，绍兴阿婆一边捡起半焦被单，一边搀起阳阳手，把我扔在院子里。向日葵低下了头。我抬起头，黑皮穿着皮裤，一瘸一拐拎着渔网和鱼兜拐进大门。我侧身与他错肩而过，还没有完全穿过马路，耳后就传来阳阳杀猪般的嚎叫。

太阳就要落山，老街上一张张小饭桌摆到人行道上。井水一桶一桶洗刷发烫地面，蒸汽过后，饭菜上桌。黑皮家是特殊的，只有黑皮雄狮般坐到街面。二舅喜欢观察，捧起青边碗喝泡饭时，用手捅捅我，“黑皮格只赤佬封建意识浓的，总是吃独食。我看翘脚没有哪样配得上白妹。”白妹似乎喜欢穿白衬衣，即使三伏天也不像其他妇女短衣短衫，仍是的确良长袖白衬衫配奶白长裤。她把饭菜端出来，阳阳把零拷的五加皮倒进玻璃杯。黑皮每天吃鱼。害得二舅低声咒骂："工作不正经做，每天去捉鱼，他以为自己是浪里白条啊。还每天吃鱼，笑话。"他狠狠地咬了一口萝卜干。

其实鱼也就是最普通的鲫鱼或者鳊鱼，但是经过白妹手，就起了变化。红烧鲫鱼，背上开了小花刀，不肯多用油，锅底抹油，小火干煎。白妹耐心好，鱼皮焦黄后放酱油和葱姜，淋上料酒，收汁后鱼肉蒜瓣似地在微皱鱼皮下争相鼓噪。黑皮规矩蛮多，鱼不翻身，不吃头尾。阳阳鱼头吃得太多，想必以后非常聪明。那些鱼头，我也只有对着咽口水的份。于是，我对黑皮有了切实的忿恨。我试探阳阳，你妈妈这么能干这么辛苦，却吃不到好的等等。阳阳却还是吸吮鱼头，不接话头。黑皮喝干最后一口黄酒，用筷子敲敲碗边。白妹出来收拾碗筷，一块抹布扫尽小桌垃圾。她动作极快，眼都不抬一下。一黑一白，在最后的日光下模糊了各自的界限。黑皮胡乱哼出两三句越剧台词，白妹的背影一怔，随后消失在门樘里。

街上有风了，不少人伸伸懒腰，拎起藤靠椅，回房睡觉。也有的索性肚子上搭条毛巾，倒在竹塌、竹床上打起了鼾。黑皮赤膊，一锅接一锅吸水烟。路上再没有女人走过，他就斜眼望路灯下密密匝匝的飞虫。阳阳早就摸进房间睡觉，我也从来没有撑得过黑皮，他用蒲扇扑打蚊虫的节奏胜过催眠曲。

那个晚上是例外，我异常清醒。二舅在讲胡大海力托千斤石的时候，我就瞄到黑皮的反常。纸捻经常灭，烟刚抽两口就被他“噗”地吐出来。几次下来，他推开烟筒，拿出皱巴巴的卷烟，弯弯地挂在嘴边，用吸水烟的劲道抽几口，马上被呛到。他的咳嗽一环套一环，气管和肺泡仿佛在撕裂，让我觉得恐惧，似乎没有机会缓过气来。隔了好几分钟，他站了起来，两个路灯之间，一颠一拐大步走着，咳嗽还在继续，但是清亮雄壮了很多。一只破碗挡住了他的路，他伸出跛腿，“啪”地，碗碎在水泥电杆上。二舅停止了讲述，仍在乘凉的乡邻们把目光集中到黑皮身上。黑皮收拾桌椅，踅进大杂院。房间灯火亮起，一会儿又灭了。

白妹从门里奔出来时，大家都没有特别注意。印象当中，白妹是应该上夜班的，匆忙赶班很正常。无聊的我，一直盯着她，跟着她奔奔停停。一个细节被我捕获，后来大家问来问去、传来传去的时候，我没说出来。

夜里很正常，花狸猫张狂而稳健地在树与房屋之间跳来跳去，都没有掉落一片瓦片。隔天听值夜班的二舅回来说，黑皮比往常早出门，却往返几次拿渔具，绍兴阿婆也跟了出来，跟儿子说了几句话。黑皮默默地走了。

外婆正忙着做午饭，我暑假作业涂好，溜向对门。阳阳家门上插了一把大铁锁。我跳着爬上他家窗户，里面幽暗安静。鞋匠回大杂院拿鞋钉，撩起皮裙子跨出门槛的时候，告诉我阳阳和绍兴阿婆一起出门了。我问去处。他说不知道，只看出他们匆匆忙忙的样子。傍晚，我又跑过街去张望。黑暗笼罩屋子，一只纺织娘在里面孤独吟唱。我脖颈后面凉飕飕的。

乘风凉的时候，我一直盯着对面黑魆魆的屋子。也许，眼睛一闭一睁，橙黄色的白炽灯就亮了。但是我眨眼无数次，直到眼皮支撑不下去，还是没有一点动静。我把忧虑告诉正弯腰搭塑料凉鞋扣的二舅，他根本没当回事。我让他夜里值班无聊时，拐过来看看。他不耐烦地挥挥手。

警察夏天虽然也穿短袖，但是藏青色使他们有别于人群，严肃威严。一男一女两个警察，开了侧三轮，街上鼓起一阵灰。他们下车走向黑皮，侧三轮被我们爬上爬下。我坐在斗里，刚开始想象疾风般扫过大街的威武，便被高个子男警赶了下来。

“是你报的警?”女警颧骨很高，一双细长眼斜睨人。

“我老婆失踪了。”黑皮被围在人群中，正午的太阳像舞台灯光，把他的所有细节都放大了。渐渐地，他越变越陌生。

“家里还有什么人在?”

“我妈和我儿子，他们去老家找了。今天早上托人捎来信，没有找到。”

边上的人开始窃窃私语。男警拨开围观的人，进入圆心，低声与女警说了两句。昂起头，手做驱赶状，“大家都散了，散了吧。”

三个人进屋后，把门掩上。大人们三三两两走开，我们踮脚上去，捅开一点点虚掩的门。一些血腥的词飘进我们的耳朵。

“自杀……被杀……跳河……”

我原本看热闹的心，一下子变得沉重。我隐约感到，那天夜晚，白妹奔出大杂院后的那个细节，会是一个重大线索。在阳阳回来之前，我任何人都不说。向日葵被看热闹的人踩得歪歪扭扭，我把最大的那棵扶正，找了一根小竹竿，用塑料带捆扎好。太阳下，它重新扬起头。黑皮送警察出门，脚上还套着粘泥巴的塑料胶鞋，一副蔫了吧唧样子。

女警最后关照几句，抬腿进车斗，把衣襟往下拉一拉。男警在几十双眼睛注视下，几乎跳起身来，右脚狠狠踩下启动杆，一声轰鸣后，油门一紧一松，摩托车当街掉头。他们的眼神直勾勾地望着前方，光荣伟大任务正在等着他们。

随着侧三轮腾起的灰尘，大家散了。没人去问黑皮情况。阴凉的墙角、凉风飕飕的备弄是小道消息传播地。我有意无意地东听听，西凑凑，居然摸出一些稀奇事来。

同样操着浓重绍兴口音的朱阿爹也吸水烟，但壶却是锡的。摆在他面前的还有一副超大象棋，棋盘对面的人正歪头思考。他咳一声后，大家注意力就集中到他唱戏般的讲述中。

“其实，绍兴阿婆根本不用去老家找，白妹在那里早就没了家。大家看得出来，白妹长得标致，黑皮邋遢不算，还有残疾，两个人说什么都不配。但是，天下事情就是这样蹊跷。”

他吹了一口纸捻，咕噜咕噜连吸几口烟，烟雾盖住了他的脸。“白妹爸爸是越剧编剧导演，妈妈是小有名气的演员，‘文革’一来，越剧受到的冲击最结棍。大家知道为什么？越剧没有男演员，都是女扮男角，而且剧目没有不说情道爱的。演员改行也算了，碰到白妹爸爸是个耿头。跟造反派讲道理，好了，一家门被打成反革命。白妹是子女中最小的，在剧团其他人帮助下，逃了出来。”

旁边人插科打诨，“肯定白妹走投无路，绝望中投湖自尽，被正在钓鱼的黑皮救起，白妹只好将就地做了黑皮的妻子。”

朱阿爹根本没有睬他们。重新装上一锅烟，缓缓地说：“她逃到苏州，躲在离这里不远的姨妈家。躲一个月两个月都没事，时间长了自然不行。”

朱阿爹的声音渐渐低了下去，见故事到高潮，大家急着往里凑，硬把我挤了出来。我在大人的腰际裤兜边挣扎。听到的信息不大真切，与散场后二传手们的言论对了对，基本还原了白妹的经历，连阳阳的情况也搞清了。我怕阳阳自己不知道，急于第一时间告诉他情报，我每天坐在门口，对着大杂院的大门，等待他的出现。

故事在我肚子里一天天发酵，每天我都在更新一些细节，到后来，我自己都判断不出哪些是朱阿爹亲口说的，哪些是邻居们传的，哪些是我自己加的。同样令我烦恼的是，哪些应该讲给阳阳听，哪些决不能说。我的小凳子渐渐往门内移，终于有一天，蟋蟀声压过了寒蝉，街上没人再乘凉。大门悄悄地关了，饭菜回到客厅八仙桌上。明天就要开学，阳阳看样子是不来读书了。我一面有失去小伙伴的不适，一面却又有某种解脱。

“黑皮‘进去’了！”二舅推开大门，自行车前轮还没过门槛，就大声叫出这话来。大家都吃了一惊，放下筷子，等着后续播报。

“据说就是前阶段来调查的两个警察，侧三轮一横，挡住黑皮的归路。那个男警察像老鹰捉小鸡一样，把黑皮往后座上一顿，呼啦呼啦带他进局子。”二舅还在为黑皮能够坐上侧三轮而忿忿不平。

“具体什么原因倒不清楚，听讲跟白妹有关。”他见我竖起耳朵在听，就含糊地说个大概。我的理解，不仅跟白妹有关，极有可能就是白妹去报的案。想到这一点，那天白妹出走时的细节又在我脑子里放大。

绕过公共厕所，就是小土墩，外公告诫我不要爬这个墩，阴气重。我爬上去的时候，几乎每家灯都亮了。他们都以为白妹匆忙而走，拐弯去上厕所。而我却一直盯着她身影不放，她腋下有个蓝布袋，看样子有点分量，她双手都抄到布袋底下托牢。小土墩上有几棵高大朴树。她先在朴树间一闪，我立刻警觉。随后，她把布包拎在手上，在朴树间又一闪，消失。

我再次近距离确认了这几棵树。下坡的路即使没灯也好走，迎面是一排红砖宿舍楼，我有几个同学住在楼里。躺在床上的时候，我常会想到那些同学。他们也在睡觉，但却躺在空中睡，楼房不可思议。你睡在我上面，他睡在我下面，一层一层重叠着。万一地震，怎么逃出来？他们都是一个数字代码工厂的职工子弟，父母来自全国各地，与我们说话，神气的普通话流露优越和自豪。但是他们打不过我们，经常被我们拽进弄堂修理。他们从不到我们地界来，我们也不到红楼房。

我迷失在红楼房公共走廊里，公共走廊当中是公用厕所间，除了有人和打不开的，我都上前凑到黑乎乎的坑洞前张望，似乎厕所是寻找白妹的唯一线索。其实，除了厕所，我其他门都打不开。

每个坑洞都带着肮脏秽物，气味令人作呕。但越这样，我越忍不住探头探脑。终于，全部走廊和厕所都检查完毕，我站在最高的四楼西侧走廊尽头。双手抓牢水泥栏杆，头探出去大口呼吸。空气里好像有桂花香，但时间还早，我不敢确定，总之是甜甜的香味。月亮滚圆，无云衬托的月球孤傲冷峻。连吹来的凉风，我都认为来自宇宙。

突然，地面一点红引起我注意。再仔细看，一点红又一点红，星星点点散落在墙角、路边。有人点着蜡烛，烧着锡箔。我随意地在周围走走看看，烧香烧纸的多是中年妇女，也有夫妻档，神情严肃，有的还对着墙壁絮絮叨叨。我有时望望月亮，有时看看地上，感觉人就是从这里升入天堂。火烛一起，升天的人就飘飘荡荡地回来了。

一个白衣女人引起我注意，与其他人不一样的是，她没有烧纸，也没有点蜡烛，只有三炷清香。她面对墙角，无声无息地蹲着，即便这样，白皙皮肤还是非常显眼。我脑子里闪过一个人，但我实在不能判定是不是她。等我再转回身来，墙角已经没人，连香灰都没有，我是否产生了幻觉？我低头往外走，一头撞在一个人身上。这人高大壮实，他用手臂把我挡开的时候，我看到腕部有一只刺上去的手表，手表盘内居然还刺了长短三根针。我想抬头看他的脸，却只看到侧面。

居委会里传出消息，黑皮暂时出不来。组织上安排人进黑皮家里看看。居委会主任一帮女干部，戴上红袖章和口罩，拿着 DDT 喷壶，推开了房门。曾经热闹的房子，黑皮离开后没几天，竟已经有了霉味。阿姨们冲着屋子一阵乱喷，我闻到了斩尽杀绝的味道。突然，主任惊叫一声，阿姨们迅速围上去，围观的也想借势轰进去，被一位胖阿姨狠狠堵在门外。里面的人，显然乱了手脚。从犹犹豫豫的情况看，也不像大事，否则马上要报案。

天边飘来一片云，雨点没由来地乱砸一气。她们急急退出，主任在门上挂上一把新锁，回家收衣服和被单。消息像雨雾般溅出，到达老宅八仙桌，自然由二舅宣布。当然每一个细节都加入了他的元素。

“灶屋是必须消毒的地方，主任亲自带队，每个角落都不放过。她打开焐窠厚重的稻草盖，一只瓦罐躺在正中。她掀开盖子，一股香气溢出。满满的一罐甜酒酿，从形状和气味判断，酒酿发得很好，而且正在最好当口上。米酒汪在当中圆圆的缺口里，这个缺口显然不这么圆，似乎被一把小勺子挖去了些，看上去像个猴脸。她们没有找到小勺子，更没有找到尝酒酿的人。照我说，她们说是下雨回家，还不如说被吓退的。”

我就不相信有什么猴脸，肯定又是二舅造出来的，但甜酒酿应该是基本事实。空屋不会制造酒酿，二舅又开始说一些黑皮的“野话”，捉鱼捉虾多了，弄了个“田螺姑娘”，做好甜酒酿等他回来。这简直胡扯，黑皮的口味老街上的人都知道，除了五加皮，最多咪点一两装的粮食白酒。酒酿连阳阳都没见他吃过。我觉得大家都把信息指向白妹，却谁都不肯说出口。关于这个女人他们总遮遮掩掩，提起她，似乎就会涉及自己某些阴暗心理和不良行为。

“那怎么可以？”二舅在井边跳了起来，这时天已经完全暗下来，我跟着跳起来，阻止他这种过激行为。我完全没有想到平时咋咋呼呼的二舅，在干点真事面前竟然这么软蛋。

“算了算了，你不去，我一个人去。”

“主任把门上了锁，你砸锁也是要‘进去’的！”

“我不会这么笨的。你不告诉外公外婆就行。”

天很黑，云头遮住了弯月和星星。大杂院的院门永远敞开，门洞里吹出来的风，带着甜甜的桂花味道，要是把桂花撒在酒酿里多好啊。我不停地吞咽口水。阳阳家大门上的锁安静如初。我透过缝隙往里张望，一片黑。我刚想绕到侧面看看窗户情况，突然一条黑影疾步从窗户那边闪出院子。我又惊又愣，等回过神来赶出大院，黑影早已不见踪迹。

窗户大开着，我没有丝毫犹豫就爬跳进去。屋里摆设我最清楚不过，但在黑暗中，还是有强烈的恐惧。我摸到八仙桌，摸到凳子，摸到碗橱，手被碰扎了好几次，最终摸到了焐窠。掀开盖，探手一摸，没有东西。再摸一遍，仍是空空荡荡。二舅说的瓦罐呢？装在里面的甜酒酿呢？

黑暗中，我静下心，回忆刚才的黑影。瘦小、迅速、手提东西，几条线索在我脑子里交错。我没有去找二舅，而是轻轻关好窗，向小土墩走去。我想答案绝不在大杂院。但是那个漆黑的夜晚，除了满街的桂花香和四起的蟋蟀叫，我什么都没发现。回到老宅，二舅守在门后等着我。不管他怎么追问，我不回答他一个字。

居委会主任到底还是请了警察来，还是那两个警察。现场情景又是二舅说的，男警一甩本子，女警板着脸对主任说，以后不能随便瞎报警。侧三轮扬起的灰尘卷进灶屋，主任和那几个阿姨，围着空荡荡的焐窠，久久发呆。

黑皮判刑的消息传出来，大家觉得重了。但是，也有明智的人认为，相比“严打”的时候，打一两次群架就丢命、搞搞腐化就无期，黑皮有这种“暗病”、做这种“阴暗”“龌龊”事情，判十年，真便宜他了。每次我看到二舅，他身边总是围着一圈人，他的声音时高时低，动作生动夸张，撑腰、挥手，挥手、撑腰。他在模仿电影里伟人演讲。人们哄笑，讪笑，窃笑，二舅指指点点，获得极大满足。只是看到我，他却不提一个字。黑皮事件在孩子们面前隐晦不提，是老街上人们的共识。

也是从这时起，一些情况起了变化。先是大杂院年久失修的大门，忽然间开闭自如。门上装了司必灵锁，连鞋匠腰里也挂上了钥匙带。我问他谁修的，他说钥匙丢在窗台上，捡到就明白了。

“管他呢，现在世道这么乱，门把好最重要。”鞋匠哼着“不知道为了什么，忧愁它围绕着我”，撩起皮裙子，阔步走向桥边摊头。

秋雨下来的时候，江南的秸秆开始燃烧。每天早晨上学，我就有想哭的感觉，焦糊味带来不安和沮丧。我的伞撞到另一把伞，猛地弹起，我忙着收拾喇叭伞。后来想起来，纸条大概就是那时被塞进书包的。

纸条内容编排成连环画样式，上图下字。图上一男一女。女的双手被吊起，身上衣服被撕烂，点点伤痕布满白皙胴体。男的黝黑赤膊，板牙外露，眼镜腿缠白胶布，左手托一个水烟壶，右手一根纸捻正往女人身上戳。粗看，典型的土匪流氓虐待良家妇女。细看不然。男的穿着塑料胶鞋，右脚支在拐杖里，特别是他脚边倒着一只鱼篓，几条小毛鱼蹦跳在地上。这应该是黑皮。但是被吊的女人是不是白妹，我却不敢确认。她身后画了一只打开的瓦罐，似乎汪汪的一罐甜酒酿。下面只有工工整整的八个字。字写得既不好看，也不难看。排列在一起，很难判断到底是男的还是女的写的。

“酒酿酒酿，救娘救娘！”

我对着被居委会主任锁住的那扇门，再次展开纸条。雨丝无遮挡地洒在纸上，像伤心泪水无尽流淌。迫切想见阳阳的心，瞬间冷静下来。现在最不忍心最害怕的，居然是直接面对他。我想自己也会变成像这条街的老人们那样，只把秘密藏在心里，缄默不语。

Liu chang

整个冬天，什么事都没发生。春节时一个二踢脚击碎窗玻璃，窜入阳阳家，大家才又想起这一家人。低声交谈几句，又各忙各的去。

白妹回来的那个清晨，我还在春天的朝晖里做梦。

没有人主动问候扫地的白妹，他们对她轻轻点头或者微笑，谨慎小心。她也对他们笑笑。我站在大杂院门口的时候，她看到我，对我笑了笑。我几乎第一次看见她笑，白色的脸颊里飞上了一小片玫红。

鞋匠出摊，匆匆经过门口，"搞卫生呀?"

"哎，是的。脏了呢。"

一问一答，完全不是大半年不见的样子。

当我注意到屋子里还有别人时，街上敏感的人，像二舅之类，早有了闲言碎语。

"白妹居然带回来一个男人呢。"

"据讲是她的表弟。"

"当我们白痴啊。"

二舅要求组织给大家一个说法，态度异常坚决。居委会里全是他声音。鞋匠靠在门框上，插空冷冷讲了一句："她再怎么样也看不上你格只癞蛤蟆的。"

居委会主任上来一把拉住拔拳头的二舅，严肃地代表组织说话。

“白妹现在的行为完全合法，受法律和组织保护。至于一些情况，你们不必知道，也不用去打听。街坊邻居之间好好相处才是真的，不要再疑神疑鬼了。总之，做坏事总会有报应的。”

大家哄笑一声，各自散去。

过了不久，二舅就失去了忿恨，还常常去对面串门。那个男人特别符合老街女人们设定的好男人标准。除了上班，该做的家务样样在行，样样不偷懒。体格健壮却低声细语、有礼貌，乐于帮助阿姨或大姐们提个米袋，拎个水桶。在朱阿爹面前又特别谦虚，好学却不多话。经常买些烟、啤酒和熟菜与二舅他们一起聊天，但是他吃喝都不多，照二舅的话，那是讨好大家。我反问二舅，为什么要讨好你们呢？二舅这个那个的讲不到点子上。

“这个人是有点怪。”

“怪在什么地方？”

“说不清。似乎太完美了吧，就觉得里面是不是有假。”

“和黑皮形成的对比太强烈了吧？”

“他没那么简单。身上有刺青的。”

“比如手腕上的手表？”

“你也发现了？”

其实，我去年就碰到过这样的手臂，但是我不想告诉二舅。知道的事情越多，内心就越有一个声音警告我，“不要说，不要说。”

白妹肚子一天天大了起来，表弟的提法她再也不说了。男人搀着她进进出出的时候，向日葵开得正艳。大杂院正在变得干净、安静。我已经很少去那里了，少了杂乱气息，我怕自己再不能想起曾经亲密伙伴。

从种种迹象看，老街人正在忘记黑皮、阳阳和绍兴阿婆。朱阿爹有一次吸水烟的时候，不经意说起一个绍兴亲戚来，说他在绍兴乡下碰到绍兴阿婆，她现在与女儿生活在一起，闭口不谈苏州的事情。

平静生活总是过得很快。转眼间，白妹在大年夜生下的女儿已经一岁半。一家三口围坐在矮桌前吃晚饭、乘凉，像极了美满家庭。整条老街都欠白妹似的，追捧着白妹女儿，不仅吃的、用的，还有竭尽全力的奉承话，统统献上。孩子皮肤白皙、眼睛滚圆，成为老街明星。只有我不理睬他们的盲目行为。我观察着孩子，脑子里的另一端是阳阳。我选择了孩子很多个关键点，的确都与阳阳对不上号。

白妹要回老家的消息，又是二舅第一个说出来。他告诉外公外婆的目的，是想让他们早点准备好要送的礼物。外公想了想，踱进书房，拿起毛笔，在一张红纸上写下了“悲智双运”四个字。用信封装好，让我送过门去。

男人露着标志性笑容，说感谢外公赐墨宝。白妹把手上的孩子交给男人，展开红宣纸。一时间，她呆在了那里。第一滴泪水从脸上挂下来，她才惊觉，立刻转身跑进里屋。我长那么大，从没有听到过如此令人心碎的哭，孩子跟着也哭了，路过门口的街坊阿姨、大姐们停下脚步，用手绢、衣襟、手指擦着眼泪。“作孽哎。哎，作孽。”几乎只有这一种声音。我看看里面，又看看外面。黑皮和阳阳的痕迹已被清除干净，向日葵换成了正在盛开的凤仙花。男人焦躁地把女儿从左手换到右手，在门槛前踟蹰。他手上的刺青似乎做了处理，不再扎眼，甚至需要仔细看，才能认出来。某些痕迹正被渐渐清除。

台风来了，家家户户闭了大门。风停雨歇，阳光重新出来，白妹一家走了。他们走得匆忙，连房门都没锁，两扇门“啪嗒啪嗒”打个不停。没人看到他们走，传言告诉大家，他们回了白妹老家，绍兴。

组织上都会善后。居委会主任不久又带了人来看房子，大杂院的房子都是公房。黑皮当初租房居住，现在既然不再向房管局交纳租金，那么组织上就另租给别人。租房的人没住多久就搬走了，接着又换了几家人，我们都来不及熟悉，他们就搬走了。

我猛然觉得，一切都在加速。但是，加速前往的方向，我却不得而知。就像二舅，整天嚷嚷要辞职做生意，问他准备做什么，他除了说得出赚钱这一终极目标，其余则是迷茫。其实我也一样，书读得很无趣，打算随便进一个技校，毕业后当厨师、电工、司机，甚至木匠，我都愿意。只要我能做自己的主，能够自己生活下去。但是，被老师劝阻，我只能继续进入高中学习。我天天到小土墩，有时坐着，有时躺着，什么也不做，不到断黑不回去。

我至今难以判断，那天是不是做了一个梦。当时我躺在长条石凳上，四条小径在石凳前的高凸处交汇。阳阳出现的时候，我没有认出他。直到他叫我小名，我把那张正在拉长的脸压缩到可以接受的范围，“阳阳”这个名字就从我嘴里蹦出来。我跳起身，望着比我高出一个头的阳阳，竟然产生了恐惧感。恐惧大多来自对陌生事物的不确定，可阳阳于我曾经那么熟悉，几乎每天厮混在一起。那个夏天，我和他的关系就此断绝，并且我清楚地知道，这样的了结，不能修复。憋了多年的话，在这个瘦高个少年面前，一下子化为乌有。我什么都不想说，什么也说不出。

阳阳说话的腔调，来自电影。“你的情况，我都知道。”

这一句话，倒是勾起了我最想告诉他的隐情。“朱阿爹说你是黑皮和白妹领养的。”

“确切地说，是被白妹领养的。”

“那张图是你塞进我书包的？”

“也许是吧。你可能早就知道许多事情真相，所以说获取真相的手段绝对不止一个。就像生活在这里的，看上去是一群人，其实有好几群。他们井水不犯河水，互不干涉。但是一旦起了冲突，那么稀奇百怪的事情都会发生。”

我有点明白，却又不是太明白。

他继续说，“白妹抱错了不属于她那个群体的我，所以只有两种结果：要么我加入她们，要么她加入我们。她把满满一罐酒酿带到小土墩，这里有一个我们群体的入口。她再不能忍受那个“太监”蹂躏，要过甜蜜生活。群体接受了她，为她做了该做的一切。只是有一点，个体符号，进入群体后逐渐淡化。”

“你们怎么认出同一群人？我怎么知道自己属于哪一群?”

“平时彼此认不出，但是任务一出，马上有人接单。完成后，又回归普通人。如果你不发生什么重大变故，你可能一辈子就是一个普通人。但是，在你危急关头救你的，一定是你群体中的一个。”

“那些怪异的事情，都是一个群体的人设计、实施、成功的呢。”我边想边说，不料一脚踏空，身体猛地一震，耳边听到阳阳叫喊：“当心脚下!”

惊醒时，我仍然躺在长条石凳上。没有阳阳，而朴树间却似乎又有他声音萦绕。月亮又圆又亮，我在月光下寻找“群”

的入口。小土墩的每一片草丛、每一块石头，我都翻一遍。每一个经过的人，包括进出公共厕所的人，都仔细端详。什么都没发现，什么人也没出现。我想解下裤带往树上打个结，头往里一钻算了。这样，我的“群人”就会来救我。但是心里一哆嗦，万一没人救，麻烦大了。

老街拆迁，大杂院居民签约最积极。外公还在跟街道办事员理论、僵持的时候，一辆辆卡车装着鞋匠等老乡邻直奔火柴盒一样的新村住房。

灰头土脸的拆迁工人在拉下大梁前，突然从阳阳家捧出一样东西，顿时聚拢不少人。我失业在家，闲着无事，趿着拖鞋穿过马路去看热闹。从一顶顶黄色安全帽缝隙里望进去。一个工人正在打开一个陶罐。

哦，那是一罐刚刚做好的甜酒酿。

炖生敲

“淮扬菜特点：选料严谨，制作精细，凸显本味，火候考究，平和清淡。”

——摘自陈大伟菜谱笔记扉页

鱼圆：

白鱼肉白刺多，需先剔刺。鱼身开片，批出鱼肉，平铺猪肉皮上。肉皮肥膘面朝上。轻刀快斩，肥膘中脂肪逐渐渗入鱼肉。勺子刮下层层鱼茸，鱼刺残留肉皮上。鱼茸集中到大盆，稍加水和盐，顺时针方向搅动，鱼茸起浆。一手满抓上浆鱼茸，由虎口挤

出。另一手四指收拢，弯成勺状。鱼茸在“勺子”里成型。拇指一顶，鱼圆掉落大盆水中。半沉半浮，鱼圆上乘。

多年后，大伟蹲在东池袋这家中华料理店后门口，大口大口吸柔和七星时，脑子里又出现做鱼圆等基本功要点。职业厨师，需要经常把烹饪要素融进身体里。最近一段时间，他像蚕吐丝一样，把做菜秘诀一点一点挤出来。时间已经过去二十多年，飘花季节带来的清新和兴奋，现在已经成为感伤的霉点。新老板突然一声大叫，大伟连忙把烟屁股掐灭在抹布里，卷一卷塞进裤兜。跨进门的一刹那，他想对刚接手餐馆的这个年轻的二代移民建议，换点经典菜，比如说鱼圆，可以做成清汤鱼圆、红烧或者茄汁或者油炸鱼圆等名菜。但当他一望见老板光滑得滴得下油的头发，以及下面一对绿豆眼，就改变了主意，若干年前他并不这样。现在，厨房里已经没人叫他老大了，大多数直呼大伟其名，也有叫老陈的，更有人连名带姓地喊。他才五十出头，背就弓得厉害，走起路来，头往前一冲一冲。一米八的瘦高个看上去像个虾米。

刚进这个饭店，作为厨房承包者，大伟风光过一个阶段。手下弟兄们对他服服帖帖。老板在另一家饭店试了大伟的菜，就想把他挖过来。大伟提出包厨，开出价格也算合理。老板重新装修开店后的一年时间，是他们两个同龄人的蜜月期。大伟带来的新概念淮扬菜和苏帮菜，使餐馆在池袋这个中国人集聚地的影响力达到高峰。然而，老板翻着销售清单，隐隐露出忧虑，他把不安告诉大伟。大伟说名菜馆都一样，还举例说，去北京全聚德就冲着烤鸭，进苏州松鹤楼必点松鼠鳜鱼，而到杭州楼外楼就吃西湖醋鱼，点菜集中在几个菜上，很正常，不必大惊小怪。老板直接提出，根据日本人口味开发几个混搭品。大伟当场拒绝，菜就是要符合“食道”，况且来这里的基本都是中国人。他要让“新概念”固化，形成“陈氏私房菜”，像在国内一样做品牌。

最终把大伟拉下来的，不是老板，也不是新老板，而是跟他混的那帮兄弟。起头的是大伟唯一点头承认的徒弟花四。大家能够从苏州飘洋而来，一大半冲了花四。花四灶头功夫一般，出名的是一张嘴。大伟有一句话花四记了一辈子：“做菜是要天赋的。”但是，大伟也离不开他。据花四讲，好几次厨房闹争端，大伟甚至被刀架在脖子上，逼到角落里，都是边上花四一张嘴斡旋才平息动乱。

花四太掌握大伟个性，仅用三个回合就完全夺权。第一回合，花四跳出来，表扬几个小兄弟没有按照大伟要求做的菜，卖得特别好，进而提出要改革创新现有菜品。他知道厨房门背后，老板和他儿子四只眼睛透过门缝紧盯他表演。他不指望一蹴而就。仔细观察大伟和大家，他不放过一个细节。但是，大家都显得木然，没人附和他，都不做声地默默切菜、配菜、炒菜、装盘、传菜。大伟审核点菜单，挥手、摆手，一切回到默片时代。这个场景两小时后，三个人盘坐在“スタミナ苑”烤肉店里。花四觉得可以进行第二回合较量。父子俩不敢轻信花四判断，很犹豫。可营业额持续下降，父子俩只好让花四试试。

第二次，有客人嫌菜味道重，退回厨房。这是一道经典清炒虾仁。大伟一尝，就知道在虾仁上浆的时候，盐放多了。他一声不吭亲手重做，宣布做这道菜的厨师扣钱。当事人倒没什么反应，花四却发了飙。大家做得这么辛苦，又背井离乡，风险也大，动不动就扣钱，没有道理。大伟看了花四好长时间，连声说了三个好，让花四滚出去。此时，大家都停下了手中的活，不切菜、配菜、炒菜、装盘、传菜，但是，仍然没人说话。花四却看到了支撑他的力量，他站在那里没动一步。大伟也没有进一步呵斥。花四觉得胜利来得太轻飘飘，有点理想化。又过几天，他发起第三轮攻击。把两本账一摊开，几乎所有厨师都站到他身后。滚蛋的、走出厨房的是大伟。大家用厨具、碗筷敲击，祝贺花四胜利的时候，老板和儿子走进来。老板宣布儿子接替成为店主人，迫于经营压力，不再承包厨房，而是任命花四为厨师长，由他选择厨师，根据绩效支付工资。刚才，承包厨房的那本账与发放厨师工资账之间存在不小差距，厨师们也就对机制转换没有意见，都在等待新厨师长聘用他们。

花四说出来的第一句话，差点把年轻的新老板吓倒。他第一个要用的是大伟。花四接着说了第二句话，大家若有所思。

“他是一个优秀厨师，但也就是一个厨师。”

土豆丝：

推刀法切片，控制好土豆片厚薄；跳刀法切丝，巧用刀身重量跳动刀尖。右手拇指和食指捏稳刀身，虎口擒牢刀背；左手控稳土豆，中指指关节直抵刀背，手稳刀快，土豆丝长短一致，粗细均匀。

上楼梯时，大伟左手拇指开始不停地摸中指关节处的老茧。当年切土豆丝练刀工时，隔三差五就会伤到抵刀部位。一紧张，大伟就会摸这块老茧。老茧里藏着屈辱往事。加班、练习，被咒骂、被体罚，扣奖金、扣工资。一件一件，跳到眼前。注意力稍稍移向并不遥远的过去，当前焦虑渐渐缓解。

几乎全黑的楼道很难走，小丽高跟鞋在前，发出“笃笃笃”声响，指引大伟攀登。小丽家在顶楼，拎烟酒茶的胳膊开始酸了。四楼一扇门突然开了缝，一袋垃圾被扔到门口，童安格《明天你是否依然爱我》飘出，门关上，歌声依稀可辨。

明天一早起，就要开始新生活。今晚却是难过的一关。

小丽爸也抽希尔顿，这是唯一让大伟体悟到的亲切感，好不容易等到小丽爸烟头落进烟缸，他忙从身边掏出烟，递上去，并点上。回过身坐在方桌边，自己忍住不抽。

没人睬他。北风从窗户里钻进来，拍打起装烟酒的大红塑料袋小耳朵，塑料发出噗噗轻响。小丽爸盯着 14 英寸彩电，新闻联播每播一条新闻，他都微微点下头，同时吐出一口烟。小丽妈根本不出厨房，小丽只好也待在厨房间，两个人默默地擦碗，擦了一只又一只。小丽妹妹趴在留有饭菜味的方桌上做作业，不时用手驱赶呛人烟雾。小丽弟弟盯着小鱼缸里的小金鱼，一动不动。

新闻联播结束，小丽爸关掉电视机，掐灭烟头，转身进卫生间。哗啦哗啦的水声，把大伟一肚子话，冲得无影无踪。厨房间时断时续传来母女对话。

“我看就不是好好过日子的样子，轻率毛躁…….”

“……我不是还在酒店吗?”

“到头来，总归是女孩子吃亏…….”

“您别哭啊，这是好事，您怎么就想不通呢?”

“砰”，房门关上，小丽妈再不出来。妹妹和弟弟继续对着作业和金鱼发呆。流水声听不见了。大伟在等待。

小丽催大伟离开。

“我还没有说自己的想法呢。”

“我早就说过你不要来的。”小丽眼圈红了。

“这也是大事了，我总要说一声的吧。”

“没有态度，就是他们的态度。”小丽把抹布甩到桌上，细小水珠溅到妹妹脸上。

小丽爸出卫生间，看一眼墙上挂钟，“快点做功课，早点上床。”转身也进房间，门迅速关上，声音沉闷。

隔天上午八点十八分，小饭店开张，鞭炮放了不少，大伟却只用了一个杂工。他右手残疾的妈妈，蹲守收银台。小丽日班调晚班，跑到店里负责招呼客人。杂工是跟他从酒店厨房出来的贵州小男孩。后来又招了一个四川小姑娘跑堂。结果，男孩和女孩在某个清晨一起卷铺盖，去看看这个很大的世界。这个短命的店，新村里的居民对它最深的印象，就是右手残疾的老寡妇。她单手点钱，又报菜名和单价，找头没错过。

大伟从小对母亲卖鱼时的精打细算从没有怀疑，渐渐地脑子里也有了一把带有鱼腥味的算盘。他不喜欢记日记，认为事情应当放在心里。但他每天记账，脑子实在比不上卖鱼娘娘，只有勤学苦练。

当小丽向父母汇报，酒店厨房里的一个青年厨师追求她时，还补充了一句："他现在是领班了。"

小丽妈一眼看出了问题："他什么出身？父母都是做啥的？"

"他父亲老早就去世了，是他母亲一手带大他们弟兄两个。"

"还有个小的。他母亲什么单位的？"

"……没有单位。"小丽低下头，过一会儿又抬起头。"他母亲没有单位，专门买鱼卖鱼。"

国营大厂的车间主任，一听就把刚吸几口的希尔顿狠狠掐灭在玻璃烟缸里。然后穿上外套，出门下楼梯。

小丽妈望着老伴楼下散步的背影，做总结："我们不同意。"

卖鱼娘娘几乎在同时，也表达了同样的意思："我可不同意。"只不过讲话地点不同。大伟问母亲："这么漂亮的姑娘，你还不同意？"

"漂亮不能当饭吃。漂亮对你这个烧菜的来说，更加是负担。"

她一边说，一边杀鱼。右胳膊抵住鱼身，左手快速刮鳞、剖肚、挖鳃、切片，经过她处理的鱼块，充满活力和鲜味，这是大伟最敬佩母亲的地方。鱼虽然死了，但看上去比活着更有生命力。

春天开始后，苏州的花一路开到夏天。在这迷乱的季节里，每天大伟和小丽都相约一起上下班，倒不是他们多么亲密恩爱。一起上班，互相打探对方家长对自己以及家庭的最新诽谤或者诋毁。一起下班，研究怎么应对他们的攻讦。大伟仿佛看到一条彩带的两头，正越来越紧地裹紧他和小丽，朝着相反的方向旋转，很快，他们就将拥抱在一起。蒙蒙细雨中夹杂栀子花的甜香，赋予他们无限幻想和对现实未来的憧憬。

在一个满街落满香樟花的早晨，两人拿着偷出来的户口本，到民政局登了记。知道喜讯后，一些好事者感叹，这是父母们必须吸取教训的典型案例，是他们把本来不一定成功的一对，硬是抽打到了一起。

大伟暂时安下心，在遍地开花的高档酒店里找了个领班位置。那时，他监督小厨师切土豆、雕萝卜。夜深的时候，他躺在即将成为新房的父亲单位一室半陈旧公房里，想着自己比师父还要严苛的样子，暗暗吃惊。他翻身下床，拿起母亲的菜刀，削了一个土豆，深吸一口气，在砧板上一气呵成，把成品放进水盆里，那些细细的土豆丝飘散开来。他用手轻轻刮水，土豆丝像小丽头发般性感。窗外传来轮船汽笛声，他立下远大志向。

五件子：

苏州本地三年以上的土鸡和麻鸭、蹄髈、金华火腿、鸽蛋共入砂锅，俗称“五件子”。开水焯过，洗去油皮，大火烧开，煤炉煨炖五六小时。食材释放不同鲜香和咸香，每一滴汤都饱含鲜和纯的穿透力。整只砂锅上桌。食材形整不散，酥烂嫩滑。汤汁奶白肥厚，绝不腻口。

结婚当天，车间主任夫妻、卖鱼娘娘都没去现场。相关亲戚要么闻风不来，要么提前退场，婚礼成为小年轻的聚会。弟兄们逼大伟喝酒，他来者不拒，越喝越清醒。他看准一条路。

婚礼过后，他俩没有住在一起。各自回自己的家，睡原来的床，似乎一切都没有发生。没人当面道喜，私底下却把两家情况演绎成连续剧，天天添油加醋。

大伟有些改变，除了点卯上班，就往乡镇跑。他带一本厚厚笔记本，走进小饭店、小酒馆，看到奇怪菜名或者新颖菜名，先抄录下来，拐弯抹角询问制作原料和方法，不能得手，就点上一份，细细品味，慢慢分析，将体会详细记录下来。

一天一大早，大伟让花四等几个小弟兄去买几个煤炉，并备足蜂窝煤。他自己去市场挑选特大号砂锅。一切就绪，大伟才告诉经理，他准备推出新概念苏帮菜，打头的叫“五件子”。

经理从没有听说过，半信半疑帮着把广告贴了出去。当天没几道创新菜卖出，“五件子”无人预定。煤炉熄了火，花四把煤灰用小铁耙扒出来，撒在过道积水处。一边感叹：“煤炉现在送给我都不要，亏了亏了，只用一次。”

过了几天，终于来了一个预定。大伟拿出笔记本，按照当时乡下老厨师教的步骤和重点，围着灶台和煤炉，整整六个小时寸步不离，不停地在笔记本上添加自己的观察内容。切配、烧煮炖过程中发生的问题，以及应对方法，他都详细记录。

点第一只砂锅的是一位儒雅的老先生，刚从外地退休回苏州养老。砂锅端上桌，占据一半台面，老人的家人们惊呆了。只有老人笑着说：“这才是真正的‘五件子’呀！回来后，我闲着无事，就沿熟悉又陌生的街巷散步。昨天看见这个小巷里的宾馆蛮有味道，门口贴的广告说有新概念苏帮菜，我兴趣就上来了。特别看到有‘五件子’，我毫不犹豫预定下来。”

“为什么您对这道菜特别中意呢?”

“我想起了我的母亲。”

大家低下头，按照老人吩咐，先慢慢品汤。大伟站在包厢门口，脸涨得通红。老人等大家都喝了，才喝。他小心地吹开盖在汤上的那层油，汤的热气顿时模糊了他的宽边黑框眼镜。他喝得很慢，大家停下来看他，静静地只听得见窗外知了叫。老人却只是一口接一口地喝，汤喝完，五件食材一一细品结束。终于，他把汤碗推到一边，缓缓说：

“每年春节，我母亲都要做这样一道砂锅，不管再苦再穷，过年，她一定会变戏法似的启用一年用一次的大砂锅。她告诉我们，那叫‘团圆砂锅’。虽然食材没有这么丰富，但是，母亲说：吃了，一家人就不会分开。”

大家举杯敬老人。老人激动的声音，穿透大家祝福的话语，狠狠敲打在大伟心上。大伟沿长长餐厅走廊，走回厨房。他感觉自己正在走时空隧道，一扇扇门在他经过时，忽然打开。一桩桩往事挤进走廊里。

大伟认定老人祖上非富即贵，连困难年代家里都备好大砂锅。自己家不要说砂锅，连整鸡整鸭都难见到，火腿、鸽蛋更是街头橱窗里的东西。母亲最拿手的就是咸菜汤。心情糟糕的时候，就撒一把盐；生意好一点的时候，会放几片土豆。整个童年，他觉得最好吃的是咸菜豆瓣汤，母亲在上桌时，放了一点点麻油。他喝的时候，像打开了抽水机，捧着钢精锅“咕咕咕”地往下灌，他喝了这么多年汤，母亲这才给他解解馋。至于“五件子”，如果一本正经请他喝，说不定他会晕眩，会吐。他觉得还不到时候，离享受还有距离。需要一分钱一分钱赚过来，拉近这距离。

新概念苏帮菜风头一时压过几家百年老店招牌菜。这些店的经理想办法来挖大伟。开出的待遇有高有低，但都比目前强。现在的酒店经理听到风声，提出给大伟加工资。但是，厨师长不愿意，提出同步提高自己薪水。大伟在花四等弟兄们支持下，与厨师长决裂成两派。经理哪边都不愿意得罪，请来新厨师长。大伟和原厨师长两派人马全部愤而辞职。

花四一边喝着小丽温热的话梅黄酒，一边挑动大伟自立门户。这时，外面响起了零星炮竹声，大伟这才想起春节快到了。虽然小丽在秋天正式搬过来住，彼时他的新概念苏帮菜刚取得成功。但是老丈人家，自从上次吃了一记闷棍后，他对黑暗楼道就充满恐惧，再无勇气登门。车间主任长长方方的脸上，胡子茬霜一样白，但是为什么头发却仍是黑多白少？人总是存在两面性，人人都在隐藏着什么。但是大伟把隐藏看做可以量化的东西，在自己的天平上一摆，他就会做出决定。他望着窗外越来越密的雪花，对花四等人说：“开年我就去外地，你们自己选择吧。”

黄酒柔中带刚。花四他们的回答坚定果断：“我们跟你！”

千斤鼎：

五花肉切成黄豆小大颗粒。梅干菜浸泡后改刀成与肉粒同样大小。五花肉丁加调料顺一个方向搅拌上劲，加梅干菜丁、鸡蛋、生粉，再搅拌。搓揉成直径十五厘米大肉圆。油锅加温至七成，下肉圆，炸至定型。筒骨汤烧开，放入肉圆，小火慢炖八小时。出锅即为“千斤鼎”。

淮扬菜让大伟师徒们吃了一惊。在江北城市，苏帮菜只能做淮扬菜的点缀。花四动员大伟回苏州，大伟却认为这是学习技术的好机会，拉着几个兄弟重新学艺。那是个六合师傅，南京口音不拐弯，直通通地每天炮击大伟他们。大伟并不生气。虽然他不用切土豆，但是花四几个还是天天切配菜，恨得花四手指切开好几次。他跑去对大伟吼叫：“我花某人在苏州六城门内也算是个响当当的大师傅。现在，你看，做的是什么狗屁生活!”

大伟掏出希尔顿，递出去的那支，被花四打落在地。“如果你觉得太苦太累，就自己回去好了。包括这几个弟兄，我出来的时候，就跟大家约定，自愿出来，来去自由。”

花四发泄一通，回去继续干活。更重的心事，向大伟压来。小丽每天打来的电话越来越例行公事。开始一段时间，他打电话回家，也有小丽从家里往这里打。小丽渐渐流露出回娘家暂住的愿望，大伟爽快答应了。没有他在当中做润滑剂，婆媳之间长久面对面，不知道会拧出什么疙瘩来。怪就怪时间太短，如果有个孩子，那么一切就很不同了。

大伟不打车间主任家电话，只有小丽打过来。他感觉来电的地方很不固定，甚至可以得出结论，很少从车间主任家打出来。他挂上电话，想想这几年，除了这个高个服务员的外表，他还了解她什么呢？要么就是倔强。当初追求她，大伙就说人家一朵花，边上不知道多少人候着呢，哪轮得上小厨师。但是，他们就这样结婚了。那时，他很幸福。现在，想的多了。

六合师傅讲授制作“千斤鼎”的技巧，大伟一句话都没有听进去。他的注意力一直在厨房与餐厅交接处的黑色电话机上。夜色降临时，油锅点了火，关键时刻到了。大伟把生粉加在五花肉酱里，简单裹了个大肉圆形状，就下了锅。看着大肉圆翻来转去，他感觉到煎熬的滋味。门口的电话铃声响了。大伟持笊篱的手一抖，油星爆出来，胳膊上微微刺痛。有人冲过去接了电话，又把听筒撂一边，高喊谁的名字。看来等电话的人并不少。肉圆出锅的时候，那人电话还不放下。等“千斤鼎”入汤慢火炖后，大伟再也忍不住，上去就把那人电话掐了。人家跟他急。花四挡在前面，一副流氓腔，挡住不少事。

那晚，他没有等到小丽电话。隔天，他在电话里急着跟小丽说昨晚有个人不识相，煲电话粥。小丽马上说怪不得一直忙音。说着说着，电话线两头都没了声音。这边喂喂两声，那边也哎哎两声。没什么了吧。没了。挂了啊。挂了。

刚挂电话，那边就打了起来。花四他们人单势孤，被本地厨师围在当中。日常工作、生活里的点点摩擦，沼气般集聚。

花四刚才油发皮肚时又发牢骚，攻击本地厨师做菜粗糙，不如苏帮菜来得精致，也不讲究“不时不食”。本地厨师觉得苏州厨师一天就出几个菜，薪酬却跟自己差不多，更可恨的是，身为厨师长的六合师傅还教手艺给苏州人。“哇啦”一声，怨气全部倾泄出来。

花四几个撑不住的时候，大伟拎着菜刀上来了。他眼中的一切变得那么轻，只需用菜刀划拉几下，问题全部都解决了。他的头很痛，血脉贲张，许多苍蝇围着脑袋转，“没什么大不了的。”大声叫出这句话，刀就砍上来。

刀并没有像花四他们预料的那样飞向敌人，而是胡乱地到处翻飞。敌我矛盾迅速化解，大家都上前夺大伟手上的双刀。还是六合师傅有经验，大喝一声：“闪开！”照着大伟手腕连续两脚，两把刀飞出去。一把深深插入门框，一把碰到钢窗，清脆落地。花四从背后箍住大伟，另外两人一人一只脚把大伟抬起来，退出厨房，退出酒店。

晚上花四几个陪大伟喝酒，大伟几乎没有说话，都是花四的场面。当大伟站起身来，他主意已经打定。“我们再找个地方。”

五年，就在大伟、花四他们转战各地、进进退退之间过去。深夜，大伟躺在床上经常想起六合师傅传授的“千斤鼎”。女儿就是撑起他和小丽以及小丽娘家关系的“千斤鼎”。候鸟生活期间诞生女儿，大伟着实动足脑筋。现在，车间主任退休了，和小丽母亲讲清：接送外孙女是他的本职工作，任何人不得插足。卖鱼娘娘有时去幼儿园送个点心，也被看做怀疑他们老夫妻能力和水平的具体表现。想起女儿圆嘟嘟的脸，稚嫩的声音，大伟嘴角往上翘了翘。但是小丽，仍然是重重压在他心头的另一个“千斤鼎”。大伟在结婚纪念日，买了一对情侣手机，他的深蓝，她的粉蓝。但是，除了例行问候，没有多余的信息和话语。每次两人在一起，小丽总是在玩手机，到底玩什么，大伟也不去多想。

夏至那天，大伟突然有中暑般感觉。坐在回苏州的班车上，时不时作呕，又呕不出任何东西。班车开开停停，上客下客。临近黄昏，大伟才结束噩梦般的旅程。实在支撑不住，便去自己家躺了一会儿。耳边不停响起母亲抱怨。孤独的老太，性格在阴暗中加速变态。床不再像船一样晃悠时，夜色已经很浓。他起身去看女儿。

女儿已经睡着。丈母娘开一道门缝，让他张望一下大床上摊手摊脚呼呼大睡的孩子，却不让他进门。几秒钟后，门带上。两个老人并排挡在门口，注视他的眼光警惕而敏感。“小丽呢?”“不知道。”“到哪里去了?”“我们怎么知道。”

黑暗楼梯上，他用情侣电话，打给了它的另一半：“你在哪里啊?”

刘畅 2017.3.12

声音清晰平静，“在家啊。”

“哪个家啊?”

“我爸妈家啊。”

“哦。”

“今天你一切都好吧?”

“是的是的，都好都好。”随后，他掐断电话，做出一个决定。

炖生敲：

黄鳝剔骨整形，鳝背贴紧砧板。刀刃轻斩，筋断肉连。木棒细细轻敲。油温五成，拍少量生粉，下生敲。生敲遇热油，鳝背收缩，鳝肉外翻，瞬间形成卷筒。待生敲白点出现，漏勺捞起。油温升至七八成，重下生敲。火候控好，生敲爽脆。捞起控油。另起油锅，煸炒五花肉。放入香菇和大量去皮大蒜子，烧开。五花肉半熟，放入生敲。文火煨制一小时。装盘时剔除五花肉。生敲肉酥，吸收肉汁鲜味和大蒜香味，肥美鲜香。

每次大伟做炖生敲，都不用徒弟来杀黄鳝。他找来一块干布，往黄鳝身子上一兜，三下两下就把腻滑的黄鳝裹在当中。

抓住黄鳝头，“咔嚓”一下，将黄鳝眼睛插入固定在砧板前的一根钉上，顺势剖肚，挖出内脏，剔出鳝骨。这个过程，二十多年来，大伟重复了无数次。每次，都有挖不干净的感觉。这是他认为永远赶不上母亲杀鱼手法的软肋。于是，下一次，他继续挖，继续刮。渐渐地，他眼前似乎明亮起来。好就好在女儿判给了他。但是，他还是要杀黄鳝。

他用的工具是一把牙刷。牙刷柄磨成尖利的三角形，黄鳝体滑，金属刀容易在上面打滑伤手。牙刷刀在剖开黄鳝身体时，有一种撕裂的感觉。伴随着嚓嚓声响，牙刷刀拉开强劲的肌肉纤维。大伟手上既吃到分量，又手腕使力，缓慢而平稳地直拉黄鳝尾部。

牙刷刀就插在上铺木板的缝隙里。大伟在下铺，上铺本来睡花四，后来花四想象一把把排列整齐的刀尖就在距离他脊背不到一公分的地方，吓得换了张床。十个平方的屋子永远散发着烟臭和脚臭。四张上下铺躺满大伟带过来的人马。这个新酒店离苏州不远，大伟每周回次家。按照约定，第一件事情是把女儿从车间主任夫妻那里接过来。每次去，天都黑透了。两个老人打着手电把外孙女送下来。

大伟看到女儿就紧张。女儿看到他更紧张，拉外公外婆各一条手臂挡在自己面孔前。老人们把她推到爸爸面前，左教右教，她却只会僵硬地微笑，机械地说话。一有风吹草动，她一脸茫然，紧张得大伟的心揪了起来。他从来不问小丽的事情。但是，有一天，小丽妈轻轻地对他说了声："她妈搬出去了。"

大伟脑子里马上有了"笃笃笃"敲打鳝鱼背的声音，敲好鳝背，就可以下锅了。他也终于等到这一天了。最近，他不抽希尔顿了。他掏出的国产香烟并没有递给车间主任，不紧不慢地对前丈母娘说："孩子以后就跟我了。"

"你怎么照顾她？你知道她喜欢吃什么？穿什么？玩什么？你知道吗？什么都不知道！"

孩子仍在躲避，但是，这次方向却反了。她抱住了大伟的右腿，身体往后隐藏起来。两个张牙舞爪的影子，几次三番想扑上来抓她，但是有一个更近的影子罩住了她。她在这深沉的阴影里，感到亲切和安宁，有想睡的念头。

疯狂尖利的叫嚷声，被父女俩远远抛到身后。大伟感觉女儿握着他的手，正在逐渐变热，不一会儿，汗水都出来了。她越走越快，脚下装了弹簧般。

忽然，大伟觉得手上的温度正在消失，脚步放缓。孩子的手变得冰冷僵硬，她饱满的身体渐渐干瘪，那个身影像极了一个人童年的身体。可怕轮回。三十年前，他失去父亲。现在，她失去母亲。他在腥臭菜市场里钻进钻出，翻滚打闹。如果她跟着他，只不过从菜市场跳转到厨房间，是他童年的翻版。

他想转身，妥协。当他把那只小手稍稍往后带的一瞬间，从他的内心，从小手的每一个细胞中，传递出一个又一个大小不一的“不”字，随后，一个个火花在他眼前闪亮。

大伟这个团队，各人都生出了各自的心思。花四不想结婚是另类，其他厨师孩子都在成长。时间长了，厨师们都觉得，除了钱以外，大概还要些什么东西来填补那漫漫长夜。于是，满满当当的宿舍走了一半人，上下铺变成单人床。大伟也准备离开。他轻飘飘地对花四说：“你没事就跟我去东京吧。”

花四心里一惊，还没有搭腔，大伟就一分一厘地给他算账，甚至算到了汇率。但是，最终他算不下去了。“在这里承包厨房，兄弟们收入还过得去。到那里，收入高点，人更加辛苦。说实话，我是为孩子。”

花四一直没有表态，大伟就一个人准备去日本的事情。他又翻出当初的笔记本，不停地在上面增添内容，用自己的语言总结这么多年学到的、掌握到位的经典菜谱。他整理这些淮扬菜、苏帮菜，就像在梳理自己的前半生。

有时一个菜名，也能让他愣很久。大概是清明前后吧，他撑伞走过不知名的逼仄雨巷。“哧啦”一声，随后一股复杂的香味艰难地飘出木窗棂，被绵密雨丝压得不知所措。他贪恋地几乎把香味完全吞进肚子。油香、葱香、酱香混杂在一起，一位老妇人佝偻着腰炒螺狮，弄堂里的酱爆螺狮。他躬身进屋，记下了所有配料，还有火候。但是这菜只配在江南雨季出现，这些天记录的不少菜谱都这样，离开“穴地”，等于毁灭。他眼前笼罩着一大团迷雾。

很快，那个陈旧笔记本被歪扭字迹密密麻麻地铺满，当中夹杂不少错别字。但是有一天，笔记本却失踪了。大伟找了半天没结果，花四也帮忙找。大伟对花四说：“算了，不找也罢，都在我脑子里了。再说去那边，有些菜也做不出来。”

“我跟你去。还有几个弟兄，我也做好工作了，一起去。”花四在笑，笑的时候，一口雪白大牙在灯光下耀眼。大伟稍微愣了一下，他只把此事告诉花四，花四却搞出这么大动静。人手多，费用也高。大伟把实情告诉花四，花四爽快表示可以压缩队伍到大伟满意。大伟隐隐觉得似乎这支队伍姓“花”。

东池袋的这家饭店，已经是大伟他们在东京做的第五家了。他趁花四大声训斥新厨师的当口，跑出来抽烟。扔掉记账本后，他感到轻松。他不在乎“吃回头草”，算账算清楚，实惠最要紧。花四对他还算有情有义，付给他厨师当中最高薪酬。最近几天，他在“三百元店”买了一本精美笔记本，又开始记录那些菜肴。一道道菜储存在他大脑的一个个小抽屉里，他已经听见了抽屉“咯咯”抖动声音。他下载了新华字典软件，一些错别字就此纠正。

现在，他要精心做的，只有一件事。每天早晨，为女儿准备一个便当饭盒。这个饭盒已经成为女儿在学校里的骄傲，每次打开，都会引来同学们的惊叹。

刚开始，他和花四合租一套两居室公寓。女儿逐渐长大，他另外找了一套房。每天清晨，他站到三楼窗口，看着女儿沿弯曲小巷走到街上等校车，他越来越赞赏当初自己的选择。卖鱼娘娘去年去世，他在世上的最大牵挂就剩下眼前这个穿蓝色校服的女孩。一跳一跳的马尾辫让他安心惬意。让她在安静的环境里读书、成长，自己可以隐藏到不存在。

事实上，他已经努力在厨房里尝试让大家感觉到他的“不存在”，也乐于接受“老陈”而不是“老板”的称呼。“老陈”更能将菜的技艺发扬，而“老板”总是一时的。看花四张扬的表情，他料定这个“老板”也不会长久。原始笔记本虽已失去，恢复，直至超越的过程，他很享受。再这样平静地过几年，女儿进了大学，他就回去。消失得无影无踪，他认为，这样才能真正炖好生敲。

五脚黑旋风

外公坐在藤椅上，漆木拐杖别在放茶杯的圆孔里。夕阳照着他的左脸，似乎有泪闪烁。他说光线晃眼。我把窗帘拉上。

他在倒数的日子里，一天就这样度过，看着太阳从东边升起，到达当中，又从西边落下，什么也不做，什么也做不了。

“我快到那边去了。”他声音低沉得有些变形，似乎一口痰在喉咙口上下。

我把茶端到他嘴边，他润润嗓子，“昨晚，我做梦了。其实我早就死了，那颗炸弹在我身上裂开，我的灵魂从此没了躯壳。我四处游荡，才发现和我一样的灵魂充斥整个空间。终于，我可以去找他了。而他，正在不远处笑着向我招手。我追啊追，却始终缩小不了我们之间的距离。‘难道我死了，都不能见面吗?’当我奋力喊出这句话，他向我伸出了手。当我就要碰到他手的时候，梦醒了。”

“他是谁呢?”我打开吸顶灯，似乎强光能够驱散疑惑。

“过去得太久了，记忆会出现很多破洞，已经无法求证、修补，特别是有些场景我实在记不得是现实还是梦境。你要听，就得让我随心所欲地说。说不定哪天，坐着坐着，我就过去了。”

警报，由远而近，高高低低，我的脚瞬间冰凉，从心里往外发散的恐惧，麻木了脊椎。

看到大家疯跑，我才回过神来，朝万寿桥方向拚命跑，什么东西都扔了。我恨长衫，本来可以一直跑在黑影前，搭扣崩裂，速度还是慢。金土都比我奔得快了，那简直是笑话。黑影压上来的时候，我记得父亲告诉我一定要就地扑倒，不管面前是什么，扑倒就有命。我扑向石板路的同时，伸长右手用力做了一个往下压的手势，金土没有看见。他还在往前飞跑。炸弹落地。我紧贴地面的身体被巨大的震动弹起，砖瓦木头砸上来，又震了几下，一些东西弹开，一些东西落下。

警报声似乎有，似乎没有，风里杂乱的声音我只能看见。我趴着不敢动，直到周围有人站起身来。金土站不起来了。他就在离我五米远的地方，头倒插在地上，身体弯曲成虾米状。灰尘、泥土、书本之间，一股股细细的血水恣意蔓延，我的布鞋被缠绕着。

我久久站在万寿桥附近，现场在清理，金土被抬走，他父母兄弟姐妹哭天抢地。但是，我什么都听不见。眼前失去声音的影像夸张而虚假，更像一种宗教仪式。我被父亲拉住手，使劲一带，身体一冲，似乎走了出去。但是鞋跟粘在地上，那是金土啊，他不让我急着走。那个黑影压过来的时候，金土和我都在跑，我对他做了手势，当时我没有叫喊吗？还是被警报声盖住了？那可恶的刺耳高音。我可以跑得更快，要快速把他按倒、推倒、打倒。跑得快的是我，吃炸弹的应该是我。

我被父亲牵着，混入木然人群里。炸死金土的地方，正被越来越多人践踏。残暴痕迹会慢慢消失，他也会被我们渐渐忘记。父亲加快了脚步，街上的人又跑了起来，莫非警报又响了起来？我没有看到黑影，那乌鸦般令人恐惧和厌恶的轰炸机。

我把头伸进井里，初秋的水不再冰凉，死一般的沉寂让我有了一跃而下的念头。院子里人人慌慌张张，左奔右突，我厌

2017.3.13.

倦了这般一惊一乍。如果大家的结局都只能与金土一样，那么，我就坐着不动，在静默中等待最后时刻。但是，父亲还是一把抱起我，扔到马车上。马车刚从姨夫家过来，我一上车就看到表姐、表哥和表妹坐在高高的包裹上，弟弟和小妹也上来了。他们像郊游般快活，嬉闹在一起。车一到新民桥，我看到滚滚东流的胥江，眼泪就下来了，我以为是无声啜泣，不料小伙伴们个个回头呆呆地看着我。

马车和胥江水背道而驰，车轮滚过金土家的时候，大门紧闭。我紧盯着一溜门板，似乎哪块门板会突然被移走，金土就会钻出来，做着瘪嘴老太的鬼脸。但是，比河水还要神秘的大门，转眼间就被马车抛到后面。

马惊了好几次，把我从梦里颠醒。无声世界真好。我认真想了想，现在，如果炮弹真的袭来，那我也不可能防备，更不会奔逃，一瞬间就结束了，没有金土的恐惧。生我之前，永远的黑暗和宁静；生命结束之后，又是永恒的黑暗和宁静。这是最近一位先生脱掉长袍后，在课堂里对我们讲的新观点。这不是父亲常常对我说，要戒除的“断灭相”吗？但是，先生说了科学发展的轨迹，宇宙学新成果把我们变得越来越渺小。我试着客观看待物质世界，越想越害怕，对死亡更加害怕。我往包裹最软处靠靠，掖紧袍子继续睡。

香山到了。太阳差不多要落山了。看坟的郭老四叫上几个亲戚在山路口等父亲。弯弯曲曲的逃难队伍，碰到郭老四就停下问几句，郭老四总是摇头。直到看见我们几辆马车，他才挥手纠集起坐在地上的几个人，跑上前把马车上的包裹挑上肩。

我们混入队伍里，缓慢地上坡、下坡，忽然间，鼻子里有了腥味。有人在指指点点，哦，那么大的一片湖，大概是太湖吧。太湖里有土匪，轰炸机来了，会有激烈反抗的。似乎不光是我这样想，灰头垢脸的人们脸上也发出了轻松的神情。他们对着西山岛，那个强盗盘踞的太湖第一大岛，充满敬畏。

人渐渐分散，占据自己心目中最安全的区域，树丛、山洞、岩石等等都成为避难所。只有少数人，走向熟悉的山里人家。郭老四把房间全部腾出来，他老婆已经在灶头忙活。父亲放下手中的行李，第一件事情，带着我和弟弟，穿过竹林小径，来到祖坟前。祖父、曾祖、高祖等先辈的坟茔，像一个个馒头，高低错落地蹲在一个大斜坡上。曾祖的坟最大，那是因为他官职最大。父亲拉着我们跪下，磕头。我们起身后，他还长时间跪着，我看见他嘴唇颤抖。竹梢闪过最后一道光，父亲抬起头，脸上灰蒙蒙一大片。

夕阳完全沉了下去，九月初的西天仍在发亮。外公在藤椅上微微欠身，指指书箱。

老式书箱分两节，上层是橱，下层是抽屉。他让我打开最下面的抽屉。画谱、书稿、线装书散发着浓郁樟脑味。他手指向最里面。

打开层层纱布，显出一个圆肚紫砂壶。茶壶盖顶斜插一个龙头，可惜龙的眼睛部分损坏，壶的神采大受影响。

他反复摩挲壶身，沙沙的声音里还有壶盖轻微颤动声。

越摩，时光流逝越缓慢，紫砂壶渐渐显出光彩来。

我被当作病人，逃难的人当中有个郎中被郭老四请了过来。他往我耳朵里灌菜油，看他无奈的样子，似乎在找另一种油而未果。我极度反感他在我身上做的小动作，但是，清凉的菜油流进我的耳道，酥酥麻麻，有种闭目修行的冲动。直到有人使劲摇我的肩膀，我才睁开眼，父亲正在掏铜板给郎中。郎中凑在煤油灯前写了一张药方，父亲接过，脸上一副苦相。

夜里，我们表兄弟、表姐妹五六个挤在一间房，几张门板卸下来，一个大通铺就安好了。被单刚铺好，他们就开始在上面嬉闹。我躲在最靠边临窗的位置，使劲压着他们带来的震动，这是逃难还是郊游？我一时间竟分不清了。母亲过来吹灭了油灯，瞬间就像换了个世界：黑暗、无声、阴冷。我把右手伸进被子，左手举在肩头，握住被子角，准备一有风吹草动马上掀开被子跳跃起来。

“嚯、嚯、嚯”，这个声音传进我耳朵时，我知道已经在做梦了，梦里又能听见嘈杂、生动的各种声音了。我静静期待着，但是除了“嚯、嚯、嚯”反复出现，再没有别的声息。我一下子睁开了双眼。适应了黑暗的眼睛，朦胧下弦月光中看得清一些模糊的景象。大家都睡熟了。没有任何声音，只有隔一段时间就会出现“嚯、嚯、嚯”。声音来自院子。我翻身下床，拖了双布鞋，出房间来到院子里。这是一个典型的农户，领了我们家的钱，把泥墙茅草屋换成了木结构瓦房。香山出木匠，木匠不会浪费每一段木材，香山的房子结构紧凑，借用一个门、合用一堵墙的情况很多。我刚开始以为声音在院子夹墙边，仔细听，似乎又在夹墙之外。

初秋深夜，开始凉了。云，把弯月拱在当空。我离开屋子有段距离了，“嚯、嚯、嚯”一直在前面，除了这个声音，我仍一无所知，风声、水声、昆虫声，都收进“嚯”一声里。回头看簸箕一样的院子，竟在我脚底了，原来我一直在上坡。布鞋踩在杂草上，湿漉漉的。高大的树木阴森森地罩着我的头顶。那个声音似乎越来越清晰，我却有了回转的念头。刚回转头走几步，“嚯”地一声，落在我身后，如果我动作够快，那么我一转身便能与这个声音相遇。但是，我还是慢慢地回头，声音却又落在不远的地方了。我发了狠劲，快步追了上去。

这是一块再普通不过的山石，微光下，泛着青光。我围着石头转了好几个圈，确定声音就从下面发出。试了好几个角度，我搬住一个角，轻轻往上推开一条罅隙。石头刚离开地面，叫声停止。绝对寂静重新侵入脑子，我像一下子掉进深水潭。恐惧，使我几乎失去方向。手上一松，石头落位。不一会儿，“嚁、嚁、嚁”又回来了。我向夜空吐出深深一口气。对声音本体的好奇，猛地战胜一切。双手用足劲，山石被掀翻。“噼里啪啦”，躲藏在石头下面的昆虫四散奔跳，我的脸被盲目跳跃的运动员撞到，活像烟花迸裂。刚开始，我没有看到它，我的眼睛忙着追逐逃亡者。在一只癞蛤蟆慢条斯理地爬开，甚至斜眼瞪了一下后，它镇定地发出一声“嚁”。起初我还是没有看到，直到第三声发出，我才向前，用颤抖的手围成一个碗，当中是一条浑身墨青，两条白线从头顶贯到尾的蟋蟀。它与暗黑的土地融为一体，不屑于其他虫子的仓皇逃窜。并不算大的身形，像极了裹着战服的武士，威严中带着杀气。它迈开六条腿走上我的手掌，似乎是等待已久的平台。两条触须逐一在牙口里咬过，猛地往前一弹，傲慢地跟我打了招呼。我心里一阵酸痛，脑子里现实与幻觉交错，惊叹一声：“黑旋风”，从此它却没有再叫过一声。我又陷入静默世界。

父亲喜欢自己算店里的账，使他沉浸在快意当中的有四件东西：账本、算盘、水烟筒和紫砂壶。这四件都出现在他的包裹里。我抓了一把青草，揉碎，挤压进茶壶嘴。黑旋风派头很足，任何环境都不能影响它慢条斯理的风格。壶盖被小伙伴们掀开，又关上。壶内光线明暗变化，它不慌不忙地在壶底踱步。他们摘来牛筋草，挑逗它“开牙”。黑旋风好奇地用触须碰碰，甚至用头拱，最后别过头走开了。再去逗，它便在那里发呆。小伙伴们热情消散，丢下黑旋风玩去了。我把紫砂壶重新抱在怀里。

郎中不知从什么地方搞来了黑芝麻和核桃，还有白砂糖。父亲把一枚袁大头放到他掌心。郎中把三样东西在钵盂里捣啊捣，不一会儿，细沙被包裹进牛皮纸。我被用手势告知，每天吃三次，每次吃一勺。郎中临走时拎起自己的耳朵，示意把一大纸包吃完，随后他一放手，突然张开手掌，表示接受到声音。我捧着紫砂壶，感觉黑旋风在跑动。芝麻核桃的香味正在弥漫。以前的经验，喂养蟋蟀用饭粒、南瓜、毛豆，辣椒也会上。夜里，我倒出一点芝麻核桃粉，摸黑抖进紫砂壶。我有点不安，甚至有点犯罪感，又不敢开盖。半夜被梦惊醒，黑旋风因拉肚子而死。我惊出一身冷汗，连忙捧着壶跑到院子当中。月光射进壶底，除了黑旋风和散落的几粒虫屎，空空荡荡。芝麻核桃进肚后，黑旋风全身似乎更黑更亮了，两条白线泛出荧光来。

“你听到什么了吗?”外公把紫砂壶盖子轻放在一边，把壶口贴到我耳边。

“没什么啊。”我被他的举动搞得糊里糊涂。

“静下心来。”

我闭上眼，深深呼吸。远远地，山风、松涛来了。猛然间，似乎战鼓擂起来，两军对峙，金戈铁马。“嘭、嘭、嘭”，远古的声音接着响起，成为宇宙的呐喊。

“生命中每一刻、每一处都可能成为战场。”外公把壶拿开，蜡黄的脸上有了些红晕。

我们几乎每天都要被父亲惊恐地赶进半山腰的山洞，多的时候要四五次。每次走出来，我总要好好看看太湖。人的境遇再危险，这个大湖却依旧平静。甚至金土的死，在我们这群逃难人中也没有产生什么影响。习惯了每天的例行躲避，大家该做什么还做什么。暑热消退，山里的行当多了起来。万寿桥的剃头挑子来了，吉善桥的骆驼担也来了。冷不丁，几乎又回到老街。都是熟人，在例行的惊恐间隙或者捉对厮杀，或者围坐方城。小伙伴们这里挖挖，那里撬撬，蟋蟀阵营每天都在扩大。他们找来一个破罐，轻轻敲掉小口，大肚敞口的瓦罐成为决斗场。逃出来的，不小心跳出来的，都被他们判处死刑。两个孩子为一条虫扭打在一起，两家大人很快聚拢，街坊争吵情形在山里重现。父亲和郭老四拦在他们当中，这下他们更起劲了，双方像开了牙的蟋蟀，扑向障碍物。父亲长衫被扯下一个袖子，郭老四眼睛肿了起来。突然，围观人群慌乱奔逃，两家人才罢了手，随着人群逃向山洞、山顶、峭壁。

这样的争执多了起来，围观的少了，劝架的更少。只有父亲表现出愤懑的表情，要么甩书进屋，要么与郭老四对抽水烟。郭老四特别关心我的听力。他不会写字，不能像父亲和亲戚朋友那样把想说的话写在纸上告诉我。但是他似乎不需语言文字沟通，就知道我最关心的事情。

一天傍晚，郭老四从山外回来，扛个大包，都是父亲关照他置办的日杂用品。树荫下，两个人站着抽了好长时间的烟。父亲神情紧张又焦虑。晚饭前，郭老四递给我一个竹筒，两端插满杂草。取一盆水，拔掉一端障碍，用手轻轻一拍，一只肥硕的黄大头跃入水中，扑腾起来的水花几乎溅到我脸上。表兄弟们张牙舞爪地围着脸盆，夸张地扮出惊奇表情。他们对着我时刻抱在胸口的紫砂壶嘲笑，用小拇指对我示意黑旋风的弱小和无用。就在这时，紫砂壶轻微震动起来，似乎黑旋风在围着壶壁急匆匆地兜圈子。我从未答应任何小伙伴对黑旋风下的战书，这次却有点不同。我的内心躁动传递到它身上，还是黑旋风的冲动传递到我心里？我不知道，但我知道为了名誉，黑旋风必须与黄大头一战。

克宁奶粉空罐里垫一片粗草纸，放下一块硬纸板，把空间一隔为二，黑旋风在一边来回游走。黄大头放下来后，我后悔起来。它的身形只有黄大头的三分之二，黄大头是战斗型选手，着盆便感觉到敌人存在，牛筋草刚落下，便开出大黄牙狠咬不放。草撤出，黄大头振翅鸣叫，虽然我听不到声音，内心却凉飕飕的。再看另一边，黑旋风虽也显出临战状态，但它还是对牛筋草没有感觉，不开牙，不鸣叫。按照规矩，此役可免战。我想黑旋风与我想的是一样的，尽快进入战斗。我对主持人郭老四点点头。

纸板抽起，黄大头一个转身直面黑旋风，振翅的同时蹿上去。黑旋风还在走动，身形未定，见到凶猛扑来的黄大头，急忙乘势往前奔突。场面很难看，猎物在前面逃，狮虎在后面追。观战的人围了不少，几乎都在为黄大头喝彩。我抬头对上郭老四的眼神，充满对黑旋风的忧虑。这景象明明是金土在奔逃，轰炸机沉闷而惊心的声音笼罩住他小小的身影。金土逃不脱一死，这也是黑旋风的宿命。我几乎放弃了，悄悄闭上了眼睛。现在，光线没有了，声音早就没有了，而内心的声音却渐渐明亮起来。黑旋风就是我，我就是黑旋风；我会好起来，黑旋风会战胜黄大头。我睁开眼，正看到惨烈一幕，黄大头追上了黑旋风，大黄牙开成剪刀状，对准它脖子而去，黑旋风用左前腿一挡，剪刀合拢，咔擦，那条腿被活生生卸了下来。趁黄大头昂首振翅的间隙，黑旋风用足劲道跳到紫砂壶边沿，在大家的哄笑中，扑向我胸口。我把他笼住，奔出人群。

黑旋风不吃不喝，几乎一动不动。一轮满月升起来，它用仅剩的右前腿支撑起头部，长时间凝视月亮，似乎在哀悼失去的腿。它的静默是个谜。我也看月亮，山中的月亮更大更清。淡云飘过来，月亮在云里穿行，时隐时现，清冷的景象让我想哭。金土就在我边上倒下，他的血至今缠绕着我。每天晚上我摆脱不了他，梦里不是与他约好去郊游，就是一起逃课去捉蟋蟀。总是那些快乐的事情。而快乐背后却是极大的悲哀。

“嚁”，刚开始我没有注意，还在仰望云中冷月。“嚁嚁嚁”，我像被一棒打醒，仔细看向黑旋风，它沐浴着圆月的光芒，发生了蜕变。原本显得稚嫩的两条白线消失了，与其说白线消失，还不如说它的肤色加深了，黑色包裹了整个身体，像装上了一副质地坚硬的铠甲。愤怒使它身体颤抖，鸣叫的声音完全摆脱了艺术腔，收尾拖了沙哑的金属破音，那是一个战士的怒吼。我的耳朵里塞满了黑旋风的叫声，片刻不停。我也兴奋起来，在只属于我和黑旋风的世界里。现在，声音正在重新回归，我们可以战胜一切！我不再跟父亲慌忙钻进又黑又湿的山洞，不再与那些坐在树荫底下斗嘴的人为伍。要么生存，要么死亡。我的确害怕得要死，但是总有人比我更加害怕。天亮之前，我用核桃芝麻粉把它喂得饱饱的。

我主动找郭老四，挑战黄大头。他略微迟疑了一下，随即翻出一只小蟋蟀盆，黄大头待在里面，占据了一小半的区域。郭老四再取出大号陶土蟋蟀罐。两条虫一入盆，就品出了宫殿般味道。它们小心谨慎地参观，把它当作生命中一件大大的礼物。兜了一圈，黄大头估计要笑出来了，隔板后面的不就是昨天的手下败将吗？它开始无聊地纠缠落下来的牛筋草，扑上去，咬住，打个滚，再放开。而黑旋风仍然不声不响，与昨天不同的是，它根本不去理会牛筋草。它记住了那头顶发黄、牙口发黄，喜欢自我陶醉的大个子。黑旋风居然用头顶住隔板，隔板一撤，它迈开五条腿径直走上去，对准黄大头就是一口，黄大头连忙回头，张开大黄牙反抗。两对牙一交口，仿佛凤翅镏金镗撞上了擂鼓瓮金锤，大黄牙顿时碰歪了，再也并不拢，浆水汩汩而出。

旁观的小伙伴们看傻了，连黄大头拚命跳出大盆落荒而逃都没有作出反应，他们只是盯着黑旋风看，它正用仅剩的右前腿一根再一根梳理自己的触须。梳理完结，翅膀一张，“嚯”的一声，悦耳的喜悦的胜利的鸣叫，像一根针，彻底刺破阻挡我听觉的障碍。翅膀鼓动起力量，一次又一次鸣叫，大家的欢叫声、院子里的砍柴声、树林里的鸟叫声，甚至山里的风声、太湖的水声等等，一刹那，声音全部回到我的耳朵里。

“五脚黑旋风！”大家对着它啧啧称奇，绰号一下子传了出去。郎中又来了一次，问我是不是因为吃了黑芝麻，我说大概是的吧。父亲又给了他一个袁大头。“既然你的耳朵好了，那我们也不急着回城了，等局势安稳点再说吧。”母亲总想问出我一些特殊的感受，我就举个例子给她。就像游水时耳朵进水，聋了，听不见了。上岸用脚一跺，水出来了，声音就进去了。

晚饭已经准备好。外公对我摆摆手。

我递给他一盅菊花枸杞红枣汤，他花了很长时间才将一粒枣核吐出。

他拿枣核对着灯光端详。“我们看得见、摸得着、想得到的东西，都不是真实存在的。”

“您在说些什么呢？”一粒枣核就让他精神迷茫，我感到不可思议。

“生或者死只存在于欲界或者人们虚幻的假象里。在欲界，有的只是虚幻；在无色界，有的只是实际。”他把枣核放下，眼光又集聚到紫砂壶上。

“到此时此刻，我才似乎有点明白‘应无所住而生其心’的禅机。”他长长叹了口气。

五脚黑旋风的名气在山里响了起来，民间传说就是这样口口相传，最后连本来面目都不知道哪里去了。经过的，都要进来看看。我仍然把郎中给我的药喂它。别人看见以为这是一个养虫秘方，据说偷偷按这个方法喂食的蟋蟀，不到三天全部死了。表兄说给我听，我说死是当然的事情，那可真是一味药呢。

郭老四天天想动黑旋风念头。山里难民中，摆蟋蟀小赌局的不少。有时枪声离得很近，新逃进来的人说，附近木渎镇老街已被日军烧成灰烬，赌局却仍是有的。郭老四运气不好，自从黄大头被黑旋风毁掉后，就再没有赢过一场。我当然不愿借给他去赌博，至于他提出几几分账，在我看来几乎是笑话。但是我没有料到父亲站了出来，在秋天的微风里，我感觉到了冰凉的寒意。父亲把我拖到一边，指着院子里正在翻厚被子的母亲，“虽然郭老四是我家雇工，但这毕竟是他的家，我们要给他面子，一只蟋蟀算得了什么？”

“蟋蟀当然算不了什么，但是金土呢？金土也不算什么吗？他就在我身边倒下，我一向比他跑得快的，唯一的一次，我跑慢了。你们可以忘记他，我怎么能忘记？中弹的应该是我！”我的声音突然大了起来，大家扔下手里的活，围拢过来。“前一刻还活蹦鲜跳的，一瞬间就成了尸体。”我把紫砂壶打开，翻转，索性让黑旋风落下。“在你们看来这是一只普通蟋蟀，但是对我来说，就是我的朋友，我的金土。”

黑旋风拼命用五条腿紧紧勾住壶口。郭老四连忙收回自己的要求：“不用了，不用了，我自己再去找条好虫吧。五脚黑旋风我也不会伺候。”黑旋风勾着壶沿努力往上翻爬，触须因挺得太直而颤抖。突然，我在一瞬间改变了主意，把黑旋风抖落到郭老四的陶瓷小罐里。“你拿去吧，让大家看看这绝非一只普通的蟋蟀。”郭老四稀疏的头发被风吹起来，空气中有股火药的味道。即便这样，我还是不敢直接跑去斗虫场看，捧着空壶，心里逐渐被一波又一波懊悔填满。

突然，远处传来零星枪声，父亲急忙赶我们进山洞。我呆呆地不肯走，原本想让郭老四拿去露一下脸，黑旋风以胜利者的姿态回来，这下好了，把郭老四和黑旋风往虎口里送了。我再不愿意躲进又脏又闷的山洞，甚至有了投奔太湖强盗的想法。躲着也是死，干脆一起完蛋。

父亲拗不过我，只好陪着我藏到离院子不远的茅草丛里。但是，直到枪炮声消停，大家拍着身上的泥土回来，郭老四也没有出现。父亲陪我等了一夜，东方发白的时候，我睡着了。黑旋风的叫声响起，我爬起来寻找。声音总在我前面，我下了狠劲追，就一脚踏了空。我从梦中惊醒，确认郭老四和黑旋风一起消失了。

父亲带着几个亲戚朋友趁天蒙蒙亮，已把四周山里摸了个遍。郭老四没有找到，周边连尸体都没有一具。吊诡的是，据挑战郭老四的朋友说，昨天郭老四根本没有去约好的场子，大家在漫长的等待中，骂骂咧咧，大光其火，后来枪声响起，又吓得赶紧四散逃命。

一整天，我坐在小板凳上，守着进山的小路口，似乎把住了这里，就拉住了希望。傍晚的时候，起风了，我就感觉格外冷，手脚冰凉，但是脑子里却热血沸腾。黑旋风出现了，就在我眼前从左跳到右，从远跳到近，我双手合拢想捧住它，却往前栽倒在地。

一条又一条毛巾从井水里绞起，盖在我的额上，不一会儿就干了。我的听觉比任何时候都灵敏。“这个孩子看来不行了。”“眼珠都翻到头皮里去了。”“脑子恐怕烧坏了。”但是，我觉得自己除了看不见、说不出，状态比任何时候都好。猛然，我脑子里出现奇异光。光落在遥远的地方，那是我们逃避轰炸的山洞，山洞正在延伸，看不见尽头，远处发出的光飞快闪烁，它接引着我，一步一步向前走。不久，我被七彩光压住了，一层又一层的光旋转着向我扑过来。我不由自主地飞向光的漩涡。我有预感，只要跟着光飞旋，就能到达极乐世界，我内心多么希望早点到，但每次我都穿不透漩涡，最终被黑暗打倒，昏迷。我喜欢黑暗重生，在暗黑的世界里，我重新听到响亮的“嚁嚁嚁”的声音，天籁般动听。我心仍有牵挂。

又落在阴暗隧道里。我循着声音往前走，越是黑暗，音色越清晰。恐惧已被急迫彻底盖住，黑旋风到底在哪里？黑暗像戏台的幕布，徐徐拉起。白色雾气弥漫，蟋蟀声渐渐微弱，我焦躁不安。转眼，白雾深处，隐约现出一个人影。现在，雾中神秘的味道扩散到我每根神经。人影也在向我靠拢，这时，蟋蟀叫声已经完全听不见。就在互相能够看清时，“等等，站住！”我被厉声喝住，呆呆地望着眼前的雾。金土从雾中现身，双手捧着一只赭色蟋蟀盆。他的声调从激烈转为平淡：“你我之间有条线，你不能再跨过来，不然就回不去了。”我低头看地面，虽有雾气，但是黑色土地仍清晰可辨，根本没有任何标线。然而，我不敢往前，看着金土一步一步靠近我，最终站到我一手可及的地方，但我不敢伸手。他把手伸了过来，把蟋蟀盆交到我手上。他没有穿长衫马褂，轻松地套着短衫长裤，脸上挂着微笑，让我觉得“那边”比“这边”不知好出多少倍。我的心一下子找到了平衡点，像卸掉了一个麻袋。

“黑旋风还给你，我要赶紧往那边去了，你会牵挂我，我也会牵挂你。只是你我不再相见。你还有很多事要做，不要早早过来。”说完，金土转身离开，他的身边依稀又多了几条黑影，他们一同往白雾深处走去，黑幕接着徐徐降临。那边的人们洞悉这边的一切，那边主宰这边，可是金土说了，我还不能过去。我们总是自找矛盾与痛苦。忽然间，我又听见响亮的蟋蟀叫声。我打开赭色蟋蟀盆，盆底细腻平整，黑旋风平静地振翅鸣叫。黑暗将我吞噬，将我卷进无底洞，旋转、下降，再旋转、再下降，我失去了意识。

“醒了！醒了！”我从五彩光环里挣脱出来，感觉白光刺眼。人影变得异常黑，短时间里，根本辨不清人脸。我想大声告诉大家，看到了那个世界，还差点去了那边。我张大了嘴，把一层又一层意思表达出来，怪的是，连自己听上去都像在哀嚎。当即有人哭了，有人叹气。“好不容易醒过来了，却成了傻孩子。”我放弃倾诉，顿时觉得口干舌燥，“水”从我嘴里喊出，是那么清晰响亮。七手八脚端来的一碗水，被我一口倒进喉咙。人渐渐清晰起来，光与影柔和地在我眼前晃动，一瞬间，既熟悉又陌生。我深深疑惑：既然那边有种种好，为什么我们不能割舍这边，反而害怕去那边？实在是什么？虚妄又是什么？我呆呆地想着，突然听到了“嚁嚁嚁”，就在我边上。一歪脖，我差点跳起来，赭色蟋蟀盆！静静地放在我枕边。“金土来过了？”我脱口而出。这盆分明就是金土刚才从那边递给我的。郭老四以为我在说五脚黑旋风，就伸出粗大的左手，掀开蟋蟀盆，黑旋风正趴在青花瓷小水槽上低头饮水。高高翘起的两条触须，像极了武将的野鸡翎，威风八面。喝足水，它抬头往上，短促又深沉地鸣叫起来。我抚摸着蟋蟀盆，想起金土与我的告别，泪水下来了。父亲和母亲不知道怎样安慰我，就让大家散了。

“整整等了七十年啊！直到昨晚，我才又如此地接近他。他的样子还停留在七十年前，我看不到自己的样子。我怕现在这副样子，他认不出我。”外公情绪低落。

“哪能啊，他是您最要好的同学和朋友。”

“梦里的他，还是那么圣洁，他是进了天堂的。而我呢?”他上下左右看了看自己。“满身污秽、满脑世俗。那么长的七十年，尽管我也抗争，但是生存的压力，总在迫使我做违背自己意愿的事情。违心的话，说得多了。违心的事，做得多了。我进不了天堂，进不了。”

我没有资格为他进行救赎，在我看来，勇敢面对自己，就是最大的真诚和力量。

阳光洒到床上，父亲母亲再次坐到我的窗前，母亲端来一碗粥，一口一口地喂我。父亲见我疑惑重重，就讲了郭老四的故事。

郭老四接过黑旋风的一刹那，马上改变主意，他早已领教五脚黑旋风的厉害，那些逃难的人只会把这宝物拖垮。场地安全性又差，黑旋风有个三长两短还真交代不过去。他决定冒险，到附近镇上，甚至还想去城里试试。木渎已是一片废墟，连正常的店面都开不出一家，不要说斗蟋蟀的场所了。正在郭老四犹豫，是回转山里，还是继续赶往城里时，枪炮声来了。像下雨一样，起初是零星枪声在他头上擦过，后来，噼里啪啦声音越来越响，他不敢四处乱跑，决定找个地方躲一躲。稻田的水沟早没了水，他俯下身后，下意识地摸了一下怀里，还好，小罐还在。一路上跑跑跳跳，最怕东西掉了。枪声似乎稀疏一点了，夕阳在树梢上晃着，眼看就要落下。这时，郭老四听到了“嚁嚁嚁”。起初，他还在张望，四下真的很安静时，他才注意到这个声音。声音在附近，借着夕阳光，他看到一只蟋蟀，正在离他五步的地方鸣叫。那姿态、那声音，郭老四吓出一身冷汗，赶忙掏出怀里小罐，拔开塞头，空的。他像蛤蟆般扑上去，手脚并用。但是，他根本扑不到。连滚带爬、又扑又抓，赶出去一段距离。“轰”地一声，一颗炸弹爆炸，郭老四被震得眼前一片漆黑，耳朵什么声音都听不见。好久他都不敢站起身，偷偷回头一看，炸弹正落在刚才躲避的地方。又过了一会，没有任何动静了，他才抖掉背上的泥土、杂草，想要站起来拍土，手刚伸出来，把他吓个半死。

黑旋风被他扑死在掌间。他头嗡地一声就大了，浑身哆嗦，脚一软，倒在原地。不知不觉，月亮上来了。四下秋虫争鸣，他懵懂的脑袋回到现实。命保住了，但是还是出了交代不过去的事情。一瞬间，他想到不如炸死算了，活着有时远比死掉痛苦百倍。但是，再艰难也要面对，他决定把黑旋风遗体带回，这是他的救命恩主，任何惩罚他都愿意承受。黑旋风被装进陶瓷小罐。他坐在田边，静静地看着恩主的小棺材。天上星星都出来了，他仰躺着，便感觉无数星星正旋转着向他压过来。又累又倦，他睡着了。突然，“嚁嚁嚁”的声音响亮而急迫，他从黑暗的梦里惊醒。茫然地看着黑暗天幕，星星已被厚重乌云掩盖。郭老四看看陌生环境，细细梳理自己行踪。“嚁嚁嚁”连续响起，他再三再四确认只有一个声音，那个声音来自那个绘着青花的小瓷瓶。随后，他跳起来狠狠扇了自己两个耳光，一感觉强烈的疼痛，他就跪倒在瓷瓶前，不住地磕头。战战兢兢地打开瓷瓶，五脚黑旋风正安静地磨牙。

母亲把最后一口粥喂进我的嘴。父亲轻描淡写地拖了几句：“郭老四灰头土脸回来，第一件事就想方设法搞了一只高级蟋蟀盆，把黑旋风供起来，天天对着烧香磕头。”父亲捧着碗装作揖状，“烧好香，就把盆端到你枕边，又是一阵叽里咕噜。”

局势仍然动荡不安，日头越来越短。逃难的人只进不出，山里出现各种病，身体上的、精神上的都有。郎中对每个人开出的第一张方子都是来拜拜五脚黑旋风。刚开始的时候，我捂着赭色蟋蟀盆不肯放。后来有一回，一只干枯的手抓住我的腿，一个老太太跪着不住磕头，旁边还跪着一个年轻妇人，手里抱着个孩子，孩子手脚都散开了，妇人拢了脚，手又垂下。她们急得直哭，哭的间隙念念不忘对着黑旋风诵偈语。没有人敢来斗蟋蟀，我感觉黑旋风正远离我而去。虽然一天之中只有那么几次，被郭老四借去供需要的人膜拜。我与它开始分离。最初，它在我体内，渐渐地，爬出我身体，但是有一根很粗的绳索使我们相连。病中，金土跟我道别后，那根绳索似乎在一股一股地缓慢断裂。现在，只剩最后一股了。

西北风呼哧呼哧刮进山里。夜深人静的时候，几乎听不见昆虫声。灶头边、被窝下，黑旋风声息全无，不吃也不喝，极少动弹。只有用手触碰一下，它才慢慢地走上几步，随后又靠在盆壁上休息。寒冷逼退了病菌，郎中渐渐把神圣的五脚黑旋风忘记，只有郭老四每天还来对着盆拱手作揖。

冬至夜，我听到微弱的鸣叫声，掀开饭窠一层又一层的棉布，捧出赭色蟋蟀盆，五脚黑旋风抬起头来，轻轻煽动翅膀，细若游丝般地鸣叫两声，便垂下两根触须。我知道最后的告别来了，眼泪滴在盆底，化开一朵朵水印。晚上我又梦见它清脆的声音，我仍然像金土死的那天晚上一样，匆忙赶出去，一路找寻，但这次却总也捉不住它。清晨，父亲早起，把蟋蟀盆拿出来清洗，盆是空的。他端来给我看，我眼前又一次闪出金土与我告别的情景。金土把黑旋风交给我，也可以把它收走。

外公说完这个故事，虽然长久沉默不语，但是神情安详。外面起风了，伴随风声，远远地传来“嚁嚁嚁”的声音。他让我再次打开书橱抽屉，把紫砂壶包好放置到原位的同时，取出一本《金刚经》，这是他用严谨的柳体小楷，手抄而成。

“我把这本经赠给你，希望你拥有金刚般坚强意志，无穷的智慧，来应对世俗一切相的侵扰。”他露出了笑容。

不久，外公去世。“五七”之夜，望着墙上他的画像，我翻开那本《金刚经》，大声诵读起来：“须菩提，诸菩萨摩诃萨，应如是生清净心。不应住色生心，不应住声香味触法生心。应无所住而生其心。”

是啊。“应无所住而生其心！”

隐秘花园

柿子树、枣子树、桂花树、桔子树，还有那棵大槐树，说来说去，我耳朵里老茧都出来了。但是我还没看到过其中任何一棵。

我练拳的地方在后天井。自从突然有一天起了火，灶屋就废弃了。后天井走动的人少了，我就独霸十几个平方青砖地。我练类似形意拳的一种叫“十二接手”的实用拳术，脚下动作不大，手上动作多。一路拳下来，正好从东打到西。虽然看不大上全苏州刮起的长拳风，可长拳里的基本功，师父还是关照要练。里合腿、外摆腿、二起腿等动作幅度大。时不时，我的脚会碰到隔墙。

我有意试过隔墙的牢度。趁脚刮到，或手甩到，马上追加个把动作，一脚、一拳，隔墙就会抖动，墙顶的泥和草扑簌簌往下掉。我使下蛮劲，身子腾空，脚在西厢房窗台上一垫，手就能搭住隔墙顶。隐藏在隔墙后的建筑和院子，在我眼前闪现一两秒钟。

到了练掌力的时候，我睡梦中都想着一棵棵粗壮的树被我打得枝叶乱颤。落英缤纷里，我一回头，有漂亮姑娘悄悄注视我。但是，后天井里没有一棵树。前天井里有两棵枇杷树，不碰已经病殃殃，加上我的几拳几脚，必定加速枯死。

师父扛进来一只大沙袋，叫跟在他后面的光头少年用木棍撑起，并固定住。又教我几招拳法，能够把沙袋的训练效果最大化。第一拳，我打偏了，沙袋起了灰，迷住了少年的大眼睛。正在暗笑的当口，我隐约听见师父和外公说话：

“小伟不大说话……我也没办法……麻烦老师了……”

“是我麻烦你才是……你光让孩子练拳不行。”

轮到我撑住木棍。小伟一拳都没有打偏，每次击打，他的眼睛都不会闭上，而是瞪得更圆。一种仪式感，嘭嘭嘭地撞击到我心里。我想自己往后也不能太随便练功。

师父没有吃晚饭就走了。临出门时，回转身对外公深深鞠了一躬。夏日夕阳下，他宽大脑门上黄豆般大小的汗珠闪着一小片光。黄色凤仙花、紫色夜饭花映衬他的海魂衫，格外干净健美。

外婆把小伟的包袱放到我的木板床上，天已经黑透。我拎了一桶洗澡水，带小伟来到后天井。大家都在马路上乘凉，四周漆黑寂静。我和小伟默默地擦身子、打肥皂、冲水。

突然，隔墙后面隐约传来声音。小伟先停住冲洗，用手指指隔墙。我把湿毛巾放进木桶，屏住呼吸。这下，我们都听到了。轻柔乐曲声中，唱戏的女声稍稍突出些。但是，所有声音都飘忽不定，随着夜风抖动。风扫过，最清晰时，能辨出些许昆曲味道，但不能确定。

小伟突然扎了个马步，赤条条的马步我第一次看见，忍不住笑出声。他却严肃地示意我站到他肩膀上。

隔墙挡住了我们俩刚刚发育的赤裸身子，只露出我的头。我第一次从容冷静地看着隔墙后的一切。黑魆魆的建筑、过道，没有戏班、演员，只有知了、蟋蟀和纺织娘轮流唱歌的声音。那些翻新的建筑从这边延伸过去，风格夸张，但是干净整洁。我无奈又失落。

但是，我双脚一回地面，耳边又响起那些飘忽的声音。换小伟上，情形还是一样。就在我们疑惑的时候，客堂里的白炽灯被人点亮。声音一下子被光吸走，去得像被刀割断般利落。

刚过立秋，深夜竹席就透出凉意。床太窄，小伟睡在外侧，脚不是落到地板上，就是搭到我胸口。我怕他的脚碰到蚊香，自己使劲往里缩。在性急的早桂花浓香里，我沉沉睡去。

夜里似乎下起了雨，雨滴砸在帆布雨棚上，发出沉闷的“噗噗”声，像一件件心事打在我心头。外公准备把夹弄与客房打通，直接开门到大街上。这样，只有八九个平方的门面房就能收到每月两三百的租金。整条街像疯了似的，一家家小店从吃喝玩乐到建材钢材，半年之内，全部开齐。国营店几乎没人光顾。外公从街头到街尾，来回踱了几次后，对我们宣布一个决定：要租就租给书店，最差也是文具店，吃喝玩乐的不租。一个温州人找上门，说是图书批发商，谈下门面。夹弄与客房已经打通，遮挡风雨就靠夹弄上兜着的帆布雨棚。夹弄深处藏着“宝贝”，我还没想好如何处理，眼看温州人就要彻底清理，我得想好处置办法。

就这样，我在夜里醒来几次，但都是一个念头在脑子里滚一下，然后翻个身迅速接着做梦。只有一次，身边空荡荡的，小伟去上厕所了吧。我想撑到他回来，无奈眼皮被“噗噗”声越压越紧。

我完全没有想到早晨阳光如此地好，一夜的雨完全收干，只有前天井里的花草树木叶片上残留着小水滴。我听见外公的声音。

“今天不能浇水，昨晚雨水吃足了。”

我从床上起身，隔窗望见小伟跟在外公后面，盯着五针松、侧柏、雀梅、黄杨、三角枫等外公制作的苏式盆景，左看看右望望。外公介绍完鸟不宿后，小伟悄悄地把手伸到刺状叶片上，猛地触电般缩回。他捂着手环顾四周，不安眼神正好与我相对。我咧嘴笑了起来。突然，我停住了笑。从他双脚脚后跟到膝盖窝，爬满一条条细黑的污泥。再仔细观察，他的光头上似乎也有黑点。我转身看竹席和毛巾毯，却整齐干净。

伙伴们在门口叫我出去玩时，小伟快速拨弄竹筷，发出烦躁的咔嚓声。随即，他把头埋进青花碗里咕噜咕噜吃泡饭。我看得清楚，这时的光头干净光滑，没有污渍。虽然我心存疑惑，但也不多问，把很多疑问藏在心里，跟他们道了别，赶上伙伴们步伐。融入这支捣蛋队伍的一瞬间，我有个奇怪想法，要是我与小伟互换，该是怎样的情形？随后，在嬉笑打闹间，我很快忘了老宅，以及留在那里的人。

傍晚回家看到的第一幕就让我揪心。温州人正在指挥人清运夹弄里的垃圾，我扫了一眼墙上那个部位，“宝贝”的处境极其危险。后天井里，小伟把我的手握得紧紧的，冲我瞪一下眼。我刚才打出去的拳太绵软无力，沙袋都没大动弹，但是他哪知道我的心事呢？交换位置，他认真冲拳，打得我撑着沙袋步步后退。他却一拳比一拳更有力。我的身体已经靠在隔墙上了，沙袋来回震荡，不时打在隔墙上。墙粉、水泥哗哗往下掉，一块青砖动了。我脑子里闪过一个念头，顿时，精神好了起来。

“想知道隔墙和墙背后的故事吗？”

小伟停下手，用手背擦脸上的汗，睁大眼睛，没有表情。

我的指头似乎能穿越隔墙，一一点出里面的情形。“我们现在打拳的地方，只是老宅后半部分的开端。墙后面，不仅有后宅，还有一个大院子。一年四季，花果不断。”

小伟平静的脸，起了波澜，眼里有火种跳跃。

“听外公讲，小时候他最喜欢在院子里玩，长辈们时不时请朋友坐在花草树木间喝茶、聊天、唱戏唱评弹。”

“有没有唱昆曲啊？”小伟突然冒出一句。我一时不知道怎么回答，只能以“可能吧，嗯，有可能的”来搪塞。

停顿一小会，我突然失去了讲下去的兴致。草草来了句总结：“反正后来卖给人家了。”

小伟紧跟着追了一句：“为什么要卖？”

我挥挥手做了断：“没钱了呗。”那些柿子树、枣子树、桂花树、桔子树，到现在，我还没看到过。这个事情要保密，不能让小伟知道，就不让他再问下去。

吃晚饭的时候，我看小伟心事重重的样子，便以为他陷入胡思乱想中。从那时起，我就开始紧张。重大行动前的一段时间，总是最难过的。真正上了轨道，反倒轻松了。更难熬的是躺到床上后的等待，虽然整个行动已经过了无数遍，可还是停不下脑子。研究来研究去，小伟是个障碍，只能等他睡熟。但他一直在翻身，光头在枕席上发出奇怪的沙沙声。我原想着绝不能在这样折磨人的沙沙声中睡着，想着坚持、再坚持，就没了知觉。

亏得一泡尿憋醒我。在梦里，走了很长的路，我才找到厕所，却只有女厕所。又走了好长的路，来到荒漠，可以随意释放，却被骆驼驮着，下不来。最后一个厕所，排队的人转了几个弯，我对前面的人说，再不让我上，我就要憋不住了。大家一起哄笑，说你随便撒尿好了，我们这是在排队买米。我一气之下，转身拉开就撒尿，就在一刹那，地面消失，下面是铺了崭新被褥的床。我一下子吓醒，醒来就摸裤裆。还好，我松了一口气。再往身边一摸，小伟不见了。于是，彻底醒了。我在一两秒钟之内就思考出具体行动方案，翻身下床。

温州人搭了脚手架，我从乱七八糟的铁锈架子下钻过去的时候，头上、脚上都刮蹭到恶心的红褐色不明液体。那些“宝贝”不是我的，却比是我的来得更要命。我们七个人围成一圈，阿强让每人交出五分钱，才能看上一眼，他飞快地翻那些图片，六个脑袋越凑越紧，心跳加速，眼睛和嘴都不自觉地张到最大。阿强猛地收起图片，又拿出几本订在一起的语文簿，封面是挂历反面耀眼的白蜡纸。随着他的快速翻动，我只看得见那些蓝色的歪歪扭扭的字，一只看不见的手正用力把我往里拉。阿强展示“宝贝”后，宣布几条纪律，绝不能扩大范围，以后每次看都要向他付费等等。不过，他的重点最后落到“宝贝”的保管上。六个人的眼睛齐刷刷地盯住我。他们都住大杂院，弟兄姐妹众多。阿强把沉甸甸的塑料袋递到我手上时，微笑地说：“你是保管员，那些内容你尽管先看，看多少遍都免费。但是，我们这些弟兄可是还在排队等呢。”我顿时觉得脸上一群蚂蜂乱舞。

真的好险，脚手架的一根铁棍已经顶穿了墙面上的一块砖，塑料纸的一个小角在风中微微抖动。如果等到天亮，温州人一来，肯定露陷。塑料袋窸窸窣窣的声音突然间放大。现在什么时间？恐怕是下半夜。昆虫大多休息了，偶尔响起的蟋蟀叫声，也软弱无力。即使在暗黑里，我的行走也毫无障碍。经过前天井，直穿客堂，打开后天井门，摸到隔墙上那块松动的青砖。简简单单地把砖抠出来，塑料袋放进去，再用砖封住。完美！安全！后天井只有我和小伟在练功，即使他发现，我也可以拍着他的光头教训他一番，什么成为真正的男人的第一步就是要学习课本上没有的知识等等。

然而，我的手僵在那里了。那块砖不见了。我用手摸，用适应了微弱光线的眼睛看，墙上出现了一个洞，砖不见了。如果刚才沙袋把砖震落的话，那么砖应该就在附近。我趴在地上一寸一寸地摸、找。“嘭”地一声，头碰到了厢房墙壁。不知不觉我已经爬到后天井的尽头。正要回头的时候，一个身影从后宅翻过隔墙，未作停留，顺墙滑下，脚在那个洞上垫一垫。手在墙头捞一下，轻轻落下。他手里出现一块砖，平稳地贴进墙中。我没有动弹。光头在微光里一闪，他迅速蹿进客堂。

我反而定下了心，不急不忙地抠着。砖到手，熟悉的黑洞出现，只需简单的几个动作，“藏宝”任务就能完成。但是，我突然僵在那里。黑洞发出奇怪声音，带着烦躁不安的情绪。脑子里出现信号：不能把“宝贝”放进去。我抬头望着顶住鼻子的隔墙，像一片闸刀落在心上。压抑、疑惑、渴望，不知不觉中，我的右脚已经蹬进黑洞，顺势一攀，双手搭住了墙顶。

牢牢攀住隔墙不敢松懈，只是身子已经荡在后宅这一面，我正挂在白墙当中。“这安徽人家可会‘来事’了。”外婆简单的一句评论，正在那面白墙上扩散。

然而，事情并不像家庭主妇们嘴上传的那样简单。一落地，我就掉进一个完全陌生的天地。四周静极了，走路、呼吸、捏紧塑料袋的声音，被无限放大，脑子里定时炸弹的读秒声嚓嚓作响。我在惊恐中，回望隔墙惨白的一面。墙离我越来越远，我渐渐失去根基，游荡在未知时空。

虽然建筑延续了前宅风格，东西高高马头墙内，翘角的屋檐，挺拔的屋脊，接续不断。但是，多年来不断的改造，使房屋影子重重叠叠，显得漆黑森严。每扇窗都关得严实，我的手脚似乎失去了方向，不知该摆放在何处。走起路来歪歪扭扭，一会儿到东，一会儿到西。手到处摸索，有时碰到了木窗，有时是凉凉的玻璃。黑暗中有力量在拉我，让我慢慢地，一步一步深入。塑料袋发出轻微沙沙声，告诫我，不能胡乱闯荡，不要长时间逗留，找到隐藏位置就可以。

隔墙后的天井当中，铺了鹅卵石，走在石子上，就有了通道感。通道尽头是个月洞门，透过圆圆的门，天空中繁星点点。月洞门右边，一只青石墩子贴墙伏在草丛里。我用足全身力气，石墩只微微松动。想把塑料袋塞进去，根本不可能，我懊恼地跺了跺脚。突然，主意生出。沿月洞门墙和石墩的间隙，我往下扒土。草丛下的泥土湿润松软，不一会就挖出一个小洞。估摸着差不多，我又往石墩底座方向横挖。空气中飘着草根断裂的清香，传递着酥酥麻麻的安全信息。我仔细地把土回填，轻轻拍结实，又去稍远的地方拔了几棵井栏草，插到新土里。

不知不觉，头上就有了汗，我用手去擦的时候，猛然想起早上小伟腿上的泥。现在，我俩的秘密都集中到泥土上了。我最后看一眼石墩，石墩动了一下。忙活了半天，累得连眼睛都出问题了。第一次，我想得很简单。紧接着，又来了第二次，这次更猛烈些，很明显地看出石墩跳了跳。地震！一定是地震。我开始紧张，以为地在摇晃，一个泥手印留在了月洞门上。但是，四周静谧如初。当石墩开始摇晃时，我“啊”字出口，已经在鹅卵石上跑跳起来。

虽然身子已经攀上隔墙，可除了恐惧，窥探究竟的欲望骚动不已。骑在隔墙上，我朝月洞门扫了一眼，什么都没变、没动。一定是“心动”。霎时，我轻松不少，安稳下来。我慢慢地翻下墙，脚找准那个小小黑洞，笃定地往下移动身子。在我视线即将被隔墙挡住的一瞬间，月洞门里一条白影一闪而过。我跌下了墙。

下跌的过程漫长而神秘，仿佛我的一生都浓缩在往后一仰里。熟悉的戏曲声响起，我竟然流下了眼泪。突然，我想起父亲母亲，他们把我扔在这个地方已经有七年了。虽然我从小伟眼里看出他的忧郁，但毕竟他父亲隔几天，最多过完暑假就会把他领回。而我，始终处在看不到希望的等待里。刚开始，外公当着我的面，还看看日历，扳扳手指，说快了快了。最近一两年，他已经不再说任何这样的话了，甚至根本不提女儿女婿。外婆一直欲言又止。我更加害怕，不敢询问。当然，街上的流言，我是不予理睬的。既然是流言，就是假的，就是不怀好意的攻讦。

还在下跌，这时，周围已不是暗黑的夜了。光来得如此迅速强烈，以至于我只能眯眼。桃花、桂花、菊花、梅花、枇杷花等等，五颜六色，在我眼前铺展开，配上远远传来的曲调，安详凄美。我只剩下一个念头：我要死了。突然，什么都被收走了，完全的黑暗刹那降临。我失去了知觉。

我醒来时，燠热难挡。竹席上留下汗渍，我赶紧翻手翻脚，并没有泥土痕迹。难道昨晚只是做了个惊险的梦？要是这样的话，“宝贝”很危险，要尽快处理。

我探头看门口，还好，温州人还没来。外公正在为花草、盆景浇水，小伟仍然跟东跟西。听见我起床的声音，小伟回头对我做了个鬼脸。我正着急，不睬他。随后他又将双手往后一翻，做了个夸张的后仰动作，一边做，一边对我笑。我神经被牵动，顿时全身起了鸡皮疙瘩。

我装模作样地走进夹弄撒尿，被外婆喝住：“以后这块地方租给人家了，小便要么蹲马桶，要么去公共厕所。”

“这不是还没完工呢吗？”话音未落，我就钻进了脚手架当中。耳后又是外婆一阵唠叨，但她没有追进来。我的手摸到熟悉的地方，震住了，塑料袋消失了。上下左右一番乱抠，还是没有，我全身的汗都往外滋。一回头，小伟正踮脚伸脖往夹弄里张望，所有疑点都集中在一个人身上。我擦了擦汗，太阳光晃得我头晕。伙伴们在门口大声叫我出去鬼混，我显得虚弱无力地告诉外婆自己病了。外婆随即出门，大声驱赶那帮天天来“勾魂”的家伙。

整个白天，我都强迫自己睡觉。我做了好多梦。很多时候，梦里套梦，根本不知道是我在做梦，还是梦里的我在做梦。奇怪的是，居然没有关于后宅和“宝贝”的梦。我一直在奔跑，不是我追人，就是人追我。当我在小伟有节奏的击打沙袋声中醒来，已是疲惫不堪。这样的状态能否撑过整个夜晚，我没了把握。离保持整夜清醒这个目标，看似近了，实则远了。

乘凉的时候，外公指点着苏州城外的那些山丘，一一评点。说到高兴处，让我把吊在井里的大西瓜拎出来，切成一瓤一瓤，分给街坊邻居一起吃。我拿起一大块，刚要咬下去，看到小伟对我轻轻摇头。我觉察出什么来，悄悄将西瓜放下。难道小伟也在为今晚做准备吗？想到这里，我来了精神。

一动不动躺在床上，两只眼睛直直盯着望砖上奇怪的水渍印迹，脑子里记忆的储存，也该是这样的杂乱可怕吧。想保持清醒，只有不停说话。而小伟，刚躺平不一会儿，就发出均匀深沉的鼻息声，独留我自想心事。万一今晚后宅也找不到“宝贝”，这个暑假要被阿强他们打死了。但是更惊心的是，记忆中昨晚最后一幕，如果不是我的幻觉，那么外公给我讲的故事就是真的了。我用脚蹭蹭小伟的脸，他用手拍打一下，侧身又睡。前两个夜晚，他做了些什么，究竟有什么吸引他去后宅，一大堆问号向我重重压过来。

小伟摇醒我时，我还在思考月洞门里的白影，我以为自己没有睡着。刚想问些什么，小伟对我做了个噤声动作。然后拉着我的手，猫一般钻向后天井。他的手瘦削，布满老茧。我想起师父介绍他儿子：天资一般，就是肯下死工夫。他只要认准的事情，就一做到底。我听出弦外之音，应该是我在这些方面缺乏点什么。今天，被他的手一握，我心里一亮，师父是对的。

翻隔墙，轻落地，直奔月洞门，我们都不陌生。我急急伸手往石墩底下挖去。小伟进了月洞门，他径直走了进去。我挥了几次手，让他回来帮忙，他根本没有反应，仍然一步一步往前走。我又挖又抠，也没有碰到塑料袋。我需要搬开石墩，细细寻找，眼下只好急忙去追小伟。

一出月洞门，就是后花园了。我追上小伟，拍拍他肩膀。他回头，微微皱眉，又指指耳朵。我按下急躁的心，微微合拢眼睛，眼前一片漆黑，耳朵灵光起来。极细微的戏曲声，不仔细听，就会混到虫鸣声、风吹树叶声当中。我们在花园里走了几圈。终于，那些柿子树、枣子树、桂花树、桔子树，被我看了个大概。其实并没有稀奇的，只是主人打理得比较干净，修剪比较勤快。

我们发现，声音再细微，也有差别。踏进月洞门，就能听见声音，往左右声音都会减弱，只有往前，声音方能渐渐清晰。正当我们隐约能够听个大概时，头撞到了墙。墙外是哪里？小伟做了个疑问的手势。我试想自己腾空，像一只风筝掠过多如过江之鲫的人字形黑色屋顶。但是，飞到这堵墙上空，就失去了方向。要么就是急速坠落，要么就是被风刮到别处。家家户户密密匝匝地挤在一起，我实在想不出院墙背后会是什么情况。也许是张三家的卧室，也可能是李四家的厨房，管他什么地方，我们先翻过去再说。

那个墙洞的发现，纯属意外。院墙比隔墙高多了，踏上小伟的双肩我的手还够不到墙顶，只能让他抓住我的脚往上送送。这一送，把两人都送到了地上。我在上面，摔下来幸亏落到了草丛里，只是右脚被桂花树枝刮到，几道血痕。我趴在那里，不敢发声抱怨，只是不停喘息。小伟比我惨，他的脚有些崴了，正坐在草皮上揉脚。刚才他为了用劲推我双脚，往墙根退了一步，一脚踩了个空。被夏天的草覆盖掉的那个洞，显露出来。

墙洞里有杂物和泥土。我们用手挖，用枯树枝捅，很快，一丝亮光透进来。更让我们激动的是，跟随光而来的，越来越清晰的戏曲声。

这才是真正花园，刚才的只能算有些树木花草的院子。我不能分辨日光还是灯光，整个花园很明亮，天空却又不那么清晰，有点灰又带点蓝。那些假山错落有致，使得池塘、曲桥、回廊、厅堂等若隐若现。我们钻出来的墙角，湘妃竹疏朗精致，站在这里，花园景象能够看个大概。我们紧张地站在原地，既不敢动弹，又贪婪地望着花园。

声音来自花园的最高建筑物，假山上的四面亭。现在听得比较真切，应是旦角在唱昆曲，有丝竹伴奏，具体曲目我听不懂。亭子里人影绰绰，看不真切。我拍拍身边的小伟，示意他一起钻出竹丛，但是他没动。我侧过头仔细看，他挺直身子，仰头朝着亭子方向，眼泪淌了一脸。我表情夸张地对他做了几个手势，他根本不看我。我拉他衣服，想把他拖回墙洞，他纹丝不动。

丝竹声似乎到了高潮，旦角的声调逐渐明亮尖厉。小伟像机器人受了指令，甩开我的手，一步一步，坚定地迈进花园。我只是为了隐藏“宝贝”，现在看来，那都是些微不足道的东西。真正的戏曲大幕刚刚拉开。

假山阻隔去亭子的路，鹅卵石小径引导我们前进，走了一段时间，却总是接近不了亭子。我们一直在兜圈子，选择分岔小径的时候，我们往靠近亭子方向的路走下去，又是分岔，又是选择。我开始留意花草树木，震惊程度不亚于刚才隐秘花园初现。这时的花园，盛开着桂花、牡丹、桃花、梅花，池塘里飘荡着荷花。枇杷、杨梅、柿子、橘子等都沉甸甸地挂在果树上。我猛地意识到这是一个人工景区，便随手摘下一颗杨梅放进嘴里，如果咔嚓一声，咬碎塑料球什么的，那我就可以高声大笑，并把小伟好好奚落一番，我们只是闯入了一个类似拍电影、拍电视剧的大工棚，一切问题就不成迷。但是，当酸甜的汁水流过我舌尖，我一个冷颤，杨梅核滑进喉咙里。

眼看亭子里的人们曲罢收工，我们却仍在兜圈子。小伟浑身湿透，加快了走路速度，嘴里发出吭哧吭哧声音。突然，他离开小径，扑向池塘。亭子所在假山矗立在池塘中央，他要游过去，攀石而上。我向前伸手，却抓了个空。旁边闪出一个人，稳稳地把小伟拦住。

外公经常说一些深宅老院里的鬼怪故事，有些年代久远，有些太过离谱，我都不以为然。几件发生在他身上的事，我反复咀嚼，替代外公观察当时情状。有一个阶段，研究鬼神成为睡前必修课。

隔墙真是一个奇特的墙，知道那个故事后，我时不时在月黑风高时，借上厕所的机会，悄悄溜到后窗，既兴奋又害怕地盼望着那一幕出现。

七年前，我刚刚被带到外公家时，我一个字都不认识，外公就教我写毛笔字，写了一，再写二和人，然后教我认字。我烦透了，拿了一把小锤子就到隔墙下敲敲打打，连蚂蚁见我都怕。

一天，外公板着脸，手指隔墙地基："这里本来长着一棵大槐树。"他为了让我直观地了解槐树大到什么程度，用手围了一个大大的圆，双手直举头顶。

"很多年以前，我还小，家里没了钱，只好卖掉后宅。为了方便分割前后宅，就把大槐树砍了。"他又做起动作，整个人扑向我，代表树的倒下。"当天夜里，树砍掉了，墙还没有砌起来。我起来上厕所，经过后窗，不经意一望，却看见一个白发白须白袍老人坐在槐树桩上。仔细一看，他正伤心落泪。我正在惊奇时，白袍老人更加伤心，索性把头拿下来，头在地上一边绕着树桩滚来滚去，一边哭得更厉害。我眼前一黑，昏死过去。"

昨天夜里，我就对月洞门里的白影产生怀疑，现在，我更是脱口而出："槐树精！"白发白须的白袍老人挡住小伟后，却没有预料到我这一声。他放开被吓愣在原地的小伟，走近我。他的面目似乎有点熟悉，却又很陌生。

"什么精不精，多难听。我比你外公年纪大多了，你起码要叫我太公才对啊。"

"大槐树太公。"

"太公就是太公，还带什么职务呢？"白袍老人眉头舒展开来。但是他既然没有否定，那就是槐树精了，我心里认定后，

反而生出亲切感。眼睛直盯着他的脖子，再怎么观察也没有疤痕啊。

白袍老人又转到小伟跟前，“孩子，那个亭子，你上不去的。”

小伟扶着一棵桂花树，慢慢蹲下。头渐渐埋到双膝中，被汗浸湿的后背拱起，一段白白脊梁露出来，在风中微微抖动。

白袍老人叹了口气，招呼我们坐到小径旁的石凳上。我把小伟拉起来，他沮丧又无奈。乐声停了，戏演完了，只有风过木叶的沙沙声。

白袍老人抬手理了一下长长的白须“我给你们讲个故事吧。”

他用手一划，把整个花园都包了进去。“很久以前，这个城市并不大，大家都在方圆五十里范围的城墙里生活。后来，战争、商贸等因素使外来人口不断集中到这里。”

他对我看看：“你外公的爷爷，敏锐觉察到外来人口的集聚地靠近城门口。一百多年前的一个春天，他卖掉了市中心的房产，在这个地方买下半条街的土地，造房子、开商铺，本来偏僻的街热闹起来。赚钱后，又继续扩大建房规模。他传承苏式园林精髓，精妙设计出自己心目中的私家园林花园。他对此越来越痴迷，常在花园宴饮，参加的人无不为之叫绝。但是，战乱频发，生意滑坡，维持大家族开支越来越困难。有人建议卖掉花园，贴补家用。他坚决不同意，宁可转让店铺，卖掉房产。半条街的房产传到你太外公手上，只剩窄窄几进房屋，当然还有花园。”

小伟早已直起身子，和我并肩坐在石凳上。虽然他放在膝盖上的手时不时地抽动，但总体趋向平和，听得也比我认真。我有时会插话：“您说的就是这个花园吧？”

白袍老人没有否认，但也没有承认，继续说下去：“你太外公体弱多病，难以把控大局。家族生意越来越惨淡，家里节约开销，遣散佣人。压缩自住房，多出来的租出去。一下子进来了四家租户，有律师，有警察，有教师，还有唱戏的。大家相处得融洽，宅院里人来人往，又热闹起来。但是，不久，便发生了一件事情，闹得大家惶恐不安。”

我和小伟觉得故事到了高潮，而我俩也算练武之人，试想当时我们在场，会有什么样的表现？双拳已握得像铁砣，有什么东西碰上来，必定粉碎。

“唱戏的是昆曲夫妻档，两人看上去挺恩爱，说话轻声细语，待人接物客气周全。生活虽然清苦，但是食物器皿讲究，女的总要在傍晚时分为男的温上一瓷壶黄酒，用象牙筷布菜。一天清晨，那女的被发现吊死在花园亭子的横梁上。男的似乎吓傻了，警察邻居问他，他总是‘对不住、对不住’，也不知道他到底有没有做亏心事。事情一完，男的多交一个月租金，退了房，消失在街头。”

我的拳头一下子松了开来，上吊、跳河在这里常见，几乎古城的每条弄堂、每个河埠头都有这样那样的传说。我转头看小伟，却见他非但没放松，脸也变得像攥紧的拳头般紧张，红中带青。

“男的走后的当天晚上，大家听到远处隐隐传来的女子唱戏声，感觉市里哪个集市在办演出，没人在意。接下来两天，警察还与教师为飘来的唱腔是昆曲还是京剧争论起来。一段时间下来，没有停下来的迹象。警察循声侦察，声音来自花园方向，越接近花园，声音越清晰。开始他还为自己赢了而高兴，但是踏进花园就没了声息，任凭四处寻找也不见唱戏一丝踪迹。而且他前脚刚跨出花园，后脚就响起绵绵昆曲声。脾气一上来，他又冲进冲出几次。深夜加上入秋后凉意渐浓，警察嘴上不说‘诡异’，哆嗦的身体出卖了他的真实感受。高大精神的一个人，连续两个星期躺在床上起不来，一会儿发热，一会儿发冷。发热时高亢唱京剧花脸，发冷时颤抖哼昆曲青衣。西医按照疟疾来治，没有任何效果；中医开方子喝汤剂，人渐渐瘦成了一根棒。后来，警察局长来探视，带来一个穿灰色长袍的蒙面人。把家属朋友全部赶出去后，在屋里点燃三支香。蒙面人沉默许久，突然爆发，对着空气叫嚷嘶吼，激烈的时候手脚并用，像在厮打着什么。正在大家心惊肉跳时，蒙面人突然语气缓和，轻声细语地像在与优雅女子对谈交流。渐渐地，什么声音都没了，沉默很久很久，门最后被打开，蒙面人搀扶着警察一起走出来。警察茫然不知任何事，身子却不再发热发冷。”

小伟的身子开始抖动起来，我真不知道这个超过半个世纪前发生的，不知真假的事情，与他有什么关联。不过，白袍老人的叙述，填补了我对老宅想象的空白。

“还没等警察身体完全恢复，这家人就匆忙搬走。流言在老街飞快传播：花园闹鬼，这鬼就是那个上吊的女戏子。女鬼初一、十五必来，一出现就唱拿手的昆曲，不能窥视，否则轻的得病，重的性命不保。每到初一、十五，老街的人们，早早躲进自己家里，伸长耳朵听动静。不管远近，不管听到还是没听到，隔天都聚在一起说吊死鬼唱得真凄惨。不到两个月，房客全部搬走，再没人租房。恐慌情绪严重影响你太外公，他身子越来越差。在列祖列宗牌位前长时间跪告后，他关照把花园建筑拆除、池塘填平，又在平掉的花园里种上柿子树、枣子树、桂花树、桔子树等，一切变得平安无事。正当老街人们开始渐渐忘记花园事件的时候，你太外公去世。他没有留下一句话，闭眼前把手指伸向花园方向。不久，一个刚从安徽过来的商人，准备在苏州置业，两家一谈即合。商人买下了后宅，竖起了隔墙。”

风大了起来，我心中的疑惑也逐渐变多变大。白袍老人说的，就像被太阳照射的物体正面，脉络清晰，而背面的阴影，却因此显得更加模糊不清。正当我想说出心中的疑问时，风越来越大，树叶开始被刮落。狂风来临的时候，我伸出一只手牢牢抓住小伟。他还在尽全力聆听。我使劲拖着他，一步一步艰难地向墙角退去。天空中仿佛有只巨手，用橡皮把眼前景象，轻轻地却又坚定地一点一点擦去。刚开始能看见白袍老人仍在活动的嘴，后来还能看见他指指点点的手，再后来，他的影像随着飘走的树叶、掉落的建筑，一起淡去。费了好大功夫，我们钻回那个墙洞，我最后一回眼，《红楼梦》里的话跳进我脑子：落得个白茫茫大地真干净。

我们连滚带爬钻出墙洞。手触摸到半埋在泥土里的一个塑料袋，我想都没想，就挖起塞进裤腰带里。肯定是我的“宝贝”了，惊恐过后总给我惊喜，我感觉这大概就是今后人生要走的路的滋味。

虽然我们躺在床上一动不动，但是我们都在“呼呼呼”快速心跳中，等待天明。天微亮，外公就要去公园，外婆就要去买菜。

大门“嘭”地一关上，小伟就跳了起来。

“老头说的不全。”

“他被风刮走了。”

“咦。”他注意到我摆在枕边的塑料袋，立即伸过手来。我心里一急，连忙护住我的“宝贝”。就在一争一夺的时候，我发现了异样：塑料袋变轻了。我的心往下一沉，赶紧打开看。叠成方块的黄色绢帛有好几层，绢帛里又是好几层宣纸。摊开，铺在竹席上，最后是一张斗方。画中庭园、池塘、花树、亭子，非常熟悉。尤其是亭子里还有人唱戏，猛地唤醒我们。

“画的就是那个花园。”

“我爸就是在找这个！”

小伟指着图大声嚷嚷。

我觉得他乱叫实在没道理，就喝住他：“花园在哪里？我看他到哪儿都找不到。”

“不是不是，你仔细看图。”小伟不大说话，一急就有点语句接不上。

刚才光顾着看局部，没有注意到整个花园是被画在了一个砚台里。园景巧妙布置在四方砚台周围，当中一泓池水，正是研墨所在。仔细看，砚台内外都用蝇头小楷标注好尺寸。诸如亭子、假山、池塘等重点景观，再逐一标注浮雕高度。这是一张制砚图。

“你爸爸去找砚台？”我猛然醒悟。

“是的。”

“老头后面说了一段话，你没听。也就是那段话一出口，花园景象加速变淡变模糊，最终消失。”

“他说什么了？”

“你太外公弥留之际，他父亲托梦给他，花园虽然平掉了，但是要保持长久的平和，需要东西镇住。”

“那东西就是‘砚台’？”

“五行当中，‘土克水’，砚台属土，‘女鬼’属水，把花园的一切装进砚台，既能克住花园怪象，又能控制‘女鬼’。”

清晨几乎没有风。天边诡谲的火烧云压得我透不过气来。我要立即冲出老宅，找到外公，问清楚真实情况。但是，我手上已经没有那张图纸。我把它给了最需要的小伟。对我来说，就是解一些谜，但是对小伟来说，就是一个家庭的聚散。他已经出发，手里攥着薄薄图纸，寻找正在寻找砚台的父亲。然后，再一起寻找他母亲，突然间出走的昆曲演员。我疑惑地问他，花园、砚台与他母亲之间有关联吗？他默默拐到客堂里，过了一会儿，传来清脆的碎裂声。我赶忙跑进客堂，一只碗碎了。

“你听到东西摔碎的声音，看到碗粉碎，你与碗就有了关系。而我刚才到客堂，努力地用一根筷子顶碗，你看不见、听不见，那时的碗与你没有丝毫关系。”说完，他的大眼睛里起了雾。现实和虚幻，本来就分不大清，执着于任何一面，都会痛苦得要死。

天井里，有一只不大不小的绿水缸，里面有个乌龟。它要么沉在水底，要么浮起透气。雨水满溢，它就爬出来去天井四周走走，逛得开心，几个月不着家。与它交集的鱼儿，不知换了多少批，多少条。投下的食物，几乎全被鱼儿一扫而光，它从不在意。现在，鱼儿全不见踪影，只有它仍然悠闲自得。小伟的光头被朝阳照得锃亮，他经过绿水缸，乌龟趴在缸沿，仰头看着小伟走出百年老宅的石库门。

一瞬间，这么多谜摆在我面前，我却失去了求解的欲望。我们都在幻象当中生存。即使追问外公事实或者真相，他告诉我的，难道一定真实不虚？我被父母扔在这里已经好多年了，他们现在已经变成我想象中的父母亲，只有当他们把我领回，我才算在现实中拥有他们。而现在，他们与离家出走的小伟妈妈本质上有什么区别呢？孤单寂寞中，我是不是也应该像小伟那样，不在无望中等待，而是突破院墙，走进不可预知的时空？

沉寂几十年，砚台默默地或嵌或埋在后宅不知哪座墙、哪块地，它并没有想到与我们相聚。它与被赋予的“镇”的功能之间似乎也没有特殊关联，它只是一块被加工过的艺术石头，世间几乎无人知晓。直到安徽商人的后人，秉持了辛勤劳作的风格，翻墙整地，把砚台挖出来，尘封往事又被复制、重演、扩散，真假难辨。

我出了门。一边走一边想，不知不觉到了瑞光塔下。外公一直在这里打拳、喝茶。潜意识里，我还是想要找到他。但是，今天他既不在打拳，也不在喝茶，茶馆店服务员往塔上翘翘拇指。瑞光塔正在维修，荒芜凄凉的景象将要改变。

攀登脚手架的时候，我想起今天温州人就要把围墙破掉，而我的“宝贝”也不知逃遁到什么地方了。短短两天时间，我收获很大。原来觉得重要的，现在看来其实很轻。我在竹筒、竹片、铁丝间穿行，离地面越来越远。到达十三层，往下张望，练拳的人像小纸人。

我沿着外公远眺的方向，依稀望见老宅那一片街区。我还没有开口，他先问我：“你能把杜荀鹤写苏州最有名的那首诗背出来吗?”

我愣一下，乖乖地在清晨温润空气里，吐出一个又一个清晰的字。

“错了。”

我回想一遍，没有背错啊，遂向外公投去疑惑的目光。

“你发音错了。”

“老师就是这样一字一句教我们的啊。”

“我是说按照你现在的读音，唐朝人根本听不懂你在说什么。换句话说，唐朝人用当时的语言念‘君到姑苏见，人家尽忱河’，我们也听不懂。”

“有这么严重吗?”

“我和你，年纪只相差一个甲子，口音已有微小差别，再往下，差别会拉大，直到完全听不懂。”外公说到这里，双手摊开来，缓缓指向远方。“幸好有汉字，读音变了，内涵没变。就像那些房子，多年之后，都会倒塌重建，但是曾经赋予的内涵不会变。所以打破平衡后最直接的后果，就是以前发生过的事件的镜像会不停地重复出现。你不要以为只有人才有灵魂灵性。只要承认现实宇宙的存在，就应当承认动物、花木、水土等万物都有魂魄。只不过人类的显性，其他的隐性，或者说，我们感知不到的东西，并不代表不存在。”

我闭上五官，无知无觉。打开五官，繁杂信息扑进我的感知系统。但是，这都是来自过去，像恒星的光芒，有的是千百年前发出。

外公转过身，拍拍我的肩：“走，我们下去吧。即便是最真实的事件，隔了一天，也变成脑子里的回忆。等到回忆越积越多，那么，现实与梦境就会相互影响，原本隐秘的世界越来越开放。就像我，到了这个年纪，什么都相信，却又什么都不信了。”

说来也奇怪，我满肚子的一个又一个疑问，随着旋转而下的脚手架竹梯渐渐消散。到了地面，我只有一个愿望，就是今晚再翻一次隔墙，把石墩下面的塑料袋取回。不然，在可预见的未来，我会被打得很惨。至于“宝贝”还在不在，不要紧，关键是我一定要叫上阿强，再探后宅和花园。我想进一步尝试。是不是每个人内心有了隐秘世界，才会对应出现隐秘花园？

抄表记

天很冷，黑得又早，我进家门就打开空调。屋子还没热起来，突然，门铃响起来。

那是一个中年妇女，围着一根大红围巾，手里拿了一本大大册子。她说："你总不在家，都一年不见表了，就一直等着你下班，看看真实读数。"我打开橱柜，她探下身，跪伏在地，围巾在地砖上扫来荡去。她打开手电射向表计。起身后，核对好数字，对我笑笑，麻烦你了。她跨出门去敲对家，还是没人。我问她要等的话可以进来坐等。她笑着说还有几家，完了再过来。

抄表記
刘暢
2017.
3.16.

这是我二十多年前日常工作的翻版，从形式到内容，几乎没有什么改变。那天晚上，我做梦了。繁芜杂乱的梦，时而将我带回当初生活，时而又把我抛到现实。梦中故事情节虽然模糊荒诞，但我还是牢牢抓住了几桩亦真亦幻的小事，一口气将其记录下来，不仅纪念我早已逝去的青春，更着力发掘那些湮没在小街小弄里的传说和野话。

细细品味，那些远去的人和事，似乎直到现在仍散发着鲜活味道。

陈　胖

我的梦里，出现一扇扇门，推着推着，眼泪就下来了。不能迷失在街巷里，我还年轻，刚刚有一份工作，可以摆脱家族，有能力独立生存。窄小弄堂弯成一条蛇，缠绕到我脚上、脖子上，我想摆脱，却又一次走入迷宫。

带我的师傅有好几个。他们都抽烟。比起前门、牡丹和红塔山来，他们更喜欢良友、希尔顿和万宝路。我被他们扔了几次烟后，也去买了一包红双喜，这是我第一次买烟。那时，我刚满十八岁。渐渐地，我发现红双喜烟盒不大容易空。敲门进屋后，不时有人递过来一根烟，左耳右耳先夹着，去往下一家的间隙，把烟轻轻装进烟盒。

大办公室始终弥漫呛人烟味，十几个人轮流散发香烟。当我也开始发烟的时候，大家“哦”了一下，某个师傅笑眯眯地点上烟，轻轻拍拍我的肩，“满师了。”

这是一个月中唯一的一次抄表员聚会，这次请假，有些老师傅就要下月再见。刚开始，我不敢这样。

北窗外，是一个半封闭小院子。杂草爬上鹅卵石小径，不管什么季节都显得凄凉。午饭后，大家基本上都走了，办公室和小院子一样，散发着懒散颓废的气息。我趴在桌子上睡着了。电费核算室姑娘们的笑声惊醒我。我拿出书本看书，我不希望一辈子做这个职业。但是当前，于我而言有那么多时间支配，比什么都强。时间在日光移动中悄悄过去，很多时候，我什么都没做。我像院子里的杂草，无人关注，不知所措。

我对每个师傅都毕恭毕敬，不把他们互相攻讦的话放在心上。有师傅提醒我提防陈胖。除了口吃，我实在看不出他不好。说的人越多，我越对他感兴趣。烟盒里挑一根万宝路，扔给西北墙角的他，他对我轻佻地敬个美军礼。

陈胖手里搭条毛巾，即便冬天，他头上也有一层油油的汗。我抄表的地段和他的有交叉。我把这条巷五号后门的表卡扔给他，他把街尾的表给我抄。我们不时在小巷深处相遇，在大街两侧挥手致意，甚至“哎、哎”地喊上几声。

街面上，他洪亮嗓门带来喜剧效果：“抄、抄啊、啊表。”

我们经常不经过班长同意，换着表抄。陈胖那个地段的居民感到意外，那个口吃的胖子到哪里去了呢？我随口说，“他去香港了”。回头再补充一句，“他妹妹在香港”。

“欧呦，那就像刘嘉玲了。”整个弄堂里充满了笑声，我也笑。

我把这个段子讲给他听，他一本正经地说，“我妹妹不、不在香港，在、在乡下。”

自行车是我们工作的工具。配发给陈胖时，他提出要载重车，双前叉、双后叉、双横档、双撑脚。帆布三角工具包挂在横档上，他看上去像一个真正的电工。我在他后面，有点跟不上。但是我不怕他甩了我，他每次超过骑车年轻女子，总要回头看，不是悄悄地斜睨，而是佝偻着腰回身，夸张地与她们照面。不管遇到什么样的，都要等我上去，大声点评一番。特别是遇上背后好看，当面一般的，陈胖呱啦呱啦满嘴怪话，搞得我面对周围骑车人鄙视的眼神低下了头。他却不在意，我冷不丁地问他，如果他妻子或者妹妹被人当街这样说，他会有什么想法。

陈胖在车上脱手点根烟，“你管那么多！”

陈胖足足比我大了十岁，看上去只不过大三四岁。胖子皮肤白皙水嫩。有一阵子，他迷上魂斗罗，但打不通关，再努力也会死在机械爪下。我教他秘笈，他请我吃馄饨。秘笈会了，他还是不行。我感觉在敌人面前，他把口吃阴影也带了进去，该前进的时候犹豫，该等待的时候冒进。

他家在市中心一座典型的“文革楼”里。北面一条长长的走廊连接七八户人家，厕所公用，一个水龙头共用。他家就一间房，简单地南北一隔，里面做卧室，外面兼备睡觉之外所有功能。

我坐在小方凳上帮他设法调成三十条命的时候，他一个人在小方桌上和馅、调味、裹馅。不一会儿，馄饨像军队一样站到桌上。烧水、调醋、冲汤，荠菜馄饨散发清香。我们大声说荤笑话，搭配一个又一个馄饨。有一次，我们吃饱就开打魂斗罗，正在高低跳跃、猛烈发射的时候，一个女声从里屋飘出来，我吓了一大跳。原来他老婆一直在里面，想来前几次应该也是，我脊背暗暗发冷。陈胖的师父是我们工段长，师母给他介绍了同厂纺织姑娘。陈胖大声关照老婆也给我介绍女朋友，他老婆没有声音，没有出来。

那次之后，任凭陈胖邀请、引诱，我再不肯去他家。这成为我们关系的转折点。工段长嗓门粗中有细，身材比陈胖还大一圈。我们背后称他“公鸭”。公鸭喜欢评价女人，每个女人都会在他的“嘎嘎”声中露出破绽。唯独对陈胖老婆，公鸭发出的是“啧啧”声。那个里屋女人形象在我脑子里成型，我每天雕琢、涂改一点点，直到完美女人样子成熟。随后，慢慢发酵、膨胀，最终腐烂。我几乎看见紧盯陈胖不放的那双眼睛，敏锐、阴郁。

陈胖在走廊里“师父师父”叫个不停，公鸭倒也乐得答应他。拆了包万宝路，小心地挑出一根烟，陈胖恭敬地递给师父，并点上火。自己再取出一根，就把烟装进衣袋。我们在边上有意无意地听着。窗外合欢树上响起乌鸦叫。

有人大声说：“看呐，一对乌鸦。”

陈胖说自己抄的表都在古城区，进一个门只能抄到一只表，不像抄新村，进楼道一下子抄一排表。最近碰到新问题，街坊改造后新楼房多了起来，拆十家，新增十多倍的表。我们默默地做账，没人搭理陈胖。每个人都遇到这样的问题。陈胖最后提出要求，自己的表不能超过一百二十户一天，理由是身体不好，老婆上三班，家务事都靠他。

好几个师傅都把头抬起来，大笑起来：“真是模范丈夫呢。”只是这样的玩笑只持续了一分钟。

公鸭干笑两声走出门，陈胖就发作。“我是工段长徒弟，我也不会去争什么。但是，也不能因为是工段长徒弟就吃亏。”

谜底揭晓，他从抽屉里扔出三叠厚厚的新表卡。从去年新表装好到现在，他没有去过一次。没人睬他。过了几分钟，约搓麻将的，约斗地主的，约喝酒的，三三两两走出门，一个班几乎走空。

我眼前出现一根抛物线。有了工作后第一个把我带进自己家的人，现在我和他的关系正在下滑。像滑滑梯一般，越滑越快，似乎马上就会到谷底。我不希望这样。我站起来，把我的几本卡拆开来，把他扔在桌上的新卡插了进去。现在，柜子里我的表卡最厚，长长地，胖胖地。陈胖的表卡瘦瘦的，歪歪斜斜地作营养不良状倒在柜子里。

陈胖发我一根散装香烟，“其实这些表靠近你地段，应该你抄。”

我用手指指柜子，“我只帮你一次。”话说出口，就后悔。既然已经帮了，何必在乎说辞。

为了自学考试，我非常用功地准备了半年，似乎拿到文凭就可以马上跳出这个班组。可是，三天自学考试，全是抄表日。我把抄表卡交给班长时，他像捧了个石臼，腰都压弯下去了。“我到哪里找人啊？”

皱纹集中在他眉心，才四十出头，就像接近退休。我把三天的卡重新捧回，一来一去间，似乎分量的确重了起来。我抽出一本最薄的，递给陈胖。那天他抄的路段紧邻我抄的地方。他接过我递过去的散装烟，点着，一页一页地翻抄表卡，速度极慢，甚至每页还看看上期读数。

在漫长的等待中，我想起自己工作后的第一顿午餐。花花绿绿的塑料饭票，我没有当成是钱。这个好吃，那个尝尝，一拿就多了。一个父亲带着小女孩坐在我对面吃饭，一荤一素，汤都没有。女孩干干地啃饭，眼巴巴看着我面前的冬瓜排骨汤。我把汤递到他们面前，解释自己没有吃过。

男人一手把汤挡开，怀疑的眼神带出坚定的语句："我们不要。不要。"

直到他们吃完离开，我还是满脑子"不要"。我站起身，把所有饭菜和汤狠狠倒进泔水池，心里才舒缓些。

陈胖说出"不"字，我不惊讶。距离排骨汤事件，已有大半年时间，几乎每天都有被"上课"的机会。总有一天，我也会给其他人"上课"。想到这里，我竟然笑了起来。倒是陈胖不自然起来，疙疙瘩瘩、语焉不详地说了一大堆话。我拍拍他，说没有关系。班长走过来，默默重新接过三本抄表卡。我和陈胖都没有说话。

第三天上午我就考完自选科目。午饭后我赶回单位，阴暗走廊两侧都是关闭的门，唯独我们班屋子门开着，光影倒映在走廊水磨石面上，似乎全工段的人都聚集在那里。

一个声音洪亮而坚定："如果，如果每个人都、都去读什么鸟、鸟书，是不是都你去代？"

"怎么可能，这也是难得的。"

“你要代、代的话，我们每、每个人，你都、都得代一次。”

一时间，好多熟悉的声音在附和。那些微笑着抽我散装香烟的师傅、傍晚时分一起打牌的师兄弟，现在都在起哄。

我默默走进办公室，见桌子上坐着一位师傅。他还没来得及跳下来，我就把抄表卡重重砸在玻璃台板上。屋子只是静了一下。陈胖再次起哄，“干、干活啊”，拿起车钥匙大摇大摆走出屋。其他人若无其事吹牛、打情骂俏。

我拿出散装香烟，发给没走的。自己挑了根最凶的希尔顿点上，脑子里一热，身体轻飘飘起来。似乎有几个人过来对我说了些什么，我散给他们香烟。对他们讲的，我只是点点头，并不留存印迹。这个时刻，我不能受他们的影响，要保持自己的判断。

我没有找公鸭或者班长，没有像其他人想象的那样，把新的卡拆下来，扔到陈胖面前。我很平静，工作正常做，玩笑照常开。只是，眼里没有了陈胖，他对于我来说就是空气。刚开始的几天，一周，两周，大家觉得我在气头上，时间久了就好了。后来，一个月，两个月，一季度，陈胖几次试着搭讪，我都把他当作不存在。春节前聚餐，他们安排我俩坐在同一桌上，似乎认为一碰杯就能和好如初。可是，我错过陈胖伸过来的酒杯。公鸭找我谈最后一次话，他马上要换岗。

“你这样不好。”

他拆了一包万宝路，递给我一根。我以不抽外烟为由推掉，自己拿出一根散装香烟，不说一句话。

他摇摇晃晃走出光影斑驳走廊，黑色大公文包不时碰到墙面。“公鸭时代”结束了，与陈胖说话的人突然少了。陈胖一个人来，一个人走，独自嘟嘟囔囔。

只有两三个老师傅还在用算盘。我们飞快按着计算器，小鸡啄米，也挺快。发给我的计算器是新款三洋的，又大功能又多。突然一天找不到了。所有我能想起的地方，都去找过，几天下来神经兮兮了。老是恍然大悟奔出去，又垂头丧气走回来。大家知道物品贵重，两周下来，我在公告黑板上的寻物启事还没有被擦掉。每天我只能等别人算完，借用计算器。

陈胖走进来的时候，只有我一个人对着账本发呆。他磨磨蹭蹭地走近我，又看看四周。

“你的、的计、计算器，是袁大、大偷的！”

我没有睬他，准备收拾东西离开，眼光却瞄到他的动作。

他从包里拿出一个小型计算器，“这是师、师父留、留给我的，你、你先拿去、去用吧。”

我抬起头，他的脸涨得通红。“对不、不起！”

我知道这三个字从他嘴里说出来，有多么不容易。他的词典里，这三个字没有过，或者从来没用过。我接过他的计算器，从抽屉里拿出一盘游戏卡，“魂斗罗第二代，什么时候我们一起打？”

他笑笑，“我、我不打了。”

一切就像没有发生过。我跟陈胖说话、开玩笑。大家知道，内心里，什么都不会忘记。我们还是并肩骑车回家，他却不再当着我的面调侃女性。有些话点到为止，不敢再往深处说。

过不久，“文革楼”拆迁，陈胖搬到市西一条小弄里。大家帮忙搬家，我没去。据那天去的同事说，陈胖老婆的确相当漂亮。但是，他们话头一转：“唉！怎么就嫁了个陈胖呢？”

大家笑了起来，我走出房门。当时我想，可能我不会再去陈胖城西的家了吧。

可是我错了，任何事情都不是看上去那么简单。

文　学

新村主干道是两条水泥路，路当中是一排绿化带，路边立着一片店面房。银行在这里有个储蓄所，文学在里面的柜台上。我一去，他就给我开门。我在花花绿绿的纸币堆里坐着，突然笑起来，想着抢银行其实很简单嘛。文学问我笑个啥，我马上掩饰过去。我在储蓄所里有时顺手把刚抄好的账做一遍，更多的时候跟他们吹牛。

这个银行刚与我们单位谈好代收电费，我们所有收费点都撤了。储蓄所增加了不少零碎活。

文学面对老头老太、零钱零款，一直叹气："为了那点破手续费，差点把我手指都点断。"

我注意到他的手指，又细又长倒是其次，关键是当中三根手指几乎一般长短。他刚刚在技能竞赛中获得全行点钞第三名，储蓄所所长让他充分发挥特长，一直在现金柜台。其他人吃午饭，他面前还有一排老人。我陪着他，他就说银行的人都势利。我心里一惊，与我夜校同桌姑娘小霞，好像也在这个银行。我有一句没一句跟他闲聊，话头渐渐往那个姑娘身上引。

文学抽烟样子好，细长手指一夹，烟雾从口鼻里缓缓同时喷出，看上去像在思考人生。其实他在想晚上的麻将。城里靠旅游发财的人多了起来，他们喜欢搓麻将，一夜输赢不小。文学从不一个人去，他要等财经中专的同学阿明。

那天傍晚，我见到了阿明，戴一副金丝边眼镜，文弱谨慎。夜场从子夜开始。我们三个在藏书羊肉店喝羊汤，汤添了一碗又一碗，他俩说的话一半我听不懂。他们还在等一个人。羊汤店快要关门时，走进来一个"麻杆"，他警惕地盯着我。

文学说这是弟兄，没事。麻杆没说什么，看了下汉显 BP 机，做了个手势，让阿明跟他先走。走出门后，他又回头关照文学，还是老时间。

店老板过来上门板，我们把烟头扔在羊汤里。湿漉漉的街道上，偶尔有车驶过，打破深夜的宁静。我们裹紧外套，靠在门板门上聊天。小霞果然跟文学认识，比文学大一届。她在分行柜台，听起来好听，工作量却比文学大多了。

文学静静地抽烟，冷不丁问我："你是不是看上她了？"

我竭力否认。

"算了吧，你没看上她，会这么晚还在跟我瞎聊？"

我原想说那是我们的友情，又觉得很矫情，就干脆沉默。谁知道他反过来泼我一头冷水："她学校里就谈朋友了，现在男朋友也在我们行，他俩要好着呢。"

尽管这么说，我还不死心，正要进一步深入打探，文学的 BP 机响了。"我要过去了，改天再说吧。"

他拐进小弄堂，消失在初冬的雾气中，像一个地下党去执行秘密任务。

即使不抄到那个新村，我也会特意去储蓄所看看，如果文学不在，我只跟所长隔窗打个招呼就走。文学在，他就开门让我进去。有一次我坐得时间长了，所长就借个话题，让我知道储蓄所最新规定，外人不能进入之类。文学回头说我不是外人，也是工作人员，所长就把话题岔开了。一个小小储蓄员，有这么大的口气。后来，我发现了个中奥秘。

冬天抄表，最痛苦的是不能戴手套，至少一只手不能戴。我跑进储蓄所第一件事情就把手贴到取暖器上，手指一伸一缩，仿佛能听见骨头舒展开来的“咔咔”声。文学在发钱。我起初以为他拿了单位的奖金分给大家，还调侃他们几句。看到他们都不回应，我也没多想。

所长既不满又隐晦地朝文学拍拍手里钞票：“不是说好6的啊?”这个动作引起我注意。

我请文学出去吃过桥米线，米线馆里挤满人。排队的时候，文学问我晚上要不要去阿明家玩，见我犹豫，他若无其事地说小霞和男朋友也会去。

大海碗里蒸腾起的热气，都挂在文学脸上，他突出的唇部湿漉漉，配合呼啦呼啦吃的声音，分不出是汗还是水。我问他奖金的事情。

他擦了一下嘴，“我发的。”

他扔给我一支“三五”，诡秘地笑着：“给你也发点?”我有点摸不着头脑。

回单位路上，我缩脖骑车，想着我的一千元。其实我身边只有七十几块钱。文学说凑满一百给他，如果不像所长那样每个月盯着他取利息的话，基本上两年就可以拿到一千了。如果我把那一千元再投进去，过不多久，我岂不就是万元户了？渐渐地，我伸长了头颈，寒冷已无所谓了。我只牺牲一百元，得到的却是连绵的黄金美梦。

我突然发现，自己越骑越慢了。文学说做生意集资，但是利息要达到高利贷程度，他的生意是哪个门子？虽然表面热络，但实际我还是不了解他。晚上阿明家是个机会。

我把冰冷的硬币投进电话机里，小霞就站在我边上，我把她拉进电话亭，顺手将门带上。拨号前，我闻得到她头发里茉莉花香味，听得见她略显急促的呼吸声。

我开始拨长途电话接线号码，接线员首先询问我要打什么地方。

“北京！”

报出这个地方时，我胸腔里似乎充满正气。小霞露出一丝惊讶。接线员让我报户名与账号，上周文学才给我账号的那个厂要倒霉。很快，接线员接通了北京号码。那个慵懒又卷舌的声音传来时，我又回到了初中。他那时在北京闯了祸，到这里避难式地读了大半年书。我们大声在电话里说着无关紧要的闲话，他深切流露出对我命运不济的关心和对中国经济社会发展的忧虑，宝贵的时间和昂贵的长途话费就这样悄悄溜走。新鲜劲过了，小霞站在寒冷铁皮盒子里局促不安。我无法控制一千公里之外的真知灼见，几次想打断，却又不忍心。直到小霞轻轻说一句你们聊吧，我先回去。我才猛地挂断电话，连招呼都没打。

小霞坐在男朋友边上看他打牌，这种姿势是电影里的标准配置，我们好多动作和习惯都来自电影。我例行公事般站到文学后面看他的牌，文学把牌打得别人根本看不懂。我的目光越过麻将台，那对男女的映像渐渐在我眼角模糊，最终融为一块褐色斑点。我的一段感情结束了，多少有点悲哀。

不过，我的注意力很快被文学的牌吸引。其实不是牌，而是堆在他右手边的钞票。也没看他糊几把，票子就这么多了起来。阿明坐在他对家，不动声色。小霞男朋友开始骂骂咧咧，我心里痛快起来。阿明家在弄堂里，进门两棵银杏树，叶子全部掉落，树下的茶花却开出红色花朵来。我进去的时候他们就在打牌了，小霞见到我只是笑笑。当时我俩倒是坐在一起聊天，说着说着突然我说到打长途电话只需市话费这一桩。她根本不相信，临出去抓了桌子上的一大把硬币。我说用不了的，她不信。

我突然有了幸灾乐祸的冲动，挖出零散的大约十块钱的零票，摆到小霞男朋友面前，“这是刚才借你的钱。”他已被清空。十块钱也是钱，但是又一把下来，这些零钱也游到文学这边来了。

小桥边的小吃摊滚动着热气，我和文学停车，点了馄饨和炒面。早已过了零点，街沿的水结成薄冰。文学付钱的同时，抓出一把票子塞给我。我推搡。

他说："你是搭档，这是应得的。"

他把钞票卷起来，用皮筋扎好。一卷卷的票子仿佛一颗颗子弹。

"你收了大家的钱，靠什么还利息和本金？"

"当然是做生意啊。"

"你这个也能叫生意吗？"

夜里的炒面很油，馄饨汤太咸，但是热乎乎下肚，友情就涌上心头。"你这种生意是有风险的。"

文学摇摇头："我从不一个人去，阿明和我联手，还没有失手过。"我没再作声，心里疑惑越来越重。不是我不想发财，也不是觉得文学不靠谱，而是我不赞同以这样的方式挣钱。我悄悄收起已经准备齐的一百元。

之后的一段时间，我在城南抄表。路远加上一些微妙心理变化，就没有联系过文学。月底催缴电费时，我才走进储蓄所。文学戴了个绒线帽低头在柜台前算账，我大声跟所长和其他人打招呼，他们表情僵硬，态度也冷淡，没有开门让我进来的意思。文学还在算账，我走上前，趴在柜台上"喂喂喂"地叫了他几声。他才缓缓抬头。

"啊！"我惊诧地叫出声。

文学整个头部都红肿着，右眼和右额鼓起一个大包，眼睛连缝都没有一条，本来就凸出的唇部，现在更像狼嘴。我几乎肯定文学在麻将上出了事，但没人说实话，淡淡地说问他自己。

文学的左眼仍然闪着机敏的光，吐出来的话，痛苦中带着幽默："我骑车看美女，撞到人行道摔的。"

我也顺势说："真是太不巧了。如果你碰到女明星，估计要搞成残疾了。"没人笑，没人再搭腔。我借口忙收款，匆匆离开储蓄所。跨出大门的一瞬间，我感觉自己不会再进这个地方了。于是，回了一下头。文学面朝大门方向，注视着我的离去。

月初，我在市中心抄表。刚从一个石库门出来，劈面碰到阿明。他脸色苍白，头发蓬乱，走路急促慌乱。我伸手拦下他，他一惊，随后松弛下来。

公园里，法国梧桐、银杏树等落尽树叶，枝杈刺向冰冷天空，只剩下香樟树仍然绿得深沉。我们在池塘边坐下来。"文学辞职了。"我对这个消息并不惊讶。

"麻将也不打了。"

"你们的'局'是不是被人识破了？"

"也不能这么说。麻杆做的才是'局'，大家装作不认识，两个人或者三个人暗地联手骗其他人钱。其实我们跟他出去的次数并不多。我们打牌说好对家是一家，也就是两对两地打，所以不能算‘局’。”

阿明抽出皱巴巴的“画苑”点上一根。“怪就怪文学太自负。我说混点零用钱可以了，毕竟是消磨时间和娱乐呗，但是他却一直约老板打牌。有些老板技术不怎么样，却看不起我们这种没钱的。他们定尺寸：一个花一两百。文学到处筹资，哪怕借给他几百块，利息付得人家很高。他也愿意。”

“他头上的伤怎么搞的？”

“那天晚上碰到两个浙江老板，说好两对两打，约定一个比较合理的尺寸。上来东风、南风圈，他们基本上都在输。第三圈时，他们提出加大筹码。文学看了我一眼，爽快答应他们。然后我们就开始输，整夜都在输。真是见了鬼，从来没有打过这样的牌。我想撤退，文学不服气，写了借据再打。到最后，没有东西可以押、可以抵了。文学把我推开，伸出头让他们打。惨呐。”

阿明站起身，“我们准备这几天就去深圳。昨天托了本地社会上的朋友跟浙江佬打了招呼，当夜的账就算清了，不再烦我们。唉！我们混不下去了。不辞职，迟早也要被开除。”

时间就是那么快。文学肿胀的眼睛、阿明瘦弱的背影还不时在我脑子里晃，两年已经过去了。我还在抄表，甚至连地段都没有怎么调整。市中心开始新一轮拆迁整治，满街都是“一折、二折”，大家都不大注意折字旁边还有一个小小的“起”。在满是“大出血”、“最后一天”、“跳楼价”红字里，文学突然跳到我面前，吓我一跳。

那是一家服装店，弄堂般格局。两边墙上钉了铁丝方格网，左侧是男装，右侧是女装。我站在一色职业装底下，悄悄地将抄表本、电筒塞进挎包，整整衣袖。

文学穿的玫红色西服，与门口模特身上一样。来来往往的人，不时朝他和模特身上看。不少人盯住他看半天，才拐进店里看衣服。文学给我使个眼色：“这就是活人广告效应。”

若不是为了钱，我觉得至少现在还是经常往来的朋友。但是，他开了口，并且就在重逢的第一天。

他绕了个大圈子，说这两年在南方混得如何的好。刻意压低的声音：“知道这些正装哪里来的？日本啊！都是二手货，有的还是病人或者死人身上的呢。”我手一抽搐，下意识插进裤子口袋。文学开始吹他的那个大大的球。他指着那些衣服，很不屑地说要完全清理掉，口中全是“统统、彻底”这些表示决心的字眼。新行当将是电子游戏厅。

他对一家挤满学生的游戏店歪歪嘴，“这不是做大事的格局，在南方……”他下颌微微前倾，眼光越过屋顶，回想着南方的景象。“游戏厅属于成人！”说得兴奋，他拉我进旁边刚刚开张的肯德基，点了两份家乡鸡套餐。

他把可乐喝完，挖出两三块碎冰，往贴塑面台板上一撒，“成人就喜欢掷骰子。我从南方搞了几台跑马机，现在流行这个。这里全市居然一台都没有，正好挑我发财。”

“赌博机要被‘冲’掉的。”

“不就是要摆摆平吗?”

“你摆得平还出去混了两年多。”

文学哈哈大笑。“出去为了开眼界，没有比‘骰子’活络更重要的了。”

恰好谈到搞社会关系，他自然说到了钱。什么一笔款子还没有从深圳汇过来，阿明碰巧去了香港，他最近要请人吃饭、送礼，问我借点零用钱。他借的的确也不多，看我这身工作服，估计临出口把数字又减了一半：一千块。这个数字拿捏得正好。多了，我当场就可能回绝；少了，好不容易我派上一次用场，总得多搞点。我几乎没有思考，就答应了。

但是，就是这一千块，害得我这个小小抄表员发烧躺在床上睡了一星期。

发烧前，我好不容易见了文学一面。他总是不在服装店，呼叫他 BP 机，除了过来取钱那次，从没有回的。看店的胖女人一问三不知。我只能每天抄完表，拐过他的店，目睹血红的字换成绿色的“新款 arrived”。文学终被我撞到，第一句话就说要还钱。他大声问胖女人今天的营业额，那边懒洋洋的声音传过来一个“零”字。他又在柜台里翻找，再从自己身上下手。最后，皱巴巴地凑给我两百多点。这次绝口不提游戏厅的事，只说下周全部归还余款。临了貌似无意拖一句：“钱都被阿明借去买一批空调了。”

我问了很多朋友，才找到阿明的电话。电话里传来阿明声音，仍旧轻声单调。客套闲聊后，我问他空调生意的事情，他语气明显出现停顿。我挑明是文学说他在做空调生意。阿明“哦”了一声，“其实我和他早不在一起做生意了。”

他掉转枪口：“他是不是问你借钱了？”

我沉默。

“唉，他还在打牌啊。”

挂掉电话，我头“轰”地大了，身上开始发冷。整整一周，我躺倒床上。文学、电子游戏、阿明、麻将、钞票、男装、女装等像模特儿一样，交替在我脑子里登场。

身体好了之后，我不再去文学店里，而是打听到他家地址，在门口“伏击”。这是一座四进大宅院，被七十二家房客瓜分。我在第一进漆黑备弄里来回走动，每个进门的人都被我吓得一跳一跳的。我打开手电仔细辨认，生怕错过文学。

连续三个晚上，都不见他的影子。正当我发脾气要找给我消息的弟兄算账时，一高一矮两条黑影进了备弄，很快缠绕在一起，开始亲热。很晚了，我准备撤退。与他们擦身而过时，我突然想到男的会不会是文学。长时间在黑暗里，练就一双黑夜眼睛，我悄悄进前，轻轻拍了他一下。两人一前一后触电般惊叫起来，疾步窜到大门外。

昏黄路灯下，文学看到我浑浊的眼，什么话也没说，伸手往裤兜里抓钱。他点都没点，把钱全部交到我手上，“还有点，我明天给你，一定一定！今天你就放过我吧。”

悲哀从我头脑一直贯到脚趾。我本是受害者，今晚却弄得像个抢劫犯。不远处文学的女朋友满眼鄙视和仇恨。

我一边咳嗽，一边慢慢地收起那些明显不够数的钱。“算了，我不会再来了。”再想说几句告诫的话，又是一阵咳嗽打断了思路。于是，慢慢骑上自行车，穿过湿漉漉的弄堂，回家。

好多年之后的一个夜晚，我正在餐桌上大声说笑，一个电话进来。我看是本地号码，并且数字工整，就接了起来。

“你猜我是谁?”

我猜你是谁?文学呗。突出的唇部，贪婪吸烟、快速点钞的样子，在我脑子里盘旋。最后，定格在一千元上，实际是不足一千元。感冒、咳嗽、发烧，深夜、备弄、寒冷，又突袭过来。

我把电话从耳边移开，声音还热情不断。

默默地，我挂了电话。

老　周

一个泛黄的镜头：我端着饭碗，通过狭窄东厢房过道，仰视那个高大瘦削的背影，他一双手背在身后，一只电筒从左手换到右手，再夹到腋下。外公书房尽头有一个电表，两边挂满书画。他每次抄完表都要站好长时间才走，每张字、每张画都看得仔细。我看不到他眼神，是赞许，是批判，还是审读。我告诉外公这个谜。外公点点头，并没有说什么，踱进书房，换下几张，别上几张新作，退后几步，几乎与那个抄表员站到同一位置，牵动右肩，带动右胳膊不停前后运动。他们同样入迷，却有不同的肢体动作，我七八岁就知道。

我到达凤凰街和十梓街路口的时候，老周正坐在“永久”牌自行车书包架上抽烟。浓浓的烟雾围绕在他身边，他皱着眉。永久比凤凰来得结实，单位给我们配这种车。我还没有领到，老周那辆车已经掉漆，三角架上的帆布工具包边都毛了。他见我架好车，便从工具包里拿出一本绿色硬壳账本，扔给我一个电筒，吐掉烟屁股，头一歪："走吧。"

一场秋雨一场凉，十月了。踩着片片法国梧桐落叶，我心里阵阵悲凉。花白头发以及佝偻身影的老周，极有可能是三十年后的我。《毕业生》主题曲"寂静之声"，一下子融入我的每一个动作。脑子里还有一个影子，面无表情的达斯汀·霍夫曼。年轻的毕业生明知前途充满泥淖、陷阱，也要往前走。爱情、理想、富足安逸生活等等，此刻一切冰凉。一直这样，穿行在湿漉漉的街巷，习以为常的一切，会不会歪曲变形？老周挨家挨户敲门，里面各色声音传出来，谁啊？哪一个？"抄表的。"老周总放长每一个字的音长。里面再听不清，他就突然拔高音量，于是，拔门栓、拧门锁的声音四起。我先走进去，用聚光电筒照见电表数字，读给老周听。他把抄表卡端近门口些，拿得离眼睛再远些，一笔一划地记下数字。"带徒弟啦？"他还人家带问号的笑。有的人笑起来阳光灿烂，有人的笑总带有尴尬表情，我更习惯后者，那是性格里羞涩基因起的作用。老周的笑却令人难以琢磨。似笑非笑，又有点莫名无奈。

半天要把大半条街跑完，包括枝枝叉叉的横巷、弄堂等。走过了三四十户样子，老周就把卡交到我手上。这是我人生第一个饭碗，捧着它，要端得有模有样。姿势是这样的，左手托住抄表卡，右手拿电筒和圆珠笔。敲开一家人，把右手高举过头顶，在电筒光里照见电表数字，然后交给左手电筒，记录下数据。逢到人问多少字啊？马上要把刚读到的数字减去底数，我认真做减法的时候，老周在旁边一瞄，就对人家报出实用字数。他念“十”带特殊卷舌，偏偏整数的几率比较高，我就在边上候着，等着那个特殊声音蹦出来。客气的人家接到我开出的缴费通知单，会扔支烟给我们。老周一般接过就抽，来不及就夹在耳朵上。其实那时我也偶尔吸几支，只是不好意思当着师傅面抽。别人发来的烟，我夹在硬硬卡纸中，烟只是稍微压得扁一点，却不会断。老周烟一“断档”，我就递给他一支，他接过就抽。

下午，我把早上一百多只表的数字，填写到发票上。自己先把度数总加，再把金额总加。那时每度电两角两分，单价乘以度数，如果与金额相等，账就轧平了。别人可以直接把发票送到收费员手上，我却不能。老周还要核对一遍。我用计算器，他用算盘。“咔咔”两下，上下分珠。烟叼在嘴唇上，眼睛眯着，藏青手套戴起来。左手蘸水翻发票，右手加金额；换手，右手翻发票，左手噼里啪啦加减读数。“啪”地一下，把发票扔在我面前，“错了。”他掐灭烟屁股，清理唇边的烟丝，从紫砂小壶里吸了一口浓茶。“可是总度数乘单价与总金额相符的啊。”我不解地看着他。他站起身来，给小壶续了点水，托壶踱到隔壁办公室。我回到桌前，一张张翻看，果然这里少算两角，而那里多算两角，总数却碰巧对了。

我接老周的活，称为三段，段就是片区的意思。早上跟他出去，下午在单位做做账，准备第二天的行程，日子过得很快。按规矩师傅要带我们一轮。电费隔月交，因此一轮就是两个月。就抄表员来讲，三段不是个好地段，都是古城街巷，每抄一个表就要走一段很长的路。换作是新楼房，钻进一个单元，至少每层可以抄到一个表，一天抄的总户数基本在一百出头，最多不超过一百五。那时每户一表刚刚兴起，大家争那些新楼房的段。以六层楼房算，每层两户，一个单元十二个表，一幢楼房至少两个单元，一个上午只要在新村里走七八幢楼房，工作就结束了。门槛精的师傅，一天可以把三天的活一起干掉，悠闲地休息两天。大家都避开古城里的段，老周却主动捡过来。走出观前街，他指着北面不远处的悬桥巷说："本来是陈胖抄的，我开始只抄萘葭巷，这两条巷都是苏州大户人家集中地，通常前后门串起两条巷。我把那一片问他要过来，重新设计路线，走成口字型。"抄表路线最佳就是永久车子停放地，既是第一只表的开始，又是最后一只表的结束。虽然有点讲究，但这毕竟是简单重复劳动，一轮下来，我摸了个八九不离十。我们走在湿滑的弄堂里，脚步回声打在灰白墙上，工作似乎有了点味道。老周跟着我，心思不在电表，遇到深宅大院就去找砖雕门楼，"聿修厥德"之类的他最喜欢。还有挂在客厅的中堂，如果有书画，他就更"钉"在那里不动了。弄堂里飘过一阵菜饭香，我心里一动，闪过那个泛黄画面。

那天为他点了一支“短牡丹”后，聊起了我童年眼里的那个抄表员。他瞪大眼睛，挺直腰板：“那就是我呀!”。我提出童年之谜。他长长吸入一口烟，默默摇头。烟从他口鼻里缓缓喷出，他似乎已经解答了我的疑惑。我没有追问，只是告诉他外公退休后又到外地教书画。他自言自语：“能做自己喜欢的事情，就像临名人帖，一切都上轨道，并且不逾矩。”

独立工作后，虽然每次在外时间都要比别人长，但是我感到老周的选择配我胃口。拓宽干将路，把周边小弄堂一扫而光，有些著名街巷、私家园林从此消失，我是最后踏进这片区域的工作人员之一，历史变迁就在瞬间。观前街改造，一些百年老店被迫迁出，从此一蹶不振，甚至关门大吉。替换给我的是齐门外大街这片“领地”，是以水泥厂、化工厂等为主体兴起的城乡结合部。我走遍了那里的角角落落，人们说着各种方言，有着各种习俗。一阵风扬起，我会短暂地迷失，常常不知身在何处。后来，我接触到苏童的作品，香椿树大街的原型，被我每天踏在脚下。“人的一生充满巧合”。我跟老周说那些街巷，“即便同一个城市里的人，一辈子也不会走到。”他咂口浓茶，斜眯着眼对我说了这句话。

三段是属于老周的日常话题。随着喷出的一股股烟雾，九如巷张家、俞曲园、礼耕堂潘宅、中和堂汪宅等豪门里发生的故事，越发扑簌迷离。他咬着短杆烟嘴，似乎要将这些大户人家、书香门第咬碎、吞咽。我喜欢这样的生活：刺探未知领域和陌生生活。当每天百把次推开不同的门，碰到不同的人，我总在琢磨他们的过去和未来，并揣度现时现刻他们的想法。这么多年，老周“弄堂朋友”交了不少，我跟他们打招呼：周师傅年纪大上去就不做外勤了，我接着干。老周回到单位里话就变少。休息时，也不像其他师傅聚拢在一起打牌、聊天，而是默默缩到房间一角，手里捏弄几块印章石。有时我会坐到他身边，基本上也没什么话。

那个事情发生时，我已在凤凰街抄了好几轮表。熟练以后，这个工作就容易出差错。又到春节，我开始有点心不在焉。敲开那些大门，过节的味道冲击我的感官，一不小心头就会撞到油氽肉皮、开膛青鱼、新腌腿肉等。大家很客气，时常有烟递过来。我把夹在抄表本里的烟抖出来，装进塑料烟壳，给老周送去。大家都在对我使眼色，我却一点不知情。我走近他，一股浓烈的酒味直冲我鼻子，工段长悄悄起身离开。香烟里希尔顿多，他一根接一根地抽，一口口吞食浓烈烟雾，我仿佛听见他的气管、肺撕裂的声音，一把把刀子在割。酒精也随着烟雾扩散，终于熏得小办公室再踏不进一只脚。

高跟鞋“橐橐橐”声音止住了“叽叽喳喳”议论声。她没有走进小办公室，也不发一言，就静静地站在门口等。大家涌到走廊里，我才知道气质是比出来的。她五十多岁一点看不出来，身材中等，短发略有波浪，一身深灰色套装，配淡紫短丝巾，双手叠扣胸前，右手挽一只咖啡色包。没人靠近，强大气场充满那个空白地带。时间在老周与周师母对峙间流逝。一批人看得无趣，走了，又来一批人。热闹场面引来书记，众人像野蜂乱舞。书记苦口婆心低声劝解，两人似乎不买领导面子，谈话内容无法得知。小办公室仍有烟雾飘出，周师母仍然仪态万方。不知不觉间，天居然昏暗起来。书记跺脚了，大声说了一串话，里面似乎有出事、危险、死等敏感字词。屋里终于传出惊雷般声音："你们总是逼我，现在逼我不算，还逼我女儿。逼死我们算了！"老周破门而出，屁股后挂一串烟雾。一眨眼，人就冲出了单位大门。我们再回头，书记已陪着周师母往楼上办公室去。一个背影弓着，另一个直挺挺。我进到小办公室帮老周倒烟灰缸，把酒瓶扶正、摆整齐。关上门的时候，突然发现，一年多下来，自己手掌和手指都长出了老茧。

老周报警，女儿失踪。他的一位"弄堂朋友"与派出所所长相熟。深夜，弄堂偶尔被几个小鞭炮震醒，腊梅的寒香让我想起孤独的出走女孩。所长安慰老周的时候，不时问他女儿的情况。我发现虽然他女儿跟我们在一个单位，但是老周几乎不了解她的生活。"有没有男朋友？""没有。""最近与哪些人交往？""不清楚。""业余爱好有哪些？""除了跟她妈妈学学字画，没什么特别喜好吧。”朋友陪着我们去了好几次。后来，我看出来所长掌握了一些线索，他也不跟老周明说，只是讲：“年轻人压力大，想出去放松放松，或许过几天就回来了。”老周碍于朋友面子没有发作，但是仍一个劲地对所长说一句话：“人出走，你们要负责找回来。”

单位里早就演绎了多个版本，经过无数次修改与编辑之后，呈现在我面前一段曲折社会故事。老周几代都是工人阶级，曾经有段时间，他家很吃香。而艺术家在那年代正好触霉头。老周父亲领导并帮助着几位著名艺术家，直到他没有办法继续保护。有人却还记得老周父亲和老周，一位老艺术家临终前关照家人把女儿嫁给老周。这是传言当中最厉害的一着：没有感情基础。虽然老周有些书画天赋，但在行家来看，只是小儿科。就像业余作者一直要想上这个杂志、那个报纸一样，与名作家相差不是一点距离。按理说，女儿书画才能应当从小培养，但是女儿却怎么也看不出天赋，更对书画没有兴趣。继承世家衣钵渐成泡影，周师母对这对父女从失落跌入失望，甚至绝望。周师母望望周围“艺二代”，个个出类拔萃，混迹于那个圈子，她不屑于提及老周，一个有点业余爱好的抄表工。她为自己增加速度，越来越接近脱离地球的边界值。有不少当代艺术家与她青梅竹马，渐渐地，她成为那个圈子里的明星。她把赌注押在艺术社交圈，多一些交际，女儿或许能摆脱工人阶级烙印。没有想到，女儿从单纯的车间劳作，进入缤纷世界，脑子一下子就乱了。

大家都说，老周女儿的出走，与她妈妈关系很大。老周心里清楚，却打掉牙齿往肚里咽。除了每天跑两次派出所（后来，只他一个人去），他就是盯着墙上的全国地图看，东西南北他都看看，但是落脚点却在一个地方。那是遥远的新疆。他把我们的省比划一下，放进新疆，真的不如一个县。我们仿佛站在极高远处，望那些山河湖海，还有沙漠，心里再大的事情也变小了。但是，老周却要崩溃了，白头发一撮一撮滋出来，颧骨凸出，眼睛无光，眼窝凹陷。报案后，他一直没回家，似乎认定女儿一定回单位而不是家。小办公室里布满复杂难闻气味，书记、工段长几次上门，都捂着鼻子逃出来。

派出所长的话应验了。几乎在老周将要神智不清的当口，女儿回来了。第十二天早上，她挎了个包提前半小时走进我们对面办公楼上班。平静地擦桌椅、泡水，然后穿上白色长褂，打开操作室门，准备好工器具，开始新的一天工作。一切如春风拂面般清新自然，仿佛捡起的工作就是昨天留下的尾巴。不少人围在窗口看着、议论着。她像极了母亲，专心做自己的事情，只把庸俗的东西当作生活里的调味料。书记也来了，把她叫到自己办公室，询问秘密进行，后续没有人说出具体内容。隐约知道她坚持说自己隐私不便汇报。

没人给老周通风报信。那天早晨，我在观前街上催缴欠费，是我搞错了底数，多算一百度，相当于小半个月工资，人家自然不肯出。我只好开红票退抄错金额，再开一张正确发票，上门更正。我的 BP 机响了起来。借电话打回单位，他们告诉我，老周的女儿回来了。我连忙赶回去，过年的气氛很浓了，性急的大门上大红春联已经贴上去。自行车在湿漉漉的街巷穿行，眼前闪过青灰墙面和红男绿女，时节提醒大家，能够按部就班就已经是幸福。

书记把女儿带到老周面前时，我已经混在人堆里。老周看见女儿的一刹那，嘴唇上叼的烟像脱水般迅速枯萎，烟灰不停地掉落在他的蓝色工装裤上。女儿走上前，为他掸去烟灰，他垂着的手指一直在抖，似乎在写一幅狂草，既战战兢兢又努力攀上巅峰。她把父亲的手焐在双手里，老周的抖动越发轻微，到最后只有离他很近的我，才能看到他竖起的白发梢有节奏地颤动。四周静默，冬雨细细绵绵地飘了起来，空中飘荡着年味。他们没有说一句话，静静地站了几分钟。最后，老周拍拍女儿的肩膀，转身走进他的小办公室。

人散尽。老周桌上电话铃声响个不停，他都没接。越是不接，铃声越是显得急促、恐慌，每一次都像要穿透人的灵魂。女儿这样的回归是一个极其好的结果，好得超出老周的承受力。他不敢相信好事来得这么迅速这么突然，怀疑里面暗藏了什么不好的东西。他让我把地图拿下，慢慢地一条一条撕碎，扔进垃圾桶。

我不知道他们那天团圆饭是怎么吃的，那应该是比年夜饭更充满温情，至少表面会是这样的。实际上我想老周还是心神不宁，女儿房间熄灯后他应该站在外面很久。我更自信地认为周师母已经熟睡，一切都遵循自然，她认为平静生活又重新开始。在老周来回踱步的时候，她已发出轻微鼾声。夜很深了，老周一根烟也没抽，倒在沙发上沉沉睡去。那个夜晚很静，像下着大雪的北方的夜，都藏起来了，一切动静都盖在雪下面。老周太累了，梦都没有一个，晨光通过窗帘刺痛他左眼，他跳了起来，直扑女儿房门。没有声息，大力的拍门声惊起周师母，她倒在门上，喊着女儿小名，眼泪流出来。门被撞开，老周冲进去，又抱着女儿冲出来。周师母跟在孩子软软垂下的手臂后面，不停哭泣。

我推开他女儿病房门，老周不停地走来走去，他看不见我，只知道围着女儿的病床绕 U 字型圈。三十多小时还没有苏醒，老周眼睛每一秒都不离开女儿苍白得像白纸一样的脸。我坐在方凳上，进进出出的人没有一个理睬我。病房的窗不知什么时候被人开了一条缝隙，春节里柔和的风若有若无，我的呼吸也缓慢了。急救车声、爆竹声、喊号声、喇叭声，终于，我坐着打起了瞌睡。老周似乎也停下了脚步，一堵墙似的挡在我前面，我还以为暗夜来临。黑暗的降临总是无声无息。我的梦里没有欢笑，黑暗压得我只想寻找一个温暖的地方。老周挡着我的影子渐渐扩大，橘黄灯光落在塑胶地板上，温暖得让我想到家里还有团圆饭等着。一朵礼花绽放后的黑暗里，我站起身悄悄离开病房，没有跟老周打招呼。

穿过我们熟悉的弄堂，永久自行车的飞轮清脆的响声盖过碾碎落叶声。我推着自行车，老周扶着女儿坐定书报架。我总是早早抄好表，把车停在他家门口。一路上，老周重复的就是今天多长时间，明天什么项目。他在女儿面前不抽烟，堵他嘴的东西没了，话就不停往外涌。我用心推车，不大搭理他。他就跟女儿说话，她一直保持微笑，在病房苏醒过来就这样，天真得让人心碎。苏醒过来对老周是一喜，严重后遗症对他又是一悲。人生总是悲喜交集。在我们这个不大不小的单位里，老周父女已成笑柄。他搀着女儿从车上下来，告诉女儿今天主持的是哪个医生，哪几项可能会痛，女儿木木地笑。长长甬道渐渐吞没父女俩身影。女儿失踪日子里发生的事情，恐怕永远是谜了。这样也好，深究又有什么意义呢？周师母仍然出没于艺术沙龙，她告诉老周最现实的一个问题：超长治疗需要超额费用。这个书画世家的继承者继续保持高雅做派，她的世界里艺术至上。兴奋起来，女儿也可以暂时放一旁。

老周从黑暗里走出，一屁股坐在花坛边。黄梅天就要来了，花香到了尽头，老周低头诅咒。我开始没有听清。直到他声音渐渐放大，双手不停互相摩擦发红，我才知道他在责骂自己。如果不是在金石篆刻方面有点小才情，他就踏不进那个家族。那一点点的才能，在抑郁心境逼迫下，像寒风中的烛光，挣扎几下就熄灭。普通工人老周沉湎烟酒，在越来越“不成器”的路上进一步下滑。刚开始的时候，我总是进入到他的心境，帮着长吁短叹几下，心里的确不大好受。老周话有点多了，开始我并没有觉得。等我意识到恐怕又一个“祥林嫂”要出现的时候，他女儿做完了所有的治疗，在家待着。

二十出头的姑娘，文静温柔，就是不能开口讲话。哪怕只说一两句话，大家都会看出她的病情。班里、工段里，老周家事变成共同话题，而话题的主角却越来越孤单。一瓶黄酒下肚，他就抓住人讲话，大家跟我差不多，开头总安慰他几句，后来见到他人影，就远远地躲起来。我其实一直没有跑，等到大家都远离那个小办公室后，只有我踏进去陪他。他讲的话，慢慢地起了变化。一股酒气带着烟臭扑向我鼻子，“她彻底好了，可以来上班了。找谁？工段长还是书记?”；“她现在讲话、做事都正常，昨晚自己钉了一颗纽扣”；“她在牵记同事了，问我小韩有没有生宝宝啦”；“我替她报了一个专升本补习班，她可以考高分呢”；“我要找书记评评理，为什么不让她上班”。他一激动，手就张牙舞爪，衬衣一角掀起来，皮带断了，用一根鞋带穿牢两个眼。我顺着他手指的方向，宽大的法国梧桐叶正铺天盖地生长起来，遮蔽夏日阳光。我们就这样奇特，在不知不觉中，改变着自己。眼前的老周不再是在凤凰街、十梓街口等我的老周，不再是我童年眼里的书画爱好者。从他越来越多的自言自语里，我感觉到不祥阴影笼罩过来。

书记喊我上去的时候，老周刚被保安拉走。书记房间弥漫着一股我熟悉的气味。书记很紧张，圆圆的光脑袋上几根飘忽长发耷拉着，他需要贴着脑门才能把金贵的头发捋顺。“要是老周夫人在，就不一样的情形了。”书记也是个文化人，“他分明在胡闹，女儿旷工这么多天，我们还没有进行处理，现在倒好，得了病反而有理了。”我们都知道，老周女儿带不出来，但是为什么不好好休息，而吵着要上班？这是我的疑问，也是书记交给我的任务。把原因找出来，书记厚厚的肉掌轻轻拍打在我肩上，显得任务有多沉重、多重要。他没有料到，这仅是开始。

堆积如山的电表卡册和发票核校单，都被工段长悄悄分配给其他人，大家一边叹气一边加班，帮老周处理欠账。我也在加班行列。走廊里橘黄色顶灯坏了几个，厕所执拗地吐出自己都承受不了的腐臭。我悄悄地塞给楼层清洁工几块钱，她在清晨进到老周办公室收酒瓶、倒烟灰缸。黑色皮沙发表面已经起皱，露出一道道白色痕迹。老周蜷缩在沙发里，藏青色夹克、黑青裤子污迹斑斑。我站在他身边，喊他周师傅，他只是机械地把手伸进口袋，抓出一把零钱，递给我。我摇摇头，不是为了烟酒钱。他却继续摊开手，纸币、硬币滑落地面。“她真是狠心，把女儿送进去！那是什么地方？进去后就出不来了。”胡茬几乎布满老周整个脸，他一激动，血脉贲张，像一头暴怒的狮子。周师母冷静地将女儿再次送进医院，只是这次是精神病医院。

大家的口风在转。一个人被贴上标签容易，要撕下来却难了。精神病医院通常以所在地名称代替，叫“四摆渡”。难兄难弟的还有火葬场，我们称为“杨家桥”。女儿进“四摆渡”，妻子与他离婚，加上他失魂落魄的样子，有人跳出来说一开始就是老周自己的问题了，这样一传，大家都觉得真像这么回事。曾经，周师母走过众人眼前，一股淡淡幽香拂过，有一股力量吸引大家的眼光。看到这样的女人，再说她有问题，那就变成说话人自己有问题。

女儿还在“四摆渡”治疗时，老周就告诉我们，女儿马上去读补习班了。我们没人说他反话，只是一个劲地说好啊好啊，能早点来上班最好了。书记可不这么说，他严肃地告诉老周，小姑娘不要说还没有出院，就算出了医院也要通过单位鉴定才能复职。老周堵在门口，拉住书记袖管，“现在我什么都完了，只有女儿了，而且她现在比任何时候都要好，都正常。

你说她以前正常吗？很不正常！一跑出去就是几个月，现在好了，她不跑了，文文静静地，你安排任何事情她都会办得服服帖帖。我跪下求你了。”我们在边上拖拉着把老周抬回小房间。艰难的信访开始了，那个沉稳得像姜太公一样的人物，现在把女儿当作他生命唯一希望，最后一根稻草。他捞啊捞，性命都扑了上去。

我不会忘记那个秋雨的清晨，满院的桂花香通过太湖的水汽散发开来，人的头发里、衣服上，甚至肌肤深处都郁结了浓浓的香味。那些美好的事情，一吞一吐之间，昔日重现。而现实总是这样残忍，时时刻刻割伤我们的遐想。书记办公室前挤满了人，老周嘶哑的声音传出来，他又在进行无用的上访。“我要去市委、省委，要去中央！你们这是迫害……求求您了啊，我只有这么一个女儿，她才二十一岁啊……她乖巧又聪明，马上读本科了，她聪明的……”我拨开人群，贴近老周，在他耳边轻轻地说，“走吧，等妹妹康复再说吧。”我这句话像在他脑子里炸响一个惊雷。他迅速转头，双眼狠狠瞪出，唾沫星子直喷我脸上。“你这个小赤佬，哪有你说话的份，我好歹也算你入门师父，你就这样吃里扒外？以后你不要叫我师父。”那些围着看戏的人大声起哄。这两年，他带着我，我跟着他，除了睡觉，几乎都在一起。我害怕他被羞辱，想赶紧把他劝走，不料反被骂了一通。血往头上一冲，我顾不得什么了，双手拦腰抱住他，想把他拽离三楼。突然，我的右手被狠狠咬了一口，老周对我下了口，鲜血顿时滴了下来。大家都在一瞬间呆住了，还是书记反应快，让人赶紧送我去医院。老周转过身去，低了一下头，等他回过身，右手也鲜血淋淋，他又咬了自己的手。“大家看看，他先咬我，我是自卫！”我看着鲜红的往外翻的肉，脑子里只有两个字：疯了。这并不是我一个人的想法，陪我去防疫站打破伤风的医务室医生说，单位里几乎每个人都在说老周精神不正常。我与老周过往的一切感情，似乎因为一个月之内连续打狂犬疫苗而扫除干净了。

很长一段时间，我没有遇见老周。突然有一天，我在办公楼东侧自行车库停车，一辆永久“老坦克”喀拉喀拉地进来。我与老周又相对不到一米距离，没有其他人，四目相视，我们都尴尬无比。我低头锁车，回头就走，走出十米左右，听见后面先咳嗽了一声，接着，那个熟悉的声音说：“你没事了吧……”我头也不回，快步往前走，一下子就拐弯进了大楼门。冷风吹在我身上，我清醒了许多，把一腔怨气倾泻到老周身上似乎有点不对劲。转眼，我却又恨自己的懦弱。

又过了些时日，我被调离这个部门，从事与抄表完全不搭界的工作。老周不断找领导的同时，不停地去医院闹。女儿出院了，据说不光开口不行，走路都有问题了。那套老单元房里，住着一老一少。夜晚来临的时候，老周是不是还会先在女儿房门口听一听，再决定是否去睡觉？或者索性移个沙发在女儿房门口睡？无人知道。有时，在夜深的时候，我会想起老周，怨恨在黑暗中一丝一丝被抽取干净，剩下的是担忧和怜悯。到这个境地，我已无法再与他聊天沟通，就像他高高大大站在童年的我的前面，我根本说不上一句话。我更没有办法帮他解决问题。时常惦记一个人或者一件事，有时不见得是件好事。

又一个春天来到，大楼四周的樱花盛开。大家都在赞美花的纯洁美丽，而我却认为白得太过，“不吉利”的感觉透过枝叶映射到我内心。我坐在宽敞宁静的科室里，写着一篇歌颂企业的稿子，偶尔抬一下头，看看窗外风景，红色低矮楼房正是我以前工作的地方，旁边平房是老周女儿所在部门。现在，几乎没有人提起老周的故事了，老周似乎失踪好久了。

越是平和的日子，越是危机四伏。大悲大喜从来不会打招呼，喜从天降、悲从中来，虽然都是各种要素长期积淀的结果，但是，爆发前，却都是安稳静谧。也有大喜过后是大悲，大悲之后是大喜，喜中有悲，悲中带喜，前后对比越强烈，越增强喜与悲的效果，特别是大悲。

大胖子警察坐在我们科室开始讲述他的亲身经历时，油光光的脸上老是有汗渗出来。他吐出的词句，经过喉咙时，似乎总被一口痰挡一挡，声音时而尖锐、时而沙哑。我忍不住干咳几声，想引导他把痰咳出，但是他沉浸在自己营造的氛围里不能自拔。后来，我已经无法再注意胖警察的声音了，悲伤将我彻底笼盖。

“那天我值班，清晨太阳就很好，蓝天白云，温度一下子上来了。”胖警察猛地一收缩声音，喉咙口又发出“嘘”的一声：“一个阿姨拎着菜篮子闯了进来，说自己忍了很久，还是过来了。她的邻居，就是你们的老周。那套单元房就住父女俩，进进出出很神秘，碰面机会少，从不跟邻居打招呼。最近一个阶段，即使像她那样住在他们隔壁的，也很长时间没有见着他们俩。”

胖警察点上别人递给他的一根烟，吸进去几乎没有吐出来的。“我刚开始以为又是鸡毛蒜皮的事情，听着听着，就不对了。她说前天开始，老周家就飘出一股恶臭，到昨天，味道很浓了，上下两层都闻得到，大家去敲老周家的门，没有人答应。站在门口仔细听，似乎里面有动静。但是再敲门，里面又没了声音。她一夜睡不踏实，买菜的路上想想还是来报案。”

胖警察说到关键的时候，就盯着我看，搞得我像罪犯似的。“我带了两个同事，走进单元楼道，一股恶臭呛得我打恶心。这个我有经验，应该就是尸臭。敲门时我们亮明身份，里面的确发出一些细微的声音，但是没有回答，没有开门。僵持半小时，里面没了一丝动静。我就大声喊话，有人报案怀疑屋内有问题，警方将强行打开大门。”

“嘭”，胖警察蹦出这个字的时候，我的心也随着吊到喉咙口。眼前莫名其妙地出现十梓街、凤凰街口，老周坐在永久自行车上抽着烟等我悠闲淡然的样子。“嘘！”胖警察扔掉烟屁股，把食指按到嘴唇，学老周的样子。“撬门的确声音响了点，嘭地撞开门，一股浓烈的恶臭逼退了想一哄而上的邻居。你们那个老周坐在小板凳上，面前的沙发上躺着他女儿，他就这样连着嘘了三次，后面说了句我忘不了的话：‘你们不要吵，我女儿在睡觉呢。’阳光从被他遮得严严实实的绒布窗帘当中缝隙钻进一丝，看得见无数微尘在翻滚跳跃，他把女儿身上盖的毯子往上拉拉，沙发周边已经出水了，尸体正在加速腐烂……”

我脑子轰地一下，一切声音都遥远了，一切影像都模糊了。这一家人彻底毁掉了。烟不需要了，酒不需要了，地图没有用了。老周正以他独特的方式与这个世界告别，虽然他还没有走，但是我想他的存在对他自己来说，已经是多余。胖警察强行把老周拖离现场，老周才放声哀嚎，那已不是人类的声音：“她只是睡着了啊，本来她马上会醒来，都是你们啊，把她逼上绝路了啊……她还要读书、上班，她看书累了，休息一下，你们都不让呀！”他不是不知道女儿已经离开这个世界，而是怕面对现实。他的内心，执着地想着，这就是个梦啊。一

刘畅
2017.3.17.

觉醒来，什么都恢复了。妻子忙家务，不再为圈子里的事情费心；女儿准时下班回家吃饭，然后与同学骑车去夜大上课；自己喝着小酒看看拓本，业余篆刻家的展览将要在区文化馆展出。他的理想很简单，越是简单的却又不能得到。他对现实的害怕，根源是对未来不确定性的恐惧，只能将自己紧紧包裹在臆想当中。

最后一次看见老周，我正坐在公交车上，夏天窗户全开，车一动，就把我的头发吹起。我眯着眼看风景。一片短袖衬衫里，凸显一身中山装。我紧盯了几秒，才看清那个满脸胡须、满头白发，弓背塌腰、跌跌撞撞走路的人就是老周。老周的眼光正好也扫向公交车，四目相接，我的眼瞬间就红了。即将离开我视野的他，缓缓地举起了右手，蓝色袖管褪下，枯干的手臂伸出，对我摇着摇着，一直没有放下。我脑子里出现一个词：帮凶。我开始厌恶自己，没有个性地随波逐流。握紧扶手的右手，隔天虎口出现一块青紫斑。

冬天第一场雪下来的时候，老周去世的消息像雪片般洒向单位各个角落。我屏蔽各种恶意传言对他死亡方式的亵渎。他对我的挥手，就是一种别样的永诀。我异乎寻常的镇定，仿佛几个月前就接到了老周的死亡通知。没有开追悼会，没有任何悼念活动，只有他外甥一个人来清点、认领遗物。工段长打来电话，让我回原部门一趟。老周遗物里有给我的东西，那是一个牛皮纸信封，上面写着我的名字。撕开，里面一方椭圆印，一小张宣纸上试盖的鲜红印模：致良知。细看边款所刻日期，正是老周咬我之后的几天。

冰雪正在冬日暖阳里渐渐融化，滴滴答答掉下的屋檐雪融水，冰冷地落在我心里。就像这个城市正在消失的街巷，老周等小人物也在消失，过不了多久，再也找不到踪迹。而我，也将一切打包，封存。

公　园

天凉。大V领夹克容易进风，我左手握自行车把，右手抓紧领子，还缩着脖子。幸亏穿了紧身小喇叭裤，才不至于冷气跑遍全身。停车，取了抄表卡，一家家敲门。半条街下来，太阳冒了头，身上暖流到达手指脚趾。昨晚，借到加缪的《局外人》，翻看一下，安稳气氛里隐藏着躁动。一夜睡不安稳，总感觉裹在地中海潮湿空气里，懊糟难忍。早上工作匆忙完成，回单位途中，特意绕个小圈子，来到市中心。那里有全市唯一不收门票的公园，有树有水，宽阔道路边欧式园林椅整齐舒适。

但是，我没有直奔椅子。读书时光的开始最好有些铺垫，公园门口的阅报栏符合要求。我晃到今天报纸前，两个老头带着放大镜仔细阅读，我上上下下避开他们身影看新闻。一个声音从身后传来，“天越来越凉了啊。”他贴得我有点近，一转身，我就撞上他的大眼睛。我赶紧让开一步，简单“哦”了一声，转身向公园走去。

快十一点了，他还没有走的意思。我有点烦躁，阅读结束第一部分，大海、阳光压倒了默尔索，也压制了我。情节进展让我有了放弃阅读的想法。太阳光穿透稀疏松柏枝叶，微微刺痛我的眼睛。这不是地中海边的阳光，却同样会照得我头晕目眩。我将对面园林椅上的黑瘦中年男子想象成阿拉伯人。他什么时候跟过来的，我没注意。但他一坐下，我就认出那双空洞大眼睛。

刚开始，我还集中精力跟随默尔索和他的朋友们瞎折腾。对面的他只是一个随便坐下歇歇脚的游客，拍拍屁股，就会走人。可我错了。他坐在那里，其他事都不做，除了一件：盯着我看。

此时，如果我手上有一把枪，几乎可以肯定，我不会像默尔索那样犹豫，而是直接走到对面，朝大眼睛开一枪。

我几次三番认为自己感觉错了，但是当我把目光从书本移开，瞄向他时，每次都碰得到他眼神。这是一种带有希望的眼神，我下意识看看自己坐的椅子，实在找不出属于他的东西。猛地，会不会是个抢劫犯的念头上升到我脑子里。

我笑笑摇摇头。不要说现在天时、地利、人和都不利于抢劫，就算我与他一对一，矮小瘦弱的他，怎么也不是我的对手。说到底，我这么穷，他一眼就能看出。

默尔索已经投入监牢，杀人案开始审理，但是检察官大人似乎并不在乎案件本身，而在默尔索母亲去世、默尔索与情人的关系等方面挖细节。我实在受不了那个紧盯我的眼神。起身沿着公园小径兜半圈，在背靠儿童乐园的枫杨树下找个凳子坐下来。平时，我不肯到这个比较嘈杂的地方来。而现在，人多几乎意味着一种安全。他没有跟来，我又打开《局外人》。

对面椅子上，一个红衣女孩拿着一本讲义写写划划。孩子们时不时的惊叫声，让她抬起头，眼光越过我，注视我身后。只在一两秒左右，她又低头继续读写。我低头读书。事实上，我对默尔索命运的关心悄悄迁移到红衣女孩上来。她一头长发，简单地在脑后扎了个粉色头花，头发既松又紧。低头时，眉心有点蹙。就这样，我持续不断地间隔投射我的目光，心里渐渐觉得幸福也就是这么一回事。

就拿交朋友来说，平时看来难以接触的人，一旦走近，就会发现其实这个人的圈子也就那么几个最亲密的人，进入那个圈子，就是获得了那个人的信任。如果超出一定范围，那就是关系“滥”。最新鲜的失恋经历告诉我，厨房里的油烟味最能够留在记忆里。

女孩应该也注意到她对面的高大青年了。她已经很长时间没有抬头了。孩子的嚷嚷声依然热烈，甚至偶尔尖叫。默尔索将被处决，他的时间不多了，开始回忆一些事情。“自己曾经是幸福的，现在依然是幸福的”，看见这一句时，我不由又对女孩看了一眼。不知道是不是我眼神里充满了过火意味，或是过分痴呆，总之，她恰好也抬起头，只不过，出乎意料，惊恐在她眼中闪过。

她整理讲义，收拾起双肩背包的时间，不到半分钟。站起身，更以弓腰快步的方式离开。《局外人》其实与《鼠疫》合订在一起，加缪获奖后这两篇介绍得最广泛。书本平摊在我双膝之间，风大了起来，它为我翻过一页，接一页。

我呆坐着。来来往往的人多了起来，午休时间到了。摊贩们掀开锅盖、打开炉灶，香喷喷的油烟味在午后公园的各个角落游荡。香味触发我敏感神经，脑中再过一遍女孩抬头、惊恐、收拾、快走整个过程，我突然感觉背上一阵刺痛，已近灼伤程度。

我慢慢回过身。铁丝网封闭起来的儿童乐园，热闹渐息。老师们带着一支支小队伍，正从滑滑梯、小火车、海盗船旁撤离。铁丝网让我联想起不远处的动物园，到底谁才需要保护？

头回转一百八十度的时候，我差点跳起来。大眼睛像只壁虎，四肢叉开，紧贴铁丝网，双手牢牢抓住铁丝网，十指苍白蜷缩。他的眼神已经处于极度痴迷状态，直勾勾地盯着前方。女孩似受惊吓，作奔逃状离开。

我几乎是愤怒了，想把书扔掉，冲上去抓住穿过铁丝网的那些脆弱手指，一个接一个把它们掰断。清脆的断裂声才能让我解恨。“呱、呱、呱”，高大枫杨树顶掠过一只乌鸦，寒气再度袭来。我回过身体，长长吐出一口气，对自己说：“算了吧。”

整理停当东西，看到鞋底粘了一张纸片，我把纸片剥下来。这是一张碎纸片，上面几道数学题，都被打了红叉叉。原来，我脚下踩的全是错误。我狠狠瞪了一眼还在铁丝网上贴着的那只壁虎，慢慢朝大门方向走去。

池塘在正当中，无论从哪个方向穿越公园，都避不开。没到春节，塘还没清。池塘冷冷清清，残荷在水中挺立，有人说这是坚韧和守候。我觉得真是没道理。季节转换，植物兴衰，再普通不过的自然现象。只是我们眼睛看出来的东西变异了，就感觉事物本身也变得异乎寻常。

大门北侧，有一个公共厕所。我转过池塘的时候，一眼就看到一个大大的“女”字，接着又看见另外一个字。我决定去方便一下。

还没有走到厕所，地面就开始失去草皮覆盖，裸露的黄泥在低温下坚硬杂乱。厕所外形像火车车厢，只不过一个个窗口开得极高。雨雪被风刮进来的时候，高窗是通往童话世界的门。

厕所设施很简单，一排没有隔板的蹲位和一长条小便池平行，一通到底。现在，阳光很好，我站在小便池前，阳光从高窗里射入，迎着阳光，隐约能够看到蓝天背景下几根树枝。我的心情一下子放松了。

一个人并排站到我身边时，我仍然抬头沉浸在自己的世界里。直到他喉咙口发出奇怪的声音，我才转过头去，一对充满莫名诉求的大眼睛，正对着我。不知道是不是配合了厕所的味道，此时与他对视一眼，我觉得恶心、烦躁。其实他没有挡着我，但是他在我左侧，我要往左出门。经过他背后，我恶狠狠暗自用劲甩了甩挎包，挎包里有厚重的抄表卡、电筒等，他腰背部应该吃到了分量，“嗯”了一声。瞬间，我心情又好转一点。

我得意地回望一眼。他似乎正在原地等候着我的回眸。“唰”地一下，裤子全部落地，他光了下身，慢慢向我转过身。迅速地，我脑子里掠过几个字。同时，他又发出奇怪的声音，全是含糊的喉音。

我的第一反应，挎包击中了他脆弱的腰带，裤子突然崩溃，但这个念头只是闪过 0. 01 秒。我开始感到身处看不见的圈套。在阳光灿烂的日子里，我被骚扰，这真是一件无聊透顶的事。而当这个词扫过我脑海，少年时浑浊如泥塘的一段经历，一下子变得清晰明了。愤怒中的我，头脑出奇冷静。

三个小伙伴刚刚到了发育年龄，在寒冷冬天傍晚，相约“孵混堂”。石板路坑坑洼洼里已结起细小冰块，浴室蒸汽飘到室外，远远望去，蒸煮馒头和包子的印象在我脑子里挥之不去。

快过年了，进澡堂剥掉一层皮，轻松自在，这种习俗对我们具有仪式感。顶着凛冽北风，脱胎换骨般感觉一切都是新的了。闲人们早早裹着蓝色条纹浴巾，倒在皮躺椅上。高高叉在滑杆上的臃肿外衣，随着气流缓缓颤动。猛地一抬头，吊死鬼般僵硬。我们进去的时候，大池烟雾氤氲，似乎没人。仔细看，一只秃顶浮出水面。仅从这个头看，身上肉少不了，但是，他身体绝大部分浸在水里。水浑浊如豆浆。

我们三个赤条条跳入池子的时候，我注意到秃顶眯着的眼睛睁了一下。这是特殊的一双眯缝眼，眼珠缓慢滚动，就能催眠这个世界。刚开始我不觉得有什么异样，直到刚刚泡澡的两个伙伴先后跳出大池，我大声问他们怎么啦，回音来回冲撞，隐约听见他们的回答，可能水太烫。我把身体再往池子里沉一沉，水压水温陡然提高，心里不由闪出豪迈感，这两个怕烫的小子！

我闭上眼，享受热水围困产生的闷热，听着自己心脏有节奏搏动。越是在里面受煎熬多一点，走在街上就更轻松点。酥麻的感觉爬上身体时，我闭上眼，开始想班上的女同学。她们在冬季操场上踢毽子、跳大绳、丢手绢，叽叽喳喳。有一个姑娘特别漂亮，我一直在研究她，总感觉她的眼眉后面隐藏着淡淡忧伤，那会是怎样的忧伤呢？我是不是该跟踪一下她呢？想到这里，我头上的汗就下来了。同时，大腿碰到了一样东西。我睁开眼，秃子无声无息地移到我身边。

柔柔地阴阴地，我的汗一下子收干了。他的眼睛总是眯着，滚来滚去的眼珠像《大闹天宫》里杨戬斜睨着，不是对着我，就是对着阴暗角落。我把腿收了收，神经开始紧张。好一段时间没有动静，我又放松了，想必不是故意碰到的。我又开始想怎么才能成功跟踪女孩，那一条条小巷该怎样穿越。但是，那东西又靠过来了，这次我确认秃子安静的头部下，是魔鬼般的身体。我是如此机敏地躲过了他水下的肥腻躯干。在带动巨大水花一跃而起，把秃顶溅得一头热水时，我才明白另外两个小子这么快就逃出大池的原因。

秃子仍然躺在大池里，很长时间一动不动。我从莲蓬头洒下的水帘里看他，等待他死猪般漂上水面。但是，没有动静，他牢牢扎根在水里。我感觉身上奇痒难忍，特别小腿外侧对应的两块皮肤，发出从内到外针刺般骚痒。我把水调到最烫，一遍一遍冲洗两块皮肤，直到红肿起泡，剧烈疼痛感才把痒制服。

空荡的厕所里有了回旋风，几片轻薄黄叶在我脚边打转。小腿两侧居然又开始隐隐地痒，真是晦气。我往小便池用劲啐了两口，狠狠瞪了大眼睛一眼，转身想离开。但是，我听到了脚步声。

那些人平静又安静，一个接一个来到便池前、蹲位上，跟大眼睛一样，极其自然地褪下裤子，眼神空洞，直勾勾地盯着正前方。我愣在那里琢磨那些人的特征，却无法用言语表示我对这种他们认为自然的不适。人越来越多，几乎要排起队。如果平时，我会认为这是个很正常的厕所，但是现在不对了，这是一个有问题的厕所，大眼睛淹没在人群中，仍然保持着原来的姿态，大家都没有任何诧异，似乎我才是这里最大异类。

我挤出人群，奔向停车点。灿烂阳光跟着我跑，在最明亮的地方，往往阴暗也最强大。我骑上车，绕着铁栅栏的公园墙骑行，那些人正从厕所向四周扩散。现在，我很容易把他们与其他人区分开来。阅报栏前、池塘边、凉亭里，他们无处不在。而厕所，是他们根据地。

突然，我看见一双迷茫的眼睛，正隔墙紧紧盯着移动中的我。我只当没看见，下午我还有几本账要做，连午饭都没吃。但是，若我真的停下脚步，与他交流，我会改变什么吗？我吃不准。

鸽　子

女孩迅速把食指竖起，按到嘴上："嘘！小点声，爸爸在休息。"

我连忙把抄表卡举过头顶，抖了几下，表示知道了。门口胡乱散放几双凉鞋和拖鞋，看不出男女，我挑了最大的拖鞋。门里门外温湿度没有区别，屋里唯一的好处，把楼道不明杂物的酸臭味道隔绝。

女孩把我让到北窗边的餐桌旁坐下。那是一室半一厅房子。其他的房间，包括女孩小小的卧室，我只需稍稍探身就看个大概。楼道已经斑驳，室内却比楼道更破旧。我有点惊讶，养护工段长的家竟然是这样。

"你是爸爸的朋友？"

"呃，是吧。杨段长和我工作上经常接触。我们谈得来。"

"我爸可不爱说话。"

女孩端坐在方凳上，餐桌上摊了纸和笔。窗外雨丝飘到纸上，她有时一笔要反复描几遍。

"你在画什么呀？"那是一只白鸽的样子，我早就看出来。

"你们最不好了。"

"我们怎么啦？"

"嘘！你又大声了。爸爸在休息。鸽子受伤了，你们还让它送信。”

“好了好了，我们不让它送信。”

女孩头发自然卷曲，黑中带黄。她每次抬头看我，眼神都从挡在前面的刘海里穿出。

微雨里的黄昏来得比往日更快。女孩不开灯，眼睛凑到白纸跟前，铅笔贴住了她的腮帮。

“啪”，主色的蓝铅笔断了。她把铅笔放进卷笔刀，呼啦呼啦，笔芯出来了，但笔基本拿不住了。

我转头看看主卧室门，仍然紧紧关闭。老杨跟我约了五点钟，我提前十分钟到，现在已经五点半了。虽然我在一点一点烦躁起来，但是仍然提醒自己，如果下次再要麻烦老杨，就一定带一盒彩色铅笔来。

画基本完成后，我还是吃了一惊。女孩画了一只死鸽子，背景是蓝天，蓝天里有些绿树点缀。一只受伤的鸽子正从天空坠落。女孩是以仰视的角度画出的。

她看着我，用平淡的语气教育我：“死很正常，只要不痛就行。”她用手把头发挽到耳后，盯着主卧室，和我一起静静等待。

我约老杨一起去的那户人家，住房管局房子，已经半年没有交电费。我去催了几次，他们说房子闹鬼，除非把鬼捉掉，他们死不交费。

有了鬼这个概念，我一开始就暗示老杨是否可以安排在大白天去。老杨三角眼斜睨一下，说天黑才能查个究竟。我只有靠老杨，不敢说话。

女孩这么漂亮的眼睛一定不是遗传老杨。卧室门还没有开，我就顺便问一句："你妈妈还没回来吗？"

女孩不说话，扭转头去，默默用手指指墙上。

拥有美丽眼睛的女孩妈妈相片已经挂在墙上了，相片里，她正对着我们微笑。我顿时觉得身体里的一根筋被抽掉了，任何东西都变得软软的。

女孩没有开灯，除了我们桌子，其他都渐渐没入黑暗。突然，照片亮了一下，女孩妈妈笑得更加生动。对面卧室门打开了，电灯光线射出，老杨走出卧室，顺手灭了灯。女孩妈妈的脸模糊起来。

老杨把自己的头凑到厨房水龙头上，冲洗一下，对我说："走吧。"

关上门的一瞬间，我瞥见女孩正把画贴到妈妈相片下。

老头和老太都吸着劣质卷烟。我注意到老杨悄悄把他们扔过来的烟捏到手心，点燃从胸口摸出来的烟。

产权不属于老夫妻的房子，就像公共汽车。这里掉一块，那里缺一片，随时间推移越来越破旧。家具不一样，整齐干净，甚至有一两件紫檀桌椅。

天几乎黑透了，他们都没开灯。借着南窗外射入的路灯光，老头说的话都带有鬼气。

“每到这样的阴雨天，我的心脏就吊到喉咙口了。”

“我们宁愿在黑暗里默默祈祷，也不愿在灯光下受罪。”老太补充一句。

“好了，现在开灯吧。”老杨把烟屁股碾碎在烟缸里。

老头老太对望一眼，报定牺牲什么的决心，“我来吧！”老头拉了开关线，像拉响了雷管。我们做好了迎接电灯碎裂、开关爆炸、电线起火等灾难的准备。但是什么也没发生。我们坐了下来，在明亮的日光灯下，我和老杨研究起紫檀木的包浆。

老头的心似乎还没有彻底放下，与老太一直嘀嘀咕咕，不时看看天花板。抽第二支烟的时候，我感觉他渐渐放松起来。打起了趣：“鬼今天休息了呢。”

老杨拍拍屁股起身：“要么就是咱们阳气足，要么就是你们借口不交电费。”

“费”字的音还没有收尾。日光灯光线就起了变化，逐渐暗了下去，暗到只有白色的那根管子，瞬间，又极度爆亮，超过三四只正常灯管的亮度。我刚在心里想这不是正常的短路现象吗？突然，楼板里传来“咯～咯～咯”的声音，似乎是女人断断续续的冷笑声。

老头老太早忘了手上燃着的烟，烟灰落得膝盖一片灰白。“就是她！就是她！”老太开始阿弥陀佛念个不停。我坐在紫檀椅子上，有一种想往外逃的冲动，但是直不起身。

老杨根本不在乎什么光什么声音，一脚踩在饭桌上，伸手就把日光灯灯罩卸了下来。除了吊顶上钻出的两条线，什么都看不见。他没有跟老头老太打招呼就开始拆吊顶板。我托着日光灯，灯光忽明忽暗。两个老人看到我阴阳交替的脸，会不会也感觉恐怖？

突然间，我就想到了女孩妈妈的相片。在我脑子里，一明一暗。

“嗤啦”一下，电线在老杨手上撑直。日光灯一下子恢复正常亮度。老杨大半个身子探入吊顶内。呼啦呼啦的声音让我心惊，唯一看得见的他的脚在抽搐。老人们的脸几乎瘫了。老杨在跟什么东西搏斗。虽然我不往那个方向去想，但是老人们肯定那么认为。

暗夜里突然传来沉闷雷声，更显出吊顶里激烈动静。老杨捂着胸磕磕碰碰半自主滚下饭桌时，我心想完了，这个人被鬼掏去了心肺。但是，滚着滚着，老杨呼地站了起来。我这才看清，他的胸脯肥肥地鼓起两块来，他一手压一块，飞快跑到窗前，一掀衬衫。远处一道闪电。两个白影夺窗而出。

原来鬼是白色，长翅膀的。我几乎放松下来了。老头和老太却连窗户都不敢接近，盯着老杨背影，等待他转身。

回去路上，雨停了。老杨顺路拐进一个工棚，让施工人员准备些堵漏材料，天好就要把阁楼上的漏洞堵掉，把磨损的电线换掉。

我看着他弓腰上楼回家的背影，想起女孩贴在妈妈画像下面的那只鸽子。

“你知道吗？有时白鸽也会被误认为鬼的。”

“嘘！你这个人就是说不听，叫你小声点小声点，爸爸在休息。”

“这是你的暑假作业吗？”

“傻瓜才在暑假开始就做作业。”

女孩又在画白鸽。一看就有病。脚边点点滴滴还没上色，估计是血迹。

“人家画的白鸽总是丰满健康，为什么你的却不死即伤？”

“外表一定是真的吗？”

“不是。”

“真的一定看的出来吗？”

“不一定。”

我还是坐在老位置上，女孩仍在画画，有时我甚至认为时间错乱，这是第一次还是最后一次？我面前放了一杯凉白开，天很热，外面没有一点风。我喝一口水，汗就从背心上渗出。女孩瘦，宽大汗衫并不挺括地套在身上，隔着一层空气。她也想不到开电风扇。

午睡时刻，胃里集中本应参与思考的血液。我脑子开始迟钝。主卧室门紧闭着。

“咯吱、咯吱”，支撑我的头的右手抖了一下，脑袋往下一沉。女孩正在打开我为她买的二十四色蜡笔盒。我没有惊动她。

“咯吱、咯吱、咯吱”，越来越清晰的声音传来，我四下找寻。很快，声源被我定位在主卧室。

当着女孩的面，我只能说：“你爸起来了。”

“没有。”

“似乎卧室里有动静了。”

女孩头都没有抬，“我说没有就没有。”

我微微转过头，“那就是闹鬼了。”

女孩把头转向了画像，手里抓紧了一支红色铅笔。

这是七月底的炎热中午，老式三五牌台钟无聊地发出单调节奏，但是，单调的声音顽固地把无形发条拧得越来越紧。女孩开始东张西望。我更加细心地观察，有种说不出的感觉，房间

就像一个黑洞，我们都在竭力躲避。

“我问你个脑筋急转弯。你同学小明的白鸽在你另外一个同学小玲家生了一个蛋，请问应该是谁的蛋？”

“那还不就是白鸽的蛋吗！”

我想表扬一下她的聪明，可冲她满不在乎的样子，我把话压了下去。我又注意到她的画上。

这是张一只大鸽子和一只小鸽子紧紧依偎的画。大鸽子卧在沙地里，扑腾开来的翅膀上点点鲜血滴下。小鸽子在大鸽子翅膀内，高仰着头，张嘴呼唤着。

“你的画让人不是太舒服。”

“我画得还不行。”她摇摇头，“伤病的痛苦就是画不准。”

“那是你还没有切身体会。”

“咔嚓！”她把一支红铅笔插进画中小鸽子胸口。红色铅芯和木头碎屑放射状铺满小鸽子整个身体。

我惊讶地看着她发抖的手、苍白的脸，听到她喉咙口拉风箱般的呼呼声。

“妈妈只剩下这么一点点，就这一点点。”刚才的铅笔屑，现在被滴下的泪水，渲染成一滩玫红。

“我被带出教室时，太阳光把双眼晃得一时睁不开。我就在想，阳光灿烂的日子里，怎么可能发生什么不好的事情呢？虽然刚才教导主任神情奇怪地对班主任说了几句话，我还是存着不是最坏结果的幻想。”

我认真地听一个十几岁女孩说话，却似乎比我还沧桑。

“已经认不出妈妈这个人了。他们把我推向她的时候，我居然有些抗拒。她失去了形状，一堆骨头拱起白色床单，床单起伏让我想起沙漠。”

我眼前也出现沙漠景象，只不过更为突出的是那些风化的动物尸骨。

“但是，当我在他们再三要求下，轻轻喊了一声‘妈妈’后，妈妈睁开了眼，她那双大眼睛占据了脸的大半。看到我后，她的眼里充满了泪水，就是落不下来。她嘴唇轻轻蠕动，我就猜是叫我小名。可我就是没有泪水。”

女孩现在眼里充满泪水。“妈妈其实并没有喊我的名字。她没有。她反复在说一个字：痛！他们轮流跟她打招呼，她紧闭双眼摇头挣扎。然后，护士给她打了最后一针。突然，一片红润飞上她苍白的脸，生机浮上来。她睁开眼，伸出手来握我搭在床边的手。但是，这个过程走到一半就结束，死灰在瞬间笼罩她全身。爸爸把我眼睛按住。等我睁开眼，白色沙漠完全覆盖她。”

女孩妈妈的相片端庄丰润，眼里带着宁静和希望，望不见痛苦和煎熬。似乎她的脸扭曲了一下，对过房门开了，光影抖动。

老杨一手提着裤子，一手把门带上。女孩扭头进了自己房间。老杨看了看桌上的画，把皮带扎得更紧些。

娄江河水一路向东。沿河居民世代做着水上生意。在与国道的交叉口上，有一块凸起的三角地，一面临街，两面临水。上面有三家人家，分别开着面馆、杂货店和土菜馆。从上个月开始，他们都不交电费了。有个消息像病毒般传播开来。“三角地将要削掉，使娄江水不再蜿蜒而下。”

我和老杨骑车到面馆时，最后一批货车司机刚刚离开。场地上的扬尘还未落地，我感觉前景一片迷蒙。倒是老杨笃悠悠地东晃西晃，没有具体目标。

杂货店老板是箍桶匠，坐在门口干活，顾客跨过他的浴盆或者马桶，取走所需物品，感觉都是他手工制作出来似的。小刨子来回在平直的木板上细磨，木板就显出弯势。

老杨问箍桶匠：“一直拖下去？”

箍桶匠此时换了砂皮，在浴盆盆沿上，温吞地扫来扫去。

“好，你们拖下去我也管不着。不过电费总要交吧。”老杨拍拍我肩膀：“我兄弟靠这吃饭呢。”

箍桶匠指指土菜馆，“你们去问问他，他要答应，我们两家没问题。”说完，他把砂皮对折一下，换一面继续磨。

腥味顺着冲刷地砖的水向四面扩散，门窗全都敞开，知了叫声催干桌上的油渍和水渍。屋里找不到人。我推开后门，眼前正是娄江拐弯的冲积地，也是自然形成的饭店后院。我盯着行驶中的拖轮，感觉自己正在渐渐后退。把眼光收回、放宽，水道、拖轮、防护林，才又恢复正常。

老杨警觉地朝岸边的简易工棚走去。工棚发出的声音，奇怪而压抑。

女孩向鸽子插进去的情节实在太暴力。现实中鸽子的死，更残忍。透过工棚缝隙，雾气和油渍裹牢的白炽灯，只能发出一半功率的昏光。一只手紧握鸽子脖子，鸽子张开翅膀和双脚拼命扑腾，不到半分钟，鸽子挺直了脚、垂下了翅膀。老板脚下铁丝框里一堆死鸽子，都像睡着了。没有一滴血。

饭店老板并没有停手，空出一只手抓了一根烟扔给老杨。另一只手他又伸手去捉，活鸽子紧紧挤在笼子的远角，“咕、咕、咕”的声音像在放哀乐。

“都说水总要往东流，但也不能直通无碍吧。老天爷设计了这么个弯，你们要去裁直，脑子坏了。”

他是一个文弱的人，手上有了鸽子，才显出血腥。这是一个天然休憩地，东西往来车辆，顺手一拐，就进得来。水要往东，虽然不可阻挡，但河道曲折自有道理，最终落到小老百姓头上，就是天时地利。

很久以前，这里就有一个驿站。传说驿站里曾经有块御碑，碑虽早已轶失，但有些内容口口相传下来。比如说规定驿站必须建设配套设施。那些设施与现在的三个店也差不多，无非是提供实惠饮食和生活必需品。只是现在交通更加便利，以前客栈、旅社自然消退了。

日出日落，似乎一切都这么简单和顺当。抹掉三个店很简单，甚至拉直河道，改变千百年来娄江走向也很简单。但是有些东西失去了就再回不来了。饭店老板左手用力一捏鸽子头颈，右手把烟蒂弹出窗户，落进娄江。

他转过头，盯着我们俩。“我知道可能自己的抗争最终不会起什么作用。”他夸张地举起鸽子，死了的鸽子在他手上晃晃悠悠。“但是，没有坚持到最后一刻，我们就有胜利的希望。”

我和老杨站在蒸笼似的棚子里，身子燥热，期待娄江上吹来凉风。可是没有，一点风都没有。等待拆迁的三家店老板，也在等待。

等待是一种煎熬。

我转身走出棚子。那两家店的两个老板在不远处看着我们。箍桶匠放下了砂皮，面店老板解下了围裙。

老杨跟出来，抹了一下额头上的汗，“我把工地上的弟兄们喊过来吧。”

他的口气软软的，就像嘴上叼着的那根湿湿的烟。

我们都在哀悼鸽子。我脑子里盘来盘去就是这句话。

“干脆利落地死，病痛困扰地活。你选哪种?”

老杨吧嗒几下，把烟点透。“大家都知道折磨的痛苦，但只要有一线希望，就会拼命求生。所以，你这个问题不能简单回答。因人而异，人在不同阶段回答也会不一样。”

老杨看到我的目光一直没有离开，轻轻低下头说：“如果真要我选择，我选择前者，倒不是我不怕死，而是我领教过病痛折磨的全过程。”

我拍拍老杨的肩：“不要让你的兄弟来了。这里的事情，再考核我、处罚我，我也不管了。”

“你来这么早干嘛?”

女孩的语气已远不如夏天生硬，甚至有点戏谑的味道。

“你爸爸不会又在睡觉吧。”

“你说呢?”

“看你这样的嗓门，他肯定早就起来了。”

“错!”女孩这个字像一颗子弹射出，瞬间击得我往后一仰。

“那我们还是小点声，不要吵醒他。”我做了个低声的手势。

“无所谓啦。你来肯定有事，正好他也可以起来了。”

窗外银杏叶都已经泛黄，一整条街的黄色在阳光下抖动。

鸽群在房顶之上盘旋，鸽哨尖利的声音，提醒大家冷空气的前锋即将到达。

我抑制住兴奋的心情，吸进去的每一口空气都是清新中带着甜味。那些乱七八糟的杂事，那些风雨中的酷热和冰冷，都将被我抛在脑后。一路上，似乎每个人都带着微笑，都在对我点头。我设想遇到老杨的情景，还有这个女孩，总之，他们都会高兴起来。

可是，女孩对我的事情，并没有表示高兴，却也没有感到不好。可能她还不懂。我在动脑筋，怎么跟她说明内勤比外勤来得高档。

“比如说鸽子吧，公园里的鸽子足不出户接受喂食，而信鸽一天要飞几百公里还要觅食，哪种鸽子生活更舒服?”

“那自由呢?要我在自由和舒服之间选择，我更愿意选择自由。”

“绝对的自由是没有的。它只存在于我们的想象中。”

女孩扫了一眼主卧室的门。眼神回过来的时候，又扫了扫墙上的照片。

“人死了以后就什么都没有了吧?”

“唯物主义是这样认为的。”

“那多可怕啊。出生前的世界一片漆黑，死后的世界永远黑暗。”

“所以好多宗教都提出今世修行，修炼到位，就可以灵魂永生。”

“我做了一个梦。梦见我妈妈了。”

“你想念她了。”

“她是好人，所以她的灵魂并没有死。她要我照顾好爸爸。我觉得自己一直做不好。突然有一天，一只小白鸽飞到这个窗台，它侧脸看我，我也看她。我给它喂玉米，它天天同一时间飞来。我们成了好朋友。但是，有一次，我想去抚摸一下它的羽毛，它却惊恐地逃离，从此不再回来。”

“鸽子本性就胆小。”

“我由此想到，其实我们都是鸽子。爸爸是孤独的信鸽，妈妈是因病而亡的鸽子。我呢？就是那只惊恐的小白鸽，什么都不信任，什么都不敢做。小白鸽为什么要干涉信鸽的生活？它本来就已经很孤独了。”说着说着，女孩的眼泪落在餐桌上，她用手指反复捻这些小泪滴。

“你爸爸妈妈都是善良的鸽子。”

“小白鸽希望信鸽带来春天的好消息，带它一起成长。”

主卧室门一直没有打开，里面没有一点动静。但是，我已经不认为这是一个黑洞了，而是一个磁场，穿透并且吸引着我们的内心。

突然，大门却被钥匙打开了。一个小男孩拎着一袋油条、几袋牛奶，轻手轻脚走进来，把零钱交给女孩，然后把油条一根根摆放到餐桌上的瓷盘里。

女孩对他说：“把牛奶温一温。吃好就做功课。”

男孩对她做了个鬼脸。

我转脸看见那张相片下面，一束菊花黄得耀眼。

夹　弄

下塘是沿着娄江一直往前的窄街，到酒厂就断了头。我很想知道绕过酒厂后的街是不是还叫下塘，不在我抄表范围里，问多了反而不好。

那天早晨，我在张小毛店门口停好自行车，走上这条单向街。春天的单行道让我想起梦里无尽的旅途，特别飘了细雨，更有了前路难行的感慨。走到一半，雨丝就飘了起来。我穿上雨衣后，耳边放大了自己脚步声，以至于左手河里的动静一无所知。我最讨厌这样的格局，一只只表抄过去，到酒厂碰壁回转，只能空手晃回来。什么圆圈形、马蹄形等等想都不要想，职业病一般都是神经质。在一家家“转场”的间隙，我居然想，要是河边每棵垂杨柳上都挂块电表，那该多圆满。在深深备弄里进进出出，我烦透了。

又是一条备弄，我只能在黑暗中摸索。电筒光总找不到电表的方向，沿着杂乱黑色电线仔细寻找，一些秘密暴露在眼前。两股细细花线隐藏在粗大黑线后面，像蛇一般缠绕，在电表前把电流引到需要的地方去。这并不是我要管的事，记录在案，自有专职来查。探求真相和侦查破案的本能促使我放弃本职工作。于是，我抛弃黑线，随着花线，低头、侧身、转弯、推门。那是一间再普通不过的客堂了，一张八仙桌，几只方凳，碗橱和灶具堵住厢房的后门。花线消失在碗橱后面。再重要的检查，不经过主人同意无论如何也不可进厢房。

电筒在碗橱和厢房后门间隙里上下打量，就像射进黑暗夜空一样，微弱的光被完全吸收。一阵强劲有力的步伐响起，我连忙直起身，回头看，不料雨衣遮住头部。等我掀开雨衣，军绿色军装在门口一闪，漆黑备弄里响起整齐的“嚓嚓嚓”声。

我坐到张小毛店里，他扔来一支黄红梅。见我有点嫌蹩脚，手指指点点：“你看这些、那些，品牌是不错，但都是假货，有什么意思？我只吸正宗的。”

有个中年妇女来敲窗，张小毛移开玻璃。细眉细眼的女人朝两边看看，“我这里有几条烟，你广告牌上说收这烟。”

张小毛慢吞吞把一块黑色绒布铺在玻璃柜台上，拿出一大一小两个放大镜。朝女人身后左右望望，朝里屋叫了一声：“有人卖软中华，拿激光器来验验。”

张小毛老婆一边在围裙上擦手，一边低头开始找东西。她在柜台下面找了一会，才取出订书机般的激光器。张小毛接过香烟，先验激光标记，再仔细看封条，封条竖着看，烟的下半身落在柜台下。看了半天，又看另一端的封条。我坐在离这对双簧夫妻后面三尺远，他们每个动作全部落入我眼睛。

张小毛调转香烟的时候，左手不松，把整条烟压到柜台下。右手抓住他老婆从下面递给他的烟，双手在绒布后漂亮地来个交叉，然后缓缓提起，烟浮出柜台后，轻轻松开左手，细眉女人的烟落到老婆手里。如此几番，柜台上全变成张小毛的烟。

张小毛撣撣台布上的灰尘。他老婆轻咤一声："要死，炉子上还炖着腌笃鲜。"转身飘进灶屋间。

他轻声细语地告诉细眉女人："不好意思，你的这些烟都是假的。"

"不可能！这都是人家送的。"女人一急就出卖别人。

"我见多了，人家也是为了省成本。"

张小毛随手拿起一条烟，指尖在烟壳上滑动，五个手指都游动的时候，烟变成了艺术品。"你看，这里应该有镭射暗标，这里的封条应该是双股塑料线，那里……"

"这些烟肯定不会有问题！你在瞎说。"女人五官皱拢，像愤怒的猫。

张小毛仍然慢条斯理："我不完全确定是假烟，但这些迹象告诉我，不能收下烟。”

“你做了手脚!”女人顿了顿，索性说穿。“这些烟不是一个人送的，好几个人送的烟都有同样问题？世界上做假烟的难道就一家?”

女人突然笑了起来，声音尖利但有所控制，“我看这个造假的，就是你。”

张小毛也跟着笑起来，“大姐不愧市面上跑跑的，大家不吃亏，我付个平均数，你看怎样?”

女人跟张小毛讨价还价，最终以市场价六五折成交。她临走把柜台上两瓶古越龙山顺走，脸上这才五官归了位。

张小毛收起假烟，又放进柜台下的纸箱。雨点飘进来，他随手关了窗。一股腌笃鲜的香味在店里游荡。我问他为什么那女人肯低价出手。他笑了笑，又扔了根黄红梅给我。“她的烟来路不正，吃不准是不是假烟。怪我老婆手太狠，如果先收下两条，再退回，她就肯定认账。”

一身绿军装在窗口一闪，我心里一动，赶忙伸长头颈朝外面看。只听得几声“嚓嚓嚓”。我刚想开口问，腌笃鲜就盛了上来。胭脂店夫妻午饭上来了，我连忙撤退，在他俩热情邀请中快速走开。

雨天故事仍在继续。我一出胭脂店，习惯性地摸了摸挎包，身体一怔，计算器不见了。第一反应，大声呼叫张小毛，两人手拿筷子钻出来，紧张地问什么事情。

我甚至连从未去过的灶屋也检查了一遍，张小毛倒是帮着翻东翻西，他老婆渐渐虎起脸，碗盆叮当作响。“你是不是落在刚才抄表的什么地方了？”我仔细回忆，黑暗备弄里的花线事件，渐渐浮出脑海。

其实从一开始，我就认定计算器肯定找不回。之后的一切行动，只不过在证明我最初的判断。空气里有股莫名的潮气，这样的味道统治着无形世界。爱与忧伤最容易在潮气里发酵。从张小毛店里出来，上桥，下桥，左拐。当我再次踏上这条单行街时，正好午饭时间，雨虽然没有早上大，但是更细更密，整条街都笼罩在雾气里。街上非常安静，闻不到一丝饭菜香味。这样不食人间烟火的样子，我有点诧异。要不是旁边娄江河水哗哗流，我还以为走错路了。

接着，备弄里的一个重要变化，让我惊得手电差点掉了。花线没了。颤抖的电筒光斑沿着黑线游走，却再不见花线踪迹。我只对张小毛说了这个事情，我俩一直在一起，他不可能跑过来把偷电证据移除。

更要命的是，我找不到那间客堂了，两小时前，简单地转个身，推开一扇门，就来到客厅上。但是，门没有。漆黑备弄的顶端，往左是 17 号，往右是 18 号，中间没有分岔。

我饿着肚子，在备弄里像狗一样来回奔跑，嗅吸可疑的地方。冷静下来后，我用电筒敲打墙面的每一尺距离。没有空心或者木质声音迹象，均一砖墙无疑。与此同时，我已经忘记回来为着找计算器。

备弄安静得依稀能辨出雨落在娄江河的声音。突然，“嘎嘎”两声。我回头一看，右侧的18号门开了，一条身影从门里闪出，直往对门而去。门在身影后快速合上，仅一两秒的黑暗沉默，17号的门被推开，光线照到那个身影瞬间，我看到了绿军装，绿军帽。这次最突出的印象是，军装曲线鲜明，尤其胸部高高耸起。

17号大门用白铁皮包过，铆钉别扭地在门上打了两个方框，框里铆了“福”、“财”两个字。沉重的门背后，是一排排水池。两只狼狗发出低吼，两条铁链绷成一个V字型，我在V的开口处看到了水池的颜色。有黄有红，还有黑与白。那是挤满每格水池游泳的金鱼。

“喜欢金鱼吗?”虽然有心理准备，但是当绿军装正式出现在我面前时，我一下子觉得脸很熟。不可能熟的话，那么就是什么地方出了问题。她双手戴着白手套，撑开一把黑伞，伞下面最显眼的是那顶军帽。似乎不是正规样式，松松垮垮地出现多个棱角，正面钉了一个五角星。

一个五角星，几乎让我断定这个女人精神有问题。她见我不答话，就自言自语：“下雨了，出门要带伞。”

但是，她并没有带上伞，而是收起轻轻放在墙角，光这个举动就让我疑心。“喔呦呦。”她像第一次看到那么多鱼的样子，叫着人心都软了。两条狼狗转过头去，似乎不愿意看到她腻人的样子。她几根花白头发从帽子里钻出来，扫到粉白与黄皮肤交接的地方，年龄又成了一个谜。

她把手伸进水泥池，双手捧出一条特大号的红狮，隔着池子轻声说：“年轻人，你知道吗？鱼的记忆只有七秒钟。无论幸福或者灾难，过了七秒，它又开始平静生活。”

我不知道鱼的记忆到底有多久，只是由她说出口，总感觉在暗示什么。她手一放，大红狮跃入池中，混进鱼群，转眼消失。她从拎包里拿出一条白手绢，轻轻一擦，手一拍：“好了，我们走吧。”

走？到哪里去？跟她一起走？怎么可能！但是，当她转到我跟前，白手帕在我眼前一挥，“走吧！”我居然自觉自愿地跟着她迈开了腿。推开 17 号门的时候，对面没了门，18 号不见了。但是，我一心想跟着她，没有时间细细研究。

穿出备弄来到街上，雨雾盖住一切。好在绿军装还容易辨别，她保持一种姿态向前，类似军人正步走，却夹杂女性韵味在里面。我在整齐的“嚓嚓”声中，不自觉地规整了自己的步伐。那是一种发自内心的感动，虽然仍夹杂恐惧和疑惑。她是一个辐射源，离她越近，我们步伐越一致，内心的激荡越激烈，反之不安就占上风。

突然，前面似乎出现一个影子，她猛地嘴里急急喊着听不懂的口令，加速超前追去。追上去之前，她回头对我一笑，我一瞬间把她和卖烟的细眉女人联系在一起。不是相像，简直是同一个人。

没过多久她就消失在雾里。脱离了她的辐射，我如同梦中醒来。街上安静无声，更没有一个人影。怪异的雾总在我身边围绕，总也走不出。明明是单行的街道，过一会儿，又回到老地方。

也不知道走了多长时间，兜了多少圈。那个斑驳的金山石柱子，我已经看到很多次了，每次看到，绝望的心就往下沉一沉。难道我就在这里永远走不出去了？我开始呼叫，街边一扇扇窗里，寂寞无声。整条街正在死去。突然，我想到了光，有了光就有希望。电筒的光开始很白，后来变黄，到最后只剩红红的一点。但是，就是这一点点光，让我不再兜圈子，我总是让河流的声音出现在我的右侧。而之前，娄江的声音在我的四周出现，令我迷乱。

第一个闯入我视线的是一个挑着菜担的老太，她头上青花布包头，差点让我眼泪掉落。我默默侧身让路，卖完菜的担子不是很重，在老太肩头舒服地呻吟着。我望着老太在街上走远，想着刚才擦肩而过时，她抬头望了我一眼。她们都长了一样的脸、一样的眼眉！

雨还在下，雾消失了，天色亮得让空气都透明。我这才发现，遇见老太的位置就在桥堍，张小毛的店就在对过。张小毛老婆见到我，显出一脸不满。张小毛仍然慢条斯理，“还是在这里吃饭吧?”我这才惊奇地发现，张小毛似乎刚刚吃了几口饭。小方桌上，腌笃鲜满满当当，香味扑鼻。我扔掉挎包，奔上桥顶。雨中下塘街，白墙黑瓦，缕缕炊烟。那是我刚才走进的街巷吗？张小毛替我盛了一碗饭。我实在挡不住饭菜诱惑，类似连续两三天没有进食的饥饿感击倒我。张小毛老婆看着我大口吞咽食物样子，脸上露出奇怪表情。她给张小毛使个眼色，趁我大口喝汤的时候，轻轻说了句以为我听不到的话：“他去过‘夹弄’了。”

有时候，我觉得抄表是一件很舒心的事情。单车往来，自由自在。几年下来，城市的角角落落都跑遍了。但是，我从来没有认为这是可能遭遇危险的工作。从张小毛胭脂店回来的当天晚上，我就发烧。验血没有任何病毒感染，单纯高烧。梦里，卖烟女人、绿军装女人和卖菜老太互换角色。金鱼跳出水池，傲慢看管豢养的一群群狼狗。

每当我在弄堂或者备弄里迷路，这三个女人在不同弄堂里出现，给我提醒，但是我还是一步一步走到了娄江里。这时，我才感觉原来这个季节的河水还是这么冰冷。我努力脱离河道，当头阳光照射得我大汗淋漓。就这样，水上、水下，冰冷、燥热，反复交替。

有一阵子，觉得自己身体轻了，可以飘起来了，又可以反转身体看自己了。然后，加速离开身体。我是不是要死了？远处出现一点光，越来越亮，我正加速飞向它。我无法控制自己。沿路都是我熟悉的街巷，我在那里穿梭的影子，越来越模糊，越来越大，最终覆盖了整个城市。但是，那个光点消失了，我在漆黑世界里失去方向，扑倒在昏沉沉的现实世界里。

在床上躺了十天，身体还是虚弱。班长让我暂时做做内勤。春天温暖午后太阳晒得我昏昏沉沉，突然一阵吵闹声让我一个激灵。看惯了营业厅里为了鸡毛蒜皮小事而大吵大闹，我把领子竖起来，蜷紧身体缩在椅子里。一根花线！我昏沉沉的头脑注入了兴奋剂。索性拉开窗户，把头探出去，除了花线，我又看到一张熟悉面孔。细眉细眼女人动作夸张地扯开嗓子说着什么。

那天我从胭脂店吃饱饭回单位，虽然高烧的前兆已经开始，双脚灌铅、手脚发凉，但我还是登记了发现窃电的线索，希望有同事再去那条古怪的备弄，解开我的疑虑。

细眉女人仍在吵吵。柜台工作人员看到我，把我拉到边上，告诉我下塘街最新发生的事情。登记表流转到外勤手上的第二天，他就来到了娄江边。外勤也抄过表，年纪大了，做稽查。胭脂店，必定要进去坐坐的。据说张小毛非常关心我的情况。那是一个无风无雨也没有太阳的阴天，外勤“顺利”进入那条备弄，立刻发现隐藏在粗黑线后的花线。但是，花线并不是消失在厢房里，而是接到了一大片水泥金鱼池的供氧、循环水系统上。他走进院子的时候，细眉女人正在喂食。证据确凿。

“你们脑子有问题啊。我说了多少遍，电是我用的，线不是我接的。”

工作人员再次表示，房东不来的话，只能处罚她。

“我上哪里找她去啊？这几天我跑破了三双鞋了啊！”

“她是谁？”我突然有了说话的冲动。

细眉女人仔细看了看我，确定那种模糊的熟悉感无助于解决问题后，又显出持续抗争的面目。她的叙述拉拉杂杂，缺乏逻辑，但始终围绕一个明确主题，就是她完全没有责任，是无辜的。

整理一下她的话。她从没见过房东。一年前，有人说香港市场金鱼需求量大，价格高，她就和表弟一起寻找合适的场地。下塘街属于城乡结合部，有较大空闲院子，租金合适。他们第一次看到那个院子，出乎意料的整洁，但有种说不出的味道。中介说这样的院子再难找了，房东又答应他们可以使用客厅，饲料、杂物就有地方堆放了。客堂东西厢房，据说住着房东，但是这么多日子下来，没有和房东见过面，她就觉得其实房东不住在厢房。

包括房租、水、电等费用，她都是按照中介的关照，钱塞进信封，在规定日期前放到客堂桌子上。隔天，钱就不见了。她曾再找过中介，问房东的样子，中介笑笑说，其实他也是接电话执行任务，并没有见过房东本人。她又让中介描述房东的声音。中年妇女，带拖腔的普通话，显得比较夸张。有一个细节让她狐疑。房东房源信息比她联系中介的时间只早了一天，似乎这房源专门为她准备。但是随着时间推移，什么都没发生，她也就忘了。

最近，特别春天开始后，一些奇怪现象出现。先是两条狼狗每隔两天就会不认识她，看到她就狂吠。再是金鱼，有时她的身影投射到水中，鱼就迅速四散，而不是聚拢等待喂食。还有声音，特别是细雨蒙蒙的时候，总有皮鞋走路的"嚓嚓嚓"声，但是却难以定位，甚至仔细听却什么也听不到。有一次，她认准了声音出现在备弄里，快步冲向大门，却只看到一个背影。

"一个穿军装、戴军帽的女人?"我脱口而出。

"对，对！虽然追到下塘街也没有看到，但是我非常肯定是个女的。你怎么知道的?"

"我似乎也碰到过。"我只能用"似乎"这个词。

细眉女人重新回到花线问题。现在说什么都有了问题，那对花线提前放到屋檐角，黑胶布绑了两个头，表明有电危险。她表弟拆开，直接搭上设备，机器轰鸣。整洁的院子，房东也有心，刚开始他们就是这么认为的。

中介翻出一年前登记的电话，打过去，号码是空号。她和表弟守在客堂一天一夜，证实了房东不住厢房的推断。下塘街及周边，他们跑遍，也没有任何线索。

最后，细眉女人软了下来，要求从轻处罚。我听他们几个商量了半天，打电话给主任汇报，主任同意按最低标准处罚。

我把这个故事讲给张小毛听的时候，他基本没有任何触动。黄红梅在他手上越烧越短。他把烟一包包扔给客人，迅速数着手上的钱。

“你只看见穿军装的女人，其他看不见的多了。”张小毛把收到的钱装进自制钱盒，大小面额分别放置在不同格子里。他指指下塘街上的弄堂，“里面也有很多格子，我们称为夹弄。有的看得见，有的看不见。有时看得见，有时看不见。”

见我很迷惑的样子，他解释：“就像那个女的，不知什么地方弄来的香烟，要来卖给我。总之，春天花开，时阴时晴，什么人什么怪都出来了。最后，都被水带走了。”

我盯着张小毛的背影，猛然想到，他是不是此地最独特的一个怪呢？

糟鹅

老旧楼房电表一般装在楼梯与一层的夹角里。自行车、破桌椅、旧锅碗等塞成小山。我在黑暗中打开手电，找到落脚点，然后踮脚在不明气味中粗粗读出电表数字，急忙逃出来。外面阳光刺得我睁不开眼，差点撞上一个人。我定了定神。

“卫东啊!”

臃肿的身体随着我的叫声，慢慢转过来。他没有喊我名字，只是双眼不动盯着我看，还是老样子。我忍不住笑出声，在他肥厚的背上重重拍一下，他这才咧开嘴：“嘿嘿。”

卫东住在二楼，我跟他上楼。虽然我有思想准备，但还是被眼前景象惊到。进门到卫东的床，只留一条通道。卫东父母在这条通道里忙碌，我打了个招呼，他们似乎没有听到，不断地从两边堆积如小山的杂物里翻出纸板、报纸、瓶瓶罐罐，扎好，拖到大门口。吸进飞舞的碎纸屑，我不住地打喷嚏，眼泪鼻涕长流。

卫东已经躺倒在床上，看着天花板发呆。我用手掸掸坚硬的床单，轻轻坐到床边。这个房间通向阳台，阳台也同样堆满破烂旧货。延伸到屋里，桌上、椅子被各式垃圾覆盖，散发霉臭味。我一时找不准话题，就问他有没有和小学同学联系，他摇摇头。再问以前街坊邻居的一些情况，他还是摇头。

我又开始打喷嚏。抬头、低头的瞬间，五斗橱上几个广口大玻璃雪花膏瓶吸引住我目光。瓶里装满水，一个个蛋浮在水里，像正在孕育的胚胎。

“是咸鸭蛋吧？”

“是的。”

“直接用盐水腌制能行吗？”

“怎么不行？这里学问大了。”卫东已经走到我背后，他说话声音变大变清晰，吓我一跳。我回头，注意到他本来木讷的眼神里有什么被点亮了。接下来，他详细说为什么放弃黄泥腌制、酱渍法和腌渍法，而用方便快速的盐水法。嵌在厚眼皮当中的细小双眼，诡秘地一眨。

“盐水腌制，容易控制。吃不准，可以随时取出来尝尝。”

“现在可以吃了？”问这话时，我唾沫分泌增多。

卫东转身爬上床，在巩俐大头像日历上仔细查找、数数，然后告诉我腌制才一个月，要再过半个月才最佳。可随后他趴在床上，回头对我认真地说：“不过，尝尝也是可以的。”

他父亲把小方桌搬到二楼走廊转角，母亲放好饭菜。一碗炒青菜，一碗家常豆腐，四碗白饭。坐在共用通道边吃饭，我是第一次。楼层居民习以为常，上下楼经过问候很自然：“呦，吃饭啦。”

卫东在煤气炉旁掐算时间。十分钟后，火灭，开锅盖，蒸汽弥漫小屋。卫东一块纱布托牢青边碗，还没到眼前葱香、麻油香已四散。“三色蒸蛋！”两位老人朝当中看看，默默拿起碗，快速地吃饭、吃菜，就是不去动那盘蒸蛋。卫东等蒸蛋稍稍冷却，快速将碗倒扣在白瓷碟里，沉淀在碗底的鲜蛋液，如今变成一顶黄色帽子。乱刀切碎的咸鸭蛋和皮蛋形成一个敦实底部。一根丝线，飞快地切割着蛋的小丘。卫东各给我们夹两块在碗里，他父亲连连摆手：“同学吃，同学先吃。”

印章般的蛋块，黄、黑、白色泽清晰，线条粗放。三种蛋此时已融为一体。入口的一瞬间，咸蛋白的咸香混入麻油，变得硬香。原本肥糯的咸蛋黄被挤进鲜蛋液里，更加鲜咸、滑嫩。我用蒸蛋下饭，把一碗白饭改造得色彩丰富、味道醇厚。我突然捕捉到一些细微的更鲜美的元素，一点接一点地刺激味蕾，想要找寻，却转瞬而逝。

我在半透明蛋块里翻来挑去，似乎看见了一点暗红。“我放了火腿屑。”卫东平静地解释。“单位里手脚大，切下来的细屑都扔掉。我收集起来，家里做个汤、炖个蛋什么的，撒一点吊吊鲜。”

这个北方家庭突然出现在老街上的时候，我小学三年级。谁都没有想到他们会留下来。卫东父亲在老街街角搭个棚烘山芋，他妈妈在边上搭个手，顺便收旧货。卫东负责把收来的东西搞平，不管是纸板还是铁罐。他们几乎不说话，默默做着自己的事情。叮当、叮当的敲击声传出去很远，老街居民认定这是老实的穷困人家。一个阶段后，街角的棚子装上了门。烘山芋改成爆米花，摊头移到街对过，天天呼呼声和叮当声交织。卫东家稳稳占据老街两个角。

老街上终于有人坐不住了。街道来人三下五除二，把两处棚子都拆个干净。几天里，没了平日声响。

一天清晨，我还在做梦，就传来拖拉机沉闷的轰鸣声。拖拉机久久不开过去，我烦躁地冲出老宅看个究竟。街对过，卫东咧嘴对我笑。他负责把机器吐出来的“米棍”断成一小段一小段，放入张三李四家带来的桶、罐、盆里。他父亲操作柴油发动机，旁边围了几个爆米花小贩，讨教转行窍门。他母亲收钱、配料。一家人在岁末的朝阳里，汗水涔涔。

卫东一家重回老街的方式独特却有奇效。随之而来的，他们租到了大杂院里的一间公房。虽然“米棍”机在春节后就不再吃香，但是卫东父亲又摆上了油炸臭豆腐摊、大饼摊、豆浆摊等等，总之，他们家都做吃的，顺手收收破烂。不知不觉中，老街人离不开卫东家的食物了。

卫东坐在我前面的位置，他的功课几乎全都不及格。老师让我帮助他，我就常常以此为借口到大杂院去玩。有好吃的，我才进卫东家。卫东每次给我家里吃不到的东西，我吃得开心就给他讲讲功课。

天气刚火辣辣热起来。有一次放学后，我俩一起回到他家，肚子有点饿。他打开碗橱，从最上层拿出一个磁茶缸，在我面前掀开，一股酒香飘出来。他用手指夹了一片东西给我，我直接用嘴接住，顿时，鲜味在我嘴里泛滥，仔细一嚼，脆脆的，比猪肚薄，在浓烈的香、醇厚的肥之外，回味中还有那么一点点臭臭的味道。他也吃了一块，显然在品味。

“糟的时间还不够。”

“这是什么东西啊？味道有点怪，但真是好吃。”

“用酒糟做的猪大肠，夏天吃清淡却杀口。”

我动足小脑筋，拿出牌做游戏，算二十四点，赢一局，吃一片大肠，输的没有吃。不出意料地，一茶缸糟货几乎都落入我肚子。

童年对美食的记忆，糟大肠绝对名列前茅。吃完三色蒸蛋后，我怀念的吃食里又多了一道菜，自然朴实又具个性。抄表岁月简单无聊，碰上卫东不仅重拾友情，还让鲜味复活。于是，很长一段时间，我们经常混在一起。

小学毕业，卫东几乎没读初中，就忙着替父母拉货、看摊。他的才能在做菜上慢慢体现出来。大杂院里喷香喷香的味道，定是来自卫东家小屋。我吃厌了外婆的“老三样”，就去卫东家蹭饭。那时，他已经掌勺。同样炒苋菜、炖白菜、红烧肉，卫东做的就是有不一样的味道。比如红烧肉，他会先把肉放进锅里煸炒至出油、金黄；炖白菜，即使没有肉，他也会放些油渣，甚至肉皮进去。看他烧菜，过程也有味道。

老街拆迁。卫东家没要新房，去了城东老新村。我们搬去了城南，新村整洁，不许摆摊。朋友就是这样，在一起，关系不断；离开久了，渐渐失联。少言寡语、成绩不好、会做菜的卫东消失了。吃完三色蒸蛋，我记住了他家地址，我刚有一个数字 BP 机，而卫东家什么都没有，电视还是九英寸黑白机，在屏幕前放了一块放大玻璃。

与我预料相差无几的是，卫东的确做了厨师。不是饭店、菜馆厨师，而是工厂食堂厨师，那家厂正好也在我抄表范围内。过不多久，我抄到那家厂，问了电工，摸到食堂找卫东。

一条队伍从打饭窗口排到门口。我刚往前挤几步，后面声音响了起来：“喂，喂，排队啊。”

我连忙退回队伍最后，问前面拿着钢精锅的中年男人排队买什么。他说买糟鹅，同时表现出既骄傲又对我有敌意的样子：“这鹅是我们食堂烧的，味道呱呱叫。现在，社会上的人也都来买，我们有时反而买不到。”

我显然就是社会上的人。食堂里人太多，一时不知怎么找卫东，我就索性排在中年男人后面。他警惕地看着一个人拎着三只鹅挤出食堂。“看看，看看，我说要规定每个人最多只能买一只的吧。社会上的人一买就是好几只，这是抢占我们福利呢。”

排在他前面的几个职工随即附和，说着说着就讲到糟鹅价格、门卫管理、工资奖金、厂领导腐败等等。但是糟鹅一到手，马上闭嘴匆匆离开。

排到前面，我笑了，切糟鹅的正是卫东。浆汁飞溅的时候，我闻到了熟悉的气息。我的童年向我飞来，不可阻挡。

“要雌爿还是雄爿？”卫东戴口罩的声音更加嗡声嗡气。

中年男人要了雌爿。卫东把一条长长的鹅颈连鹅头搭给他。他付钱的时候对卫东说：“啤酒配你烧的鹅颈鹅头，不要太灵光啊！”

卫东看到我，有点惊讶，动作变迟缓。我主动说：“来个雄爿。”

食堂安静下来时，天几乎要黑了。不知不觉中，桂花香就飘了出来，蟋蟀不停地欢唱，陶醉在这花香里。卫东端上一盘干切牛肉、一碟油炸花生米，我把塑料袋里切好的半只鹅倒在一只椭圆红花盘里。啤酒是从小餐厅拿的，是他们领导喜欢的蓝带啤酒。我们互相碰了碰，喝一口酒，就一口鹅肉，谁都没有说话。鹅似乎生来就应该做成糟货，粗纤维肉吸饱汤汁，肥美鲜香。时间仿佛又回到那个夏天，只是我不会再出什么题目为难他，好自己吃独食。

“园林路上有家餐厅想让我过去，工资待遇是这里的三倍。”

“这个事情你要自己拿主意。”我顿了一下，接着说：“如果换我，我应该会过去。”

围绕这个主题，我俩居然拉拉扯扯说到了深夜。下中班的工人从澡堂出来，路过食堂，大声关照卫东：“明天多烧几只鹅，我们班长调走，大家聚聚欢送他。”

卫东发亮的眼神跟随了那帮工人很久。稳定的饭碗、熟悉的环境和人，让他纠结。

点火，烫锅，刷油，卫东把冷饭放进去翻炒。炉火映红了他的脸，越发显得肥大。他没有用蛋，临出锅时，从橱柜最里面拿出一个脏兮兮的酱油瓶，勾了一小勺入饭。饭整个就变了。油亮的酱油炒饭，没有其他内容，但咸中带鲜，鲜里有甜。

我们在厂门口分手，我向东，他向西。各自骑出十几米，卫东突然回头对我嚷了一句：“炒饭里放的是头抽。”当时我并不知道什么叫头抽，甚至对不上哪两个字。糊里糊涂感觉应该是好东西，就举起左手对他挥了几下。

中秋节快到的时候，苏式月饼突然销不动了，咬一口就扑簌簌往下掉馅和酥皮，甜得发腻的味道，大家有点心烦。广式月饼，那是真正的饼，皮扎实，馅紧实，走在街上，两口三口就能消灭，不留痕迹。生活节奏快起来，街巷破墙开店，外地口音潮水般灌入我耳朵。我正在与刚开出一家理发店的东北人核对电量，眼一瞥，大大的“糟鹅”牌子竖在对面一家新开饭店门前。

卫东穿了白色厨师服，戴了高帽子，在大大的玻璃橱窗里切糟鹅。走过的人放慢脚步，忙着打听长长的队伍是怎么回事。黑瘦饭店老板叼根香烟，不厌其烦地说着食堂秘方飞进寻常百姓家的故事。我觉得他说得有点像以前专供部队的午餐肉和压缩饼干，吃了糟鹅似乎就能进到火热车间现场。我对玻璃房里的卫东招招手，他没有看见。他拎起一块手巾，擦了一下汗，继续切。擦汗、切鹅、擦汗……，这样的镜头竟然莫名在任何场合都在我眼前闪现，我几乎怀疑自己眼睛病了。真想抱着卫东哭一场，我们两个机械劳作的囚徒。

但是，这样的想法两周后就没了。那天晚上电视里出现一条社会新闻，国庆节市场供应丰富又充足，特色美食品种繁多，园林路上一家饭店推出时令佳品“糟鹅”，老吃客天天排队抢购。卫东肥胖身体占据画面一大半，背后不时闪现黑瘦老板身影。卫东说的那些话，甚至电视台的采访，充满了油腻铜钱味。这个软广告带来巨大现实效果。一时间，市民以餐桌上一份糟鹅待客来撑面子；一些单位印发敲着饭店和老板名字的“糟鹅票”；一些饭店悄悄试制糟鹅并借用卫东电视采访的话作幌子，亮出四个字：“祖传秘方”。

其实卫东说祖传秘方时，我觉得他有大漏洞。当时，他习惯地用毛巾擦了额角的汗。“我用的配方，是祖上传下来的。十几年前……”他顿了顿，“我尝试用清口的香糟做菜。”在记者追问下，他又挤牙膏般说：

“继承和改良都有吧。”

“是的，我用了特殊配料和方法。哦，配方保密。”

“家常菜烧得好更难。”

这个漏洞在于人们几乎瞬间明白他完全没有根基，都靠自己摸索出来。糟鹅并不难做，效仿的人大胆尝试，毫无禁忌地打出自己的“祖传秘方”。只有我深切体验过卫东的“草创作品”，一茶缸糟大肠。

每次经过园林路，我都会缓慢经过那家小饭店。随着气温降低，排队的人越来越少。第一个寒流袭来后，橱窗里一个个不锈钢盘里装满一爿一爿的糟鹅。戴高帽子的卫东傻傻地坐在墙角，毛巾从左手换到右手。老板走进来对卫东说了几句，胖子想要争辩几句，被瘦子坚决打压下去。一块牌子被竖在饭店门口：

“糟鹅特价供应。五折！”五折用红墨汁写，一时蘸得太多，各个笔画都往下滴，红色的泪。

坐在公园长凳上，我拍拍卫东肩膀：“哪能真像贾宝玉那样下雪天嚷嚷着吃糟货呢？反正天冷我是吃不下。”公园的颜色正在发生变化，放眼看去，绿的、黄的、红的，拉伸了树木间的距离。

卫东开始怀想厂里的日子，说了好长一段厂里的好，感觉就像一群热带鱼中的一条，混在里面，随波逐流，轻松自在。我有点后悔当初支持他投靠社会饭店，但是，卫东话锋一转，让我有点吃惊。

“厂里即使再好，我也不会回去。”他摸摸我放在凳子上的电筒和抄表卡，“这是最大的束缚，你现在主要精力都在这上面。”我低头看看这两样东西，隐隐感觉内心刺痛。

“我不会停留在一样菜品上。味道对我来说，就是方向。”

我喜欢吃卫东做的菜，现在，竟然又喜欢上他的腔调。电视采访镜头又浮现在我眼前，这次，却激发出我另外想法。

“上次仅一个电视新闻，全市老百姓就知道了糟鹅和你。要是把你的特色菜和电视传播相结合，你就可以自己做老板了。”

卫东听后并没有什么反应，可能当时还在思考饭碗的事情。等他静下来，认真对待媒体时，已经是一家前卫餐厅厨师长了。厨师长给这个餐厅带去了两道菜：八宝鲫鱼和五件子。电视广告轮番出现这两样菜，卫东操作的片段也播出，现场感十足。老百姓又是一窝蜂，跑去餐厅，就点这两样菜，配个把素菜，有时素菜都不要，吃不了还打包回去。

热播电视剧、精彩体育比赛间隙，这个餐厅的广告如期跟大家见面。地方台直接将中央台和省台广告替换，卫东胖胖的形象坚持不懈地在大众视野出现，渐渐成为知名人士。父母以卫东为例，教育我个人努力很重要。难道你想一辈子抄电表吗？我当然不想，但是，我不会做菜，似乎也不会做生意。

服务员问了我三次，我嗓子不由得大了起来，“你怕我付不起钱吗？”

餐厅老板赶过来，看看我点的菜，挥挥手让服务员去安排。“对不起，她是提醒您，点菜的量大了点，没别的意思。我们这就安排。”

砂锅端上来的时候，我才知道他们真的是好意。特大号砂锅里躺着一只整鸭、一只整鸡、一个蹄髈、一大块火腿以及若干个鸽蛋。虽说这是苏帮名菜，但是从我记事起，从未有过这样丰富的大砂锅。正在我对五件子发呆时，八宝鲫鱼上来了。鲫鱼是普通家庭鲜味的代名词。评话《七侠五义》里，白玉堂最喜欢吃的就是葱烤鲫鱼，肚裆、脊背、头和尾，他都各有吃法。我不怕刺，喜欢吃脊背，紧致鲜美。然而八宝鲫鱼却不是一般做法。特大号鱼盘里的野生鲫鱼肥硕宽大，高高隆起的肚子里名堂不少，用糯米紧紧裹住的，我能分辨出虾仁、冬笋、鸡头米、香菇、鸡肉、豌豆等。八样宝贝都是提鲜吊味的食材，我对着它们却毫无食欲，只是一杯接一杯喝着黄酒。

卫东坐到我对面时，五件子上已经覆盖了一层厚厚油脂，它将冷空气与汤水隔离，砂锅摸上去仍然微微发烫。而八宝鲫鱼完全冷却，凸出死鱼眼瞪着我。与卫东看我的眼神相似。

这两个著名的苏帮菜，我都没有好好品尝。卫东只顾对我说菜如何选料、加工、烹饪，却不注意我有多么不自在。他夹给我的鸡、鸭、鱼等，我都没有理会。我观察到的是他在店里的地位，一群厨师和服务员围着他，从他口中吐出的经验和技术，他们都认真记录，不住点头。他俨然是这里的权威。对我来说，这是一次完全失败的造访，本以为大方点菜、潇洒买单即使不给卫东以冲击，也是对自己安慰。但是，从点菜开始就失败，最终卫东阻止了我付钱，我居然丢盔卸甲、跌跌撞撞地走出了餐厅。太阳正照到我眼睛上，迷糊中我似乎听到卫东说了一句："下次一定提前告诉我，我烧更好的给你吃。"

在这个时间节点上，卫东是成功者。我拿起抄表卡和电筒，迷迷糊糊地笑着对自己说，"这是暂时的，一切都是过程。"

话虽如此，但是我总感觉自己与卫东正在拉大差距。所以餐厅老板因欠下赌债潜逃，餐厅被查封的消息传来，我第一个感觉，竟是轻松。这真让我惭愧。为了弥补我的低俗，我放下一切，寻找卫东。

在贴了封条的餐厅门口，一群服务员和厨师守在那里讨要工资。他们把卫东看作与老板一样的角色，大力声讨，什么“厨霸”、“死胖子”等等脱口而出，“如果让我们遇见他，非把他揍成猪八戒不可。”

摸索到老房子二楼，老夫妻正在捆扎旧货。我问卫东在哪里，他们一个说出门了，一个说里面躺着呢。我沿着窄道搜索半天，连厕所都打开，还是没找到。下到一楼半转角处，卫东父亲说了一句，被我听到。“哎呀，走吧走吧，走了好啊。”我放慢脚步，咂巴其中滋味，没有结果。

寻到卫东老厂，电工们都在谈论此事。“这小子看上去憨，其实精得很。老板逃跑，他不跑，岂不是所有事情都要他来扛?”“有手艺，到哪里都有饭吃。”“这种事，在香港多了去。改天杀个回马枪，保你们目瞪口呆。”

我一直期待这个回马枪。可是，并没有到来，卫东就此消失。开头一年多，我抄表到老房子，总上去打个招呼，后来也就不去了。因为，老夫妻突然搬走了。

邻居看我是工作人员才告诉我，“他们卖光了所有东西，看来不像会回来的样子。”连老人都走了，“走了好”又在我耳边回响。

后来，餐厅被一家电器商城覆盖；老旧楼房被列为危房拆掉了；卫东的老厂改制后，原来的厂长，现在的老板，把厂关掉，把土地卖掉。而我，也终于在多次刷新脑袋里的城市地理概念后，不再抄表。

我一直是个后知后觉的人。直到多年后，一次晚饭后的独自散步，我猛然感觉到，卫东可能并没有离开。他制造了一些假象，然后换一种方式生活。我按他以前的生活规律去寻找，就像在水层里找油，或者油层里找水，跑错了层面。

我开始关注这个城市的餐饮业动向，似乎有了新发现。城市每个角落都有美味新创意，每个创意背后似乎都隐约有个胖子的身影。我认真地像履行职责一样去品尝，但结果都粉碎了幻想。

终于有一天，我一刀插进了想要得到的刀鞘。立夏那天，一家老牌卤菜店突然挂出“糟鹅”大牌子，这个红底金字招牌不仅竖在店门口，还不停地在电视里飘来飘去。结果，这个店整天都在排队。插队、吵架，甚至打架，派出所来人也没用。挤出人群的人就像捧着鸦片，就差眼泪鼻涕纵横了。

我隔着一条街默默地观察。情景重演，只是往日小店换成百年老店。广告里一句话，也露了马脚：“祖传秘方，传承创新”。哪来秘方？都是创新。店里斩鹅、称重、收钱一条龙服务，我看得有点心酸。特别是当我那天早上排到队伍里，一步步接近窗口时，我的眼泪被浓郁的糟香味熏了出来。但是，我告诫自己要克制，味蕾才是辨别的最重要标准。

“糟鹅是你们店自己做的？”

“废话。”

“以前怎么没有呢?”

“二十三块三。下一个。重新开发出来的呗。”

“哪位师傅研发的?”

“当然是我们经理啦。”

很长一段时间，经理的形象一直盘绕在脑子里。据说这是一位女经理，这就更丰富了我孤独夜晚的梦，并设想了多种多套与她见面的场合、对话和互动。固执的我，一直在美妙场景徜徉，待在里面几乎出不来。

我写了一封投诉信，把记忆中的糟鹅味道原原本本写出来，而现在买到的糟鹅根本不是记忆中的味道。我把糟货的特点概括了几点，严厉抨击卤菜店味道任何点都没有达到。为防止达不到效果，最后我写了句：“信一式两份，另一份将寄往报社。”

我坐到经理对面时，才发现她已年过半百，但是保养很好，适度丰腴，细声细语。一开口，我就被绕进她的主观世界里。她不停地说自己的熟菜店怎么与其他店不同，选料、加工、秘方，这里面有一种精神，叫……

“请等等!”我说：“您看上去真年轻。”

经理圆圆的脸霎时粉了起来。她拉出去的话，一下子收了回来。“哪能啊，老太婆了。”不管怎样，面对二十出头的高大小伙子，她语气缓和温柔起来，职业套话消失了。

“您的糟鹅做得真好。”

她眉头皱起来，掩盖住惊讶。

“这味道让我回到童年，想起最初的美食。”

“投诉信是你写的吧？”

“是的。这是要引起您的注意，我有事要见您。”

经理脸色绯红。她小心地、不自然地问：“你费了这么多心思找到我，什么原因呢？”

她一口咬定秘方是整理明清苏式食谱时发现的。我估计她的确在做这个事情，能把食谱名称、编撰作者和年代说得清楚干净，但是我坚信糟鹅与此无关。

“糟鹅只与一个人有关。”

“谁？”

“一个胖子。”

“唉……”

循着经理的线索，我在一周时间里，又找到了售卖八宝鲫鱼、八宝鸭、五件子、八件子等特色菜馆。

“都是一笔头生意。”那些老板对招牌菜十分认可，遗憾的就是这一点。

“人家卖了商品还有售后服务，他们就卖方子，教会了就再不理。”

"现在？找都找不到喽。"

"一招鲜烹饪工作室？或许改名了吧？目前全市登记的培训机构、公司等都查不到。"工商局窗口的小姑娘对熟人介绍来的，总是很细心客气。

我说声谢谢，走出工商局。盛夏烈日将香樟树叶烤焦，我闻到了树木和我共同发出的烟火气。卫东也在这个城市的某个角落呼吸，他足不出户却将自己的想法和对美食的追求传递给大家。只有有心人才能理解他。或许他只是将机会留给能够理解他的人吧。

那么，不再抄表的我，他是否已经考察过了呢？

借阴债

江南冬天，湿冷空气拼命钻进骨头里。我停好自行车，抬头望望上午九点的天空，心里一点点抽紧。云层不停痛苦翻滚，很快就包不住肚子里暴戾的雨雪。天阴得要掉落眼泪出来。

我才开始抄第一家，这个倒霉的差事。不出十家，双手就冻麻木。细小雪花偶尔碰上我的脸，我咬牙加快工作速度。这条街在市中心，马上要拆迁，性急住户搬走的不在少数。想想许多百年老宅从此再不相见，只能留存在记忆里，我心情更加不好。

转进状元弄，车声人声暂时隔开来。实在手僵得厉害，我只能用电筒敲门，并一声声喊："抄表、抄表啦。"声音在弄堂里传出很远，并有回声。老头老太急急将门打开，说着天气寒暄起来。我越走越深，弄堂分割出一条灰白天空，一粒接一粒白点飘向我。

最后一家了。我翻到最后一张抄表卡，正要进去，觉得卡有点异样。用手来回一撮，两张卡粘在一起。背后一张卡，有些异样。仔细看，原来是五年前的老卡，其他卡都换过了，只有这张没换。电表数字也是五年前的。这个地段我抄了快两年，每次走到这里，抄完永远敞开的石库门里的最后一只表，就收工回去。从没有发现过这张旧卡。

卡上的地址是 15 - 1 号。但是最后一家是 15 号，没有边门或后门。吸引我的还有户主的名字：史玉菡。于是，我跨进门去，找那个并不存在的门牌里的那块表。

那是一个多进老宅院。四周静默，第一进院子里一株腊梅吐露芬芳。厅堂被几家分割成厨房，都是冷灶、冷锅，无人无息。穿过天井，来到第二进，风有点起来了，堂屋口挡风布帘"啪啦啪啦"直响。一缸残荷被丢弃在屋檐下，枯萎枝条铁线般挣扎向上，却又折服下垂。掀开布帘，眼睛一下子适应不了，一片黑暗。"有人吗？"我连叫了三声。打开手电，照见一些普通的八仙桌、椅子、碗橱和煤炉。藤椅发出“咯吱”声音的时候，我正准备往第三进走去。接着，一声“没人啊”，把我手里电筒吓落。

一个老妇人从碗橱后面转出来，藤椅上留下一个黄铜汤婆子。我已推开通往天井的长窗，光线射了进来。“不要进去，没人的。”老妇人语气有点急。

“我是抄表的，有一个电表找不到，您知道史玉菡这个人吗？”

老妇人脸上闪过不安，“不要去，没人！”

我走过千家万户，这样的老人见多了，说不定又是一个老年痴呆病人。我对她笑笑，跨进后天井。这个天井与前面任何地方都不同，一样东西都没有。密密麻麻的弹石铺满小院，没有任何生命迹象，最后一间堂屋，长窗紧闭。我敲了敲门，无人应答。雪也大了起来，弹石上点缀了一朵朵梅花。

拉开长窗，满屋金灿灿、红彤彤，把我逼退到天井。在雪花里，我听不见、看不到，只有疑惑的心催促自己。我抱定决心再次踏进堂屋，那是一堆整齐码放的纸扎用品，一盏白炽灯不停释放超乎寻常的光芒，把蜡纸照成油光水滑。在这里，一切都缩小了。房屋、车辆、衣物、财宝等等，一把火，就能陪伴已经进入到另外世界的人。我小心地在宅院、元宝之间前行，虽然灯光热力充足、光照清晰，但是我不觉得比在天井里暖和。

按照工作要求，我一边喊话，一边寻找。但是，电表找不到。我准备离开，似乎一个细细的女声若隐若现。

“表在画像后面……画像后面。”

我身体转了几个三百六十度，都没有发现声音来源，所有纸扎服服帖帖地蹲在供台四周。空荡荡的供台上方，挂着一张盘发髻、穿旗袍年轻女子黑白半身像。远近、左右，我移动身子，女子目光一直盯着我。我爬上供台，双手伸向画像，直到掀起画像，她仍严肃地注视我。电表安置在壁龛内。我剥开灰尘、蛛网，表盘正稳稳转动，没有异样。读取电表数后，我恭敬放回画像，扫过画像的一瞬间，我差点把画像扔掉。黑白变彩色，女子似乎在微笑。我揉揉眼睛，画像仍是最初模样。我定了定神，那个幻觉的微笑里，似乎在告诉我，声音来自于她。

我强装镇定，将电费通知单开出，五年没抄，电量不大也不小。我在那些亮光光的纸扎堆里，选择好摆放通知单的位置，尽量用正常的语调对着画像说：“通知单放这里啦!”

我以最快速度离开这个宅院，却发现根本跑不快。我陷了进去，腿在加速运动，地面却移动缓慢。她在挽留我，我却拼命要挣脱。天井里的雪缓慢堆积，一层白霜覆盖弹石，我几乎走不动。刚推开第二进后门，拉力瞬间消失，害得我往前一个趔趄。一只手扶住我，原本怪异的老妇人，现在变得亲切。

“后面到底怎么回事?”

“我们从不去后面。”

“画像上的女人，还有个女声，是史玉菡吗?”

“阿弥陀佛！不能乱讲不能乱讲。雪大起来，春节到了。”老妇人透过门缝看铁灰般天空，显得忧心忡忡。

我担心的事情终于发生了，那张电费单，一直没有缴费。催欠费成为我心病。我在黑夜里想着怎样在阳光灿烂的白天连闯三进住宅，把催欠单放到供台上。而到了白天，又考虑着晚饭时分去，只需把单子交给第一进下班的邻居。问题是，白天去，仍要面对变化的画像和神秘女声；晚上去，谁愿意替我跑腿，很可能遭遇邻居嘴一撇，“自己去。”我夜里盼白天，白天盼夜里，人变得神情恍惚。那张单子一直在我玻璃台面下压着，不是因为上面数字有点大，我早就自己付清拉倒。这只烫手山芋。

清账日子明天就到，我选在中午十二点出发，并拉上陈胖。他一直说在乡下什么都见过，江湖水鬼、树林狐仙、无头白袍树精等等。他在自行车上单手脱把，兴奋地大声讲那些故事时，我一点没听进去。我感到黑幕正缓缓向我兜来，渐渐连呼吸都急促起来。

经过弄堂口，显然又有几家搬了。掀了顶、倒了墙的住宅，面积一下子缩得很小。很难想象这一小方土地上曾挤了这么多人、家具、物品，一挤就是几年甚至几十年。破败景象更向我心里投下阴影，陈胖却还是呱啦呱啦。声音在弄堂墙壁上反复弹射，我想即使十五号最深处的第三进里的人，也应该听得见。

本该让陈胖进了院子就闭嘴的，这是我不周全。这次，连第二进的老妇人都没出现。陈胖问我是不是都搬迁了，我指着处处流露出的生活细节，不开口。

我们一步一步挨到第三进长窗前。天井里每颗弹石都把脚底磨得发痛，不知什么地方来的风，在狭小空间回旋。陈胖还是拿出平时做派，对着长窗连拍不断，“有人吗？收费了，收费了。”里面静默无声，陈胖看了看单子，把上面的名字念了出来：“史玉菡，缴费！”整个院子除了越来越大的风声，还是没有任何动静。其实，陈胖仅仅骂了一句他的口头禅，长窗突然弹开，窗框包铜折角劈中陈胖面门，他捂脸倒下。我插空瞄了一眼里面，空空荡荡，一样东西都没有。再想寻觅曾经刺向我的眼神，忽然一阵风刮来，窗又紧闭。我再不敢去敲门，扶起陈胖退出院子。

他的房间没有药，只有一股霉变味使我勉强联想到治病。他留着山羊胡，剃着板寸头，白发、白须夹杂其间，透出一种说不清的神秘感。陈胖坐在他对面十分钟不止了，但是他的眼睛还没有睁开。据他的徒弟，刚才收钱的那个尖嘴尖脑的瘦高个说，大师只要睁开眼，诊断就结束，立刻可以开方子。我已经点好钱准备伸出去的那只手犹豫起来。

“介绍我们来的方总可不是这样说的，望闻问切一套都做全，才是这个价格。”

“你误会了，方总跟你那个胖子情况完全不同。病嘛，必须因人而治。”

紧闭的粗布窗帘没拉严，正中露出一道光，射中陈胖的脸。被窗框弹中的淤青还在，但是看得出正在消散。陈胖焦躁不安地等着大师开眼，口水顺着向右下方歪斜的嘴角淌下来，进门刚换的毛巾，现在已经湿透。

陈胖在我搀扶下跌跌撞撞跑出宅院时，还在骂骂咧咧，后来声音越来越轻。来到弄堂里，风声盖过一切，陈胖说不出一句话。他惊恐地看着我，用手指着自己的嘴。我看着他怪异样子，先是笑出声来，渐渐地，笑收了回去，恐惧感布满全身。他的嘴像被一根手指轻轻往下勾住似的，连舌头都转向右下方。这个滑稽表情后来还把一些医生护士逗乐，但是，笑过之后，他们就感到不可思议。CT、化验，没问题。针灸、推拿、偏方等等，都试过了，一点没有好转。一个小护士悄悄对我说，有人用无形指勾着，像是在惩罚他。我不由摸了摸自己的嘴，护士又补充一句：“恐怕是鬼吧。”

好几次，我下意识用手去撩陈胖胸口，想着拍掉那只手，他的嘴就可以弹回。找大师就是我们认定那只手肯定存在，只有大师才能拍掉。每个大师身边总有一批信徒，方总是其中之一。正因为他当初的情况比陈胖严重得多，我们才对大师相信得一塌糊涂。

方总发财前是大街上开水果店的。街拓宽，他只能把小店迁到弄堂口。生意不好，他一直往弄堂里张望。弄堂里老宅多，遇上拆迁，大家族大多摆不平财产分割。天南海北的人来了一批又一批，分到实物的，无法带走，就地销货，把方总的店作为据点。方总看到貌似很值钱的东西三钱不值两钱地处理，自已都觉得伤心。索性以收古旧货物为主，兼卖水果。各式古董就这样从小小水果店流向收藏市场。坐下来，剥个橘子、切个西瓜、削个苹果，或许一桩古董生意就谈成。当弄堂在地图上消失，水果店成为高架桥的一个水泥柱基，方总开发了第一个古玩市场。这个城市的人，大多对文化有点兴趣，喜欢逛逛书店、孵孵书场，邮票、钱币市场已经满足不了他们需求，古玩市场开张正当时。方总事业蒸蒸日上，突然，他病了。有人说晚上起床小便撞鬼，有人说清晨做爱惊魂，总之，除了心跳、呼吸，其他都没了。医生看来看去，说要送植物人病房，亲戚朋友说什么都不接受。

有个古董商请来了大师。大师绕方总走三圈，详细从头看到脚，跳起来急急在一张黄纸上写了符咒般几句话，在方总眼前晃几晃，大喝一声："醒来！"方总立刻跳了起来，一点事都没有，一点事都不知道。家里不放心，为他做了全身体检，非常健康。

我托人找到方总时，他总是重复一句话："要信呐。"手上一串沉香佛珠转得沉稳。

"我信。我们都信。"

陈胖绝望地看着我，我面无表情地想着那句话，信心随着时间的推移渐渐崩塌。但是，一瞬间，我看到大师头上冒出一滴汗。接着，汗一滴一滴直往下掉，全身湿透，大师似乎经历了一场打斗。他缓缓睁开眼睛："你们走吧。"

我们呆在那里，也不敢问为什么。眼看大师湿漉漉的身影就要转向里屋，陈胖用尽全身力气喊出一声鬼一样的嚎叫。大师怔住了，回过身，我才注意到他面如纸灰，虚弱得一根手指就能把他点倒似的。

终于，他叹了口气，拿起毛笔在一张小黄纸上写下几个字，交给我。迅速走进里屋，再不出现。徒弟边请边赶地把我们让出大门。我打开黄纸，上面四个大字：楞伽五圣。大字下面有四个小字：除夕申时。

除夕上午有了落雪迹象。空荡荡的公交车开往郊外，只有三四个乘客。石湖开始大规模翻建，车子在泥泞无人乡间道路上颠簸前行。我望着洁白雪花落入烂泥、落入湖水，想着这个事情如何了结。陈胖差不多已经习惯歪嘴生活，在我身边发出均匀呼噜声。我脚下塑料袋又猛烈动了一下，连驾驶员也在与坑坑洼洼搏斗中转过身，警惕地望了我一眼。下车时，塑料袋又强烈抖动，驾驶员诡秘一笑，调转车头，把我们扔在行春桥边。

行春桥东两只石狮子瘦长而无奈的模样，让我想起老陆迷惑的样子。他是班组里年纪最大的抄表员，不仅上班，连所有业余时间都用在丈量这个城市上。老陆不抽烟，一个塑料茶壶不离身，顶部一按，小嘴跳出来，老陆缓缓吸口水。眼神没有离开过小黄纸，却不说话。被我催得紧，他只是反复求证一句话："除夕上山？时间不对啊。"

老陆皱着眉，疑疑惑惑的，我们已经管不了这么多了。大师的话总要听。老陆与我一起走出茶馆，腊梅的浓香让他想起什么。他关照我除夕带三样活货上山，"敬神总是好的，总是好的。"他对我竖起的三根指头，像插着的三根香。

陈胖用长围巾把半个脸裹起来，跟在我后面，与以前完全不同，小心得不敢踩死一只蚂蚁。一阵大风刮过来，就会把他吓得脸色煞白。望着越来越密的雪，我咬咬牙决定上山，却被陈胖牢牢抓住，他不说话，用手指指天。现在中午十二点模样，大师说的时间还早。

所有店都关门了。湖边小村里，零星响起爆竹声，几个孩子在泥泞的土岗上奔来奔去。我们在村里晃来晃去，一条窄弄里传来“叮当叮当”的敲打声。走近一看，一个壮汉正在自家后院雕琢一块金山石。他抬头看见我们，并没有停手。我注意到这是一只连着石柱的石狮子，样子比行春桥狮子胖，无忧无虑可爱的样子。他正在雕琢狮子的嘴巴，在大大咧着的基础上，往上翻。渐渐地，狮子愉悦的表情显露出来了。看了好久，我忍不住问他，眼睛怎么处理。

他停下手中榔头和凿子，抬头望望不远处的上方山，“那可不是我的事啦。”

我递给他一根万宝路，他索性脱下手套，吸一口烟，喝一口水。塑料袋又抖动一下，他问袋子里是什么。我指指陈胖，把情况说给他听。听完后，他让我们进屋，穿过简陋的小屋，来到大门口。一位老太正在折锡箔。“你带三样东西还是不够，要买点这个上去。”他指指老太面前一大堆折好的金元宝。那些元宝个个金光闪闪，个大饱满。“你带的三样东西和元宝都要供在那里，但是，元宝要拿回，过七天自有分晓。”

我还在犹豫，眼前闪过第三进房子里的纸扎，同样猩红蜡黄。陈胖使劲在背后捅我，示意买元宝。果然，五个大大的蜡纸金元宝价钱几乎与带来的三样东西价钱差不多。我讨价还价的过程，无疑加剧了陈胖的紧张，生怕不能成交。我刚付好钱，他就把元宝捧在胸前。这才是治病关键，他肯定这么想。

石匠也没吃午饭，把钱塞进裤兜，对着老太大喊："妈，给我们下三碗雪菜肉丝面。"我连忙制止他，"我们要上山，雪菜就行。"

这是我吃过的最鲜美的面。雪菜灿烂地飘在汤里、面上，咸鲜味不断刺激味蕾，宽汤一口口下去，汗滋出来，释放出什么？我认为是浓重的湿气。我盯着空空的碗，突然轻松起来。一切会好起来的，除非我们一直执着于现时窘境。我也抬眼望了望山头，雪中隐约可见一条石径蜿蜒而上。

老太走近我身边，我突然觉得非常面熟，想了半天，还是想不起来，正要开口询问。老太转过身来，——"不要去，不要去。"啊，这不就是小弄宅院第二进里的那个老妇人吗？我一惊，脱口而出："原来是你啊！"脚用力一蹬，从梦中惊醒。吃完面，我裹紧棉袄，歪在旧藤椅上，迷迷糊糊睡着了。

我看看表，时间还早，石匠和陈胖缩头缩脑还倒在椅子上打盹。我轻轻走近老太，她在折元宝，这是一个由她创造出来的财富王国。她完全与宅院老妇人不同，我放下了心。刚要回头，她幽幽地问了一句："你是不是认错人了？"

"你什么意思？"

"没什么意思，刚才听你说梦话呢。"

我一屁股坐回藤椅，吱吱嘎嘎的声音把另外两个人吵醒。

闲聊了一会儿，石匠催我们上路。他把我们送到石径起始处的香樟林里，临别时再三关照我们："多磕头，少说话。"元宝要陈胖自己供，供好后一定要拿回自己家，静静等待结果。

满山都是香樟树，已经开始有积雪，白色雪球开始覆盖枝叶。石径一步一台阶，也染上一层白霜，越往上，路越滑。我俩互相搀扶，两个塑料袋来回晃悠，活货似乎没了动静。陈胖满头汗，他索性拉掉围巾，将歪嘴暴露在空无一人的山路间。他像烟囱般呼出热气，好久没有这么畅快了。再说，不管怎样，总会有结果了。

其实，到了"楞伽烟雨"牌坊，我就感觉不对。与石匠分手到现在，我们没有碰到一个人。申时，已经到了，我们必须抓紧时间。不出所料，卖门票的女人满脸不痛快，"都什么时辰了，人家都回去吃年夜饭了，你们还要进去吗？"

我接住拍到窗台上的两张票和找头，转身就往庙里钻。身后传来她的警告："不许搞迷信活动啊！"我陪笑说"那是那是"的同时，连忙用围巾把陈胖的脸遮住。

殿分好几个，全都没有人影。我们不知道怎么弄，就在大殿、侧殿跑进跑出，寻找合适的祭拜场所。本已跨出那个小小侧殿的门槛了，冷不丁，我想起什么，急忙转身，"泥塑娘娘"正盯着我看。分明就是那个画像里的女子，接着，跳出来一个名字：史玉菡。

顾不上楞伽五圣了，我跟陈胖说：“拜这里，肯定没错。”正当我们拿出活三牲时，昏暗小殿挤进一个老头，手里拿着扫帚和簸箕。

“下班了，关门啦。”

“我们快的，拜拜就走。”

他走到塑料袋前，用扫帚柄挑开看看，“准备了鸡鸭鱼，是求什么事吧？”

我把陈胖的围巾松开。

“哦，这样啊。元宝买了吧？”

我打开另一个塑料袋，往前递了递。

他拎起两个袋子就往外走。我连忙告诉他我们就想在侧殿拜拜。

“你们五通神不拜，没有用的。”他坚持说。

我简单地把事情经过说了一遍，他的脸色有点变了。“你们知道这个‘娘娘’的来历吗？”

老头把东西放下，摸出火柴点燃一根香烟。一点微光在暗处闪动。现在，我们已经不知道外面是不是还在下雪，因为老头的讲述令我们时空错乱。

这庙全称叫五显灵顺庙。供奉显聪、显明、显正、显直、显德这“五显”，又叫“五圣”、“五通神”、“五路神”、“五路财神”。传说朱元璋做了皇帝后，有一天，梦见五个阵亡将士浑身血迹地来乞求抚恤。朱元璋惊醒，动了恻隐之心，将五个亡灵封为“五通神”，命家家祭祀，并在上方山顶建立寺院。

当地人将“五显”附会成“五通神”，又将“五通神”等同于财神，于是有了“借阴债”的习俗。八月十七日据传是五显神生日。每到这天前后，人们从各地赶来借阴债，据说只要从五显老爷那儿借到阴债，就可望财运亨通，身体健康，家道兴旺。借阴债后，每月初一、月半都要在家烧香化纸，每年八月十七日还必须到上方山去烧香“解钱粮”，以此还本付息。如果本人死了，子孙还须继续“清偿”，所以有句俗话称：“上方山的阴债还不清”。怪不得，老陆总在嘀咕时间不对，看来他是行家，我暗自佩服。

五通又有喜淫人妇的传闻。不少有姿色的妇女，深信五通神。偶遇风寒症状，就说五通将娶其为妇，高烧期间，感觉与神恍惚相遇，不愿接受治疗，往往一命呜呼。

老头掐灭烟头，指指那位“娘娘”，“这个叫五太太，本是邻市的一位大家闺秀，心存善心，经常接济穷人。但是，到了二十岁，却突然一病不起。弥留之际，称此处的五老爷看中她，要娶她为妻。她死后，大家把她抬到上方山，准备好新房，为五通神里的老五和她办了‘婚礼’。”老头抽口烟，用手划拉一下，“这里，其实是‘新房’。”

“这是什么时候的事情啊？”

"大概八十年前吧。"

我怎么盘算，都对不上现实中的事件，还是赶紧把事情办了再说。按照老头指点，把东西全部拿到大殿，鸡鸭鱼不上供台了，摆到边上。老头悄悄拿走了。陈胖恭恭敬敬把五个金元宝一一摆到供桌上，我和陈胖分别磕了三个头。抬起头，整个大殿突然暗了下来，神像更显庄重威严。身后，老头正把殿门关上，留一条缝，等我们出去。

香毕。我小心地把元宝收好，一把拽过还在叽里咕噜不知道说些什么的陈胖，跨出殿门。老头与我们擦肩而过，进入大殿，彻底关上门。他没说什么，我也没有跟他打招呼。

天已经很黑了，但是雪花却还飘得紧。性急的人，已经在燃放烟花。烟花盛开的一刹那，近处的雪花格外显眼。我们还要下山去赶除夕的末班公交车，当下山路上留下我们新鲜脚印时，我才想起，那老头难道不回家过年吗？

年初七，我走进城西小弄，来到陈胖家里。他把装元宝的塑料袋挂在吊扇杆上。我扶住垒起来的方凳，他爬上去，手脚都抖得厉害，于是换我上去。我屏住气息，轻手轻脚解开塑料袋，里面的元宝黄澄澄、亮闪闪，还是那样饱满光洁。我兴奋地告诉陈胖："没有一点瘪的迹象，没有褪一点颜色，没有一点灰尘，就像刚从石匠妈妈手上接过来一模一样。"

陈胖奇怪的脸抽搐了一下，阳光打在脸上，闪出希望的红晕。过了一会儿，他终于坐不住了，跑去了卫生间。出来时，脸又恢复到沮丧。虽然我们算是借到了阴债，但最关键的现实问题怎么解决呢？我的情绪也被搞得闷闷的。

我晃出小弄，走上大街，正巧一家储蓄所开张。我径直走进去，摸出那张熟悉的催缴通知书。离开储蓄所时，全身上下莫名轻松，七天来压在自己身上的包袱似乎去掉了九成。我手里拿着电费发票，转身直奔状元弄。

“除夕前三天，他们就把弄堂全部推平了。”已经不能成为弄堂口的地方，像麻将牌糊了倒下的样子。摆烟花爆竹地摊的中年男人裹紧了军大衣。

我在瓦砾堆里艰难行走，按照没有完全覆盖的路径，心里默默数着步数。应该就是这里了，我曾经在这个空间，爬上爬下，小心翼翼进来，又惶恐不安逃走。现在，什么都没有了，神秘感也随着黑色砖瓦化为乌有。我将电费发票拿出来，慢慢撕碎，在突出的一块青石上点燃。一阵风来，纸灰转眼就消失了，似乎一个名字在我眼前一闪。哦，是“史玉菡”呢，终于，这个名字也飞走了。

中午太阳好得很。我坐上去上方山的公交车，沿路景象，与雪天全然不同。毕竟春天了，一切都涌动着变化的冲动。

也许雪天迷惑了我的双眼，过了行春桥，我好不容易才找到进村的路。那些窄巷、院落、房子，都相差不大。一会儿，我就迷路了。

“我住这个村一辈子了，这里从来没有石匠。”矮老头指指石湖对岸，“那里石匠多，做金山石雕。”

一听我说纸质金元宝，老人紧张起来。“最近一直打击迷信活动，特别是‘借阴债’这种陋习。没人敢做这个生意了，没有没有。”

我想争辩，但是元宝不在我身边，我把话咽了下去。我不甘心，再寻找，再问信，虽然还是没有结果，离上方山却更近了。

寻故人不见，索性先上山。游客不少，我一眼就看出哪些纯粹观光，哪些夹带私事。我跟在想要办事的一帮人后面，他们走寺院后门，为他们开门的正是那天的女售票员。我脚快，门在我身后关上。

领头的长者交给女售票员一袋东西，她看了一眼，叫过一个穿长袍的青年。青年拿了袋子转身进殿旁小屋，不一会儿取出几个纸扎金元宝。供奉过程与我们除夕那日做的差不多。

我悄悄挪到长袍青年边上。

“老头在吗?”

“没有老头。”

“打扫卫生的那个。”

“我不知道你在说什么。”

我睁大眼睛，不依不饶地追问："你就是那个老头！"

长袍青年斜睨我一眼，轻声骂句："有病。"便再不睬我。

我绕着殿堂、楞伽塔，里里外外兜个遍，没有见到除夕大雪天的老头。近处森林公园里，朴树、合欢树等树木正在返青。远处山脚下，石湖碧波荡漾，此刻我只觉得湖水深不可测。

连着几天没见着陈胖，一打听，似乎班里人也没有见到陈胖。我并不想再去城西那条弄堂。

无精打采地拿起抄表卡，晃晃悠悠来到街上。一过春节，暖意就从墙角根透出来。一家家的门不再紧闭，弄堂风微醺，春天的气味钻进我的鼻子。

"抄、抄、抄表啦！"街对过传过来的声音，夹杂着街上杂音，我一时并没在意。连听了几次，蓦地惊出一身冷汗，拨开围在我身边的老头老太，急急穿过街去。过路的自行车、汽车都紧急刹车，我伸手致意的空都没有。

我从背后扳住陈胖厚实的肩膀，猛地往回一拉，他的脸一下子暴露在我面前。这一瞬间之前，我有过许多种设想，但是都没有真实情况来得如此完美。他那张樱桃小嘴，完美地镶嵌在圆咕隆咚、白白胖胖的脸上。我忍住不去勾他的嘴角，一勾似乎又可以看到难堪状态。

"你、你恢复啦？"我并不口吃，跑得急了，气有点短。

“什么、什么恢复？我很、很好啊！”

早在上方山上，我就有种感觉，自从踏进状元弄 15 号大门，我就走偏了，一张纸蒙在我脸上。而现在，那张纸正在悄悄地被撕去。

我还是不死心地追问：“你的嘴什么时候好的？”

陈胖露出真诚的诧异：“我的、的嘴、嘴，什么、什么时候都、都是好、好的啊！”

我拍拍陈胖的背，“你继续抄吧。”骑上车，我飞快地奔向单位。

单月的抄表卡是绿皮的，双月是蓝皮。我七手八脚从蓝皮卡里取出那本要命的卡，整整翻了三遍，都没有找到那张 15-1 号的抄表卡，更没有找到那个名字。

我又冲进核算室，让小姑娘查找电费发票存根。她查了半天一无所获，终于她做了个恍然大悟的表情，用手一指：“是不是拆迁房？单据都在那里！”

那里是营业窗口，拆迁办的人正与窗口人员核对拆迁欠费。终于找到状元弄的电费存根，就是找不到 15-1 号。拆迁的人回忆：“15 号没有第三进，我们进去的时候就两进。拆的房子也只有两进。不过……”他稍微停了一下，接着说：“前几年有一家的独生年轻女儿突然病亡，一家人就此接二连三地故去，所以 15 号的一些房间都空着，没人敢住，也没人进去。”

我决定不再查询。老陆从我身边走过，我也没拉住他问。不过，还是有一两句话梗在喉咙口。于是，我只能自言自语：“我交了费，她知道了。”

我走到街上，混入熙熙攘攘人群里。那些陌生面孔，都是真实的吗？但是虚幻，却又是从现实中来。